南太行古话

张有新 著

河南文艺出版社
·郑州·

图书在版编目(CIP)数据

南太行古话 / 张有新著. --郑州:河南文艺出版社,
2024.7

ISBN 978-7-5559-1693-2

Ⅰ.①南… Ⅱ.①张… Ⅲ.①长篇小说-中国-当代
Ⅳ.①I247.5

中国国家版本馆 CIP 数据核字(2024)第 075016 号

选题策划	王晓东　张　阳	
责任编辑	张　阳	
责任校对	殷现堂	
书籍设计	刘婉君　张德威	
美术插图	张德威　张　宇	

出版发行	河南文艺出版社	印　张	21.5
社　址	郑州市郑东新区祥盛街 27 号 C 座 5 楼	字　数	257 000
承印单位	河南中棋印务有限公司	版　次	2024 年 7 月第 1 版
经销单位	新华书店	印　次	2024 年 7 月第 1 次印刷
开　本	700 毫米 × 1000 毫米　1/16	定　价	96.00 元

印厂地址　河南省新乡市辉县市学院路中段路西 18 米

邮政编码　453600　　电话　18530735222

代序

高运伟

我于 2021 年 10 月，来到辉县市旅游发展委员会工作，有幸遇到了张有新老兄。这之前，虽未谋面，但对老兄的大名早有所闻，知道他对古共国历史文化的学习与研究，是下了大功夫的。一次偶然的机会，我们在单位相遇，先是寒暄，然后交谈，言来语去，感觉有说不完的话，十分投缘。

从那次以后，我们闲暇之余，就三天两头相聚，相互交流历史与文化方面的学习体会。他的见解，他那丰厚的历史文化底蕴，常常把我们带进那古老的世界，令人深思回味，欲罢不能。他那风趣幽默的南太行山区大白话，句句铿锵，常令人捧腹大笑。和他在一起，感觉不仅是一种学习，还是一种享受。

一次，老兄向我谈起，他写了一本小说，书名暂定为《南太行古话》，讲的是南太行轿顶山一带的传说故事。我一听，很感兴趣，就想先睹为快，因为我在那里工作过。于是，他让我先看了书的《序》和《楔子》部分，见我很有兴趣，就把样稿放在了我的办公室，并谦虚地说，让我提提意见。

前两三天，我只在办公室看。回到家时，还要看《蔡元培自述》。"在单位看单位的书，在家里看家里的书"，是我的读书习惯。谁知在办公室看着看着，就被书中故事所吸引，竟然有点手不释卷。想起曾国藩家训中曾有"读书不二"的说法，就索性提包装书，书跟人走。

感觉《南太行古话》对我的吸引力，丝毫不亚于我正在看的《蔡元培自述》。于是，仅用二十多天的时间，就读完了这本二十多万字的长篇小说。

读后，我掩卷长思，觉得有新兄真乃高人，名不虚传。因为他写这本小说之前，还出版过史料专著三十六万字的《共城史话》、三十二万字的《钟灵百泉》和一百五十余万字的四卷本《秘启苏门》（此书写作历经十四年完成）以及考古专著《辉县汉墓》（合著）等作品。这些作品，凝聚了有新兄大半生对国学尤其是古共国文化研究的心血。我认为，这些作品可作为后人学习国学知识、了解古共国文化的工具书，功在当代，泽荫子孙。

如今，有新兄从 2017 年至 2021 年，又用了五年时间，创作出二十多万字的章回体小说《南太行古话》，三年时间的艰辛创作，两年时间的反复校对，九易其稿，终于杀青。

五年来，多少个日日夜夜，老兄伏案笔耕，字斟句酌，个中辛酸又有谁能体会得到？著名作家路遥，在完成获茅盾文学奖的《平凡的世界》一书后，曾将手中的笔扔出窗外，号啕大哭，尽情释放。从我俩交谈中，有新兄又何尝不是？

2022年，已是古稀之年的老兄，又被南太行旅游公司聘请，重新出山，挖掘南太行的历史文化，为推动南太行旅游事业蓬勃发展铸魂。

《南太行古话》，是从古共国西部轿顶山、金牛寺（今属河南辉县市南太行山脉）的美丽民间故事说起。相传两千多年前的春秋时期，一个常在轿顶山放牛的牧童，无意中发现了金牛洞内惊天动地的秘密，一头浑身散发着金光的牛，拉着一盘石磨在磨金豆子，一个美丽的小姑娘围着磨盘正在忙活。由此引出故事，说是当年道家始祖老子出关后，将徒儿金妞儿和坐骑金牛留在此地，研磨金豆，这金豆不是别的，而是《道德经》中的五千多个字，寓意人们要将国学经典《道德经》之精神永远琢磨、研究并传承下去。

小说的主人公山子和杏子，就是牧童和金妞儿的化身，两人青梅竹马，不仅聪明伶俐，而且勤奋好学。山子读书成才，科举中第，由最初的平步青云到历经磨难、死里逃生的宦海风波后，产生了迷茫情绪，回到轿顶山，和杏子互诉衷肠，于是对人生仕途有了新的认识。最终两人结为伉俪，过上了逍遥自在的山隐生活。

该书以神话传说和现实生活相结合的手法，言语叙事于平常之外，内容取舍于雅俗之间，通过这些民间故事，再现了南太行轿顶山一带的地形地貌、民俗风情、厚重历史文化、浓郁乡土气息，以及山民百姓的勤劳纯朴，等等。又通过解析古人对山川大地的命名寄托，彰显了当地百姓对贤才的盼望和对博大精深优秀传统文化精粹的敬仰和传承。

《南太行古话》表面上看虽在讲"古话"，却含有深深的寓意。我读后，有以下几点认识：

第一，《南太行古话》是一部传播国学文化的历史资料书。

该书通过刻画山子、杏子的勤奋好学，山子爷爷老中医的忠厚善良，杏子爷爷私塾先生的博学多才等人物形象，以教育、教学、座谈等形式，生动形象地对道家经典《道德经》进行解析，寓教于乐，使读者在读故事中学到知识。书中还详细阐述了我国科举制度的由来及程序，以及山子爷爷教山子学中医的同时，如何寓意做人的道理；私塾先生教徒儿从《三字经》《百家姓》《千字文》《笠翁对韵》《蒙求》等千古名篇中汲取学问的过程；还有竹林七贤、岳飞抗金等历史故事在南太行地区对老百姓的影响。

八股文，尽管在当代是有争议的一种文体，但在古代科举制度下，却是人们走上仕途的必考科目。虽然文体写法过于严谨，但好的八股文，确实有很高的文学、历史价值，不能一概否定。该书主人公山子，以一篇标准经典的八股文《欲为官者 先至贤正》，论述了为官之道，启示人们如何做官，做一个什么样的官。这个观点历来都是文人墨客、达官显贵议论的焦点。我认为，这篇文章收到了一石二鸟的效果：一是对八股文这一古老文体的批判、继承问题，二是古今为官从政之道应该如何修为的问题。读后，对这两个问题的研究会有很大帮助。

书中还记录了主人公山子在学宫读书时，见到了《圣谕碑》。明嘉靖六年（1527年），嘉靖皇帝朱厚熜听了讲官所讲的宋代大儒范浚的《心箴》和程颐的《视听言动》四箴后，感觉颇有收获，亲自进行注解，并频频向大臣发圣谕，进行切磋，显示出一代帝王的好学；他又亲自写了《敬一箴》，发谕旨在全国各府、州、县学宫刻石，教化天下，令人感慨多多。山子就读学宫的原址，就在今天的辉县市第一初级中学，历经沧桑的"圣谕碑"诉说着博大精深的国学文化，对如何"修身、齐家、治国、平天下"做出了帝王楷模与晓示，显示出不凡的历史地位和现实意义。

第二，《南太行古话》是一部学习古共国及辉县历史文化的参考书。

我在读这本书时，除感受到故事情节的紧凑和语言文字的优美外，还有一种十分亲切的感受，那就是在书中，有一定篇幅的故事场景，就发生在古共国、苏门山、侯兆川这片生我养我的地方，作者还对这里的历史文化及文化遗址进行了深入的挖掘和考究。

书中主人公山子，虚心请教私塾先生有关"官"的种种问题，先生便在传授"官文化"的过程中，系统讲述了古共国深厚悠久的历史，从尧、舜、禹到西周"国人"起义，从"共和行政"到"共和制"，使山子知道了西周初年大分封对于辉县的特定历史意义。西周分封的七十一个诸侯国中，辉县境内有两个——凡国和共国。凡国存续的时间不长，共国保留了下来。共国的国君姓"共"名"和"，爵位是"伯"，故也叫"共伯和"。有种说法是"国人"起义，厉王被逐后，共伯和受众多诸侯国国君推荐，代行王政，由此产生了历史上最早且有很大影响力的王位产生制度——"共和制"。这一制度实施十四年后，共伯和还位给周厉王的儿子周宣王，自己则到苏门山上自在逍遥去了。周宣王感念共伯和的善行和人品，下旨按照天子规格，给共伯和建起了一座土城，就是辉县城里保留至今的"共城"。共伯和代行王政的第一年，用自己的名字为年号，史称"共和元年"，即公元前841年，这是中国历史有准确纪年的开始。这也足以说明，我们的家乡南太行在中国古代历史上的地位之高及促进现代化文明发展意义之重大。

古共国内，有国家、省、市各级文物保护单位数十处之多。书中通过对这些保护单位的描述，记述了晋代隐士孙登、竹林七贤等人，如何继承道教老子衣钵，如何反抗封建礼教，和当时的统治集团做斗争的历史故事。尤其是竹林七贤在辉县西部山阳一带活动，阮籍到苏门山拜会孙登，写下了著名的《大人先生传》；嵇康拜访孙登没听教诲，后来被害，临行前作《幽愤诗》"昔惭柳下，今愧孙登"的故事，使人对孙登无形中产生尊重，以至于有"孙登无一言，赢得天下慕"之说，道教称孙登为"孙真人""孙真人先师"。由此，苏门山得以被列入道教洞天福地之列。

书中所述的苏门山百泉湖，其丰富厚重的历史文化，山水如画的宜人景色，骚人墨客和帝王将相对它的青睐等，在全国除几个古都外可以说是凤毛麟角，应当成为辉县和南太行一张亮丽的历史文化名片。

第三，《南太行古话》是一部促进南太行旅游事业蓬勃发展的文化图书。

辉县侯兆川一带有民谣："上了十八盘，看见侯兆川，南有华石岭，北有紫荆山；东有莲花不生藕，西有三湖不行船。"该书就这首歌谣讲述了"侯兆川"的真正含义，知道了"侯兆川"就是当地百姓盼望多多出官的隐喻；华石岭在侯兆川的东南方，《易经》中这个方位是"巽"，代表着风，风是流动的，可呼唤阳气与吉祥，从而可使"吉报降临"。华石岭上的奎文阁（亦叫魁星塔）建于清代，是姜岐、杨平两个普通石匠供石神而造，可见侯兆川的文明程度之高；紫金山是道教灵地，长时间是人们的精神支柱之一；莲花是一个村子，却被赋予了"莲花吉祥"的美丽传说；三湖是三座寺院，不是湖泊，是古印度高僧佛图澄（旧称胡人）来辉，传道考察后营造。这侯兆川之"四景"，淋漓尽致地表现出当地浓厚的文化氛围。

过去，我只知道百泉有个卫源庙，是卫水之源，并不知道它和轿顶山还有着密不可分的联系。读了这本书后，才知道南太行轿顶山，可能是朝歌"祖脉"。我国第一部诗歌总集《诗经》中记载："毖彼泉水，亦流于淇。""毖彼泉水"，我认为指的是从轿顶山下流过来的水，向东潜流到达苏门山，喷涌而出，被称"泉源"。宋代大儒朱熹释解："泉源，即百泉也。在卫之西北，而东南流于淇。""淇"，就是今天淇河之滨的淇县，古代"朝歌"之地。雍正皇帝所题"灵源昭瑞"，就隐指轿顶山下的秀水灵源。现代水利专家研究，百泉湖水来源于南太行轿顶山等山之下，经层层挤压过滤，流至百泉喷涌而出，形成碧波荡漾的百泉湖，滔滔不断地流向卫河并入淇河。

主人公山子，智慧超群，在先生的精心教诲下，小小年纪就写出了传世佳作《轿顶山记》："盖闻轿顶山者，太行之阳诸峰中之秀者也！南眺九曲黄河，西临王莽之岭，北踞太行龙身，东瞰战国长城……"

书中，最后记述了山子学而优则仕，但在仕途中却历经磨难，死里逃生，最终回到了日思夜想的轿顶山，与杏子结为伉俪，使得有情人终成眷属。两人曾在轿顶山峰，放眼四望，云蒸霞蔚的万千气象，有感而发肺腑心声。

山子感慨万千：

> 轿顶山客，遨游八极之表；
> 侯兆川人，坐收天下之春。
> 山风鼓吹，传诵宗文祖武；
> 川光摇日，笑迎四方灵神。

杏子燕语莺声：

> 侯兆川内，淇河水清鱼读月；
> 轿顶山上，夜深山静鸟谈天。
> 道德真经，千古经传存天地；
> 儒心禅意，辉映宇宙人世间。

这与书的开篇山娃在梦中见到轿顶山金牛洞处石头上的那首诗相呼应，形成了浓浓的文化魂，很让人赏心悦目，回味悠长：

　　　　天地一部书，道德藏玄机；
　　　　不知后来人，是否解真意？

《南太行古话》通过文化这条线，串联整部作品，紧凑而优美。同时，也为我们南太行的旅游事业蓬勃发展，注入了文化灵魂。现在，旅游业已列入省、市、县各级的主导产业，山水游、人文游、研学游等升级版、新业态，竞相迸发，竞争激烈。辉县丰富厚重的历史和古共城文化，是我们得天独厚、独一无二的优势。

智者千虑，必有一失；愚者千虑，会有一得。以上是我读完《南太行古话》书稿后的几点感受和认识，也是我对有新老兄倾其大半生，学习、研究国学和古共国历史文化，及年届古稀之年，仍笔耕不辍的成就、态度、精神的敬仰之情。之前，我曾问老兄，这部稿子有人看过吗？曾有怎样的评价？老兄告诉我，因为没出版，只有很少人看过。他们认为，《南太行古话》一书，可以引导让中小学生看，让他们在看古话的同时，了解、学习一些传统文化的入门知识。我又一想，这样的感受，不是和我对《南太行古话》这本书"国学文化的历史资料书，学习古共国文化的参考书，促进南太行旅游事业发展的文化图书"的认识，是一种契合吗？

本人不才，以上是对《南太行古话》一书的拙见，还请各位读者批评指正！

（高运伟，曾在书中描述的金牛寺、轿顶山所在乡做过党委书记，深爱那里的一山一水、一草一木。现在为四级调研员，工作于辉县市旅游发展委员会）

自序

古话里边有真意

我是山里长大的孩子，五六岁的时候，常听村里人讲轿顶山的故事，说轿顶山的山头，原是一顶轿，放在那里时间长了，就变成了一座山。说着说着，往往就指着轿顶山说："你瞧瞧，像不像轿子？"我那时没见过轿子，就把那座山的样子当作了轿子，只要一听说"轿"，马上就会想起那座山。那时候小，印象仅此而已，没有多想什么。而人们说到轿顶山，往往还会说起金牛洞。一次去山上割草，小伙伴们说："你知道吗？金牛寺有个金牛洞，在村上边轿顶山的半绝（壁）上，洞里有个大闺女，赶着一头牛，拉着一盘磨，在磨金豆子哩！那牛和那金豆子都会发光呢！"说得活灵活现，好像见过一样，把我眼气得不能行，老想着啥时候我也能去那里瞧瞧多好啊！但这个愿望一直没有实现，一是因为路远，而且还得爬山，山上又没有路。再说了，还得爬绝（壁）哩！是个十分危险的事。二是因为年龄小，自己不敢去，家里大人也不让去，所以就一直没有去成。后来又听说，你就是到了那里也看不到，因为洞在半绝（壁）上，你咋上去哩？慢慢地，也就死了心，不再想这回事了。

我渐渐长大，视野中不断有新的东西出现，脑海里也不断有旧的东西忘记，但那个故事却像影子一样跟着我不离不弃，因为老是听见人们说起"轿顶山""金牛寺""金牛洞"等字眼儿，我的脑子里也就时常出现山啊、寺啊、洞啊的幻影。久而久之，我就有点纳闷：这个故事，难道是真的？还真的有点来历？要不，人们咋老是提起它呢？

后来，读了《中国文学史》，才知道这就是那种我国古代劳动人民创作并传播的具有虚构内容的民间故事，老百姓叫它"古话"。这种"古话"的文学形式，起源很久远，远古时代起就已经出现，继而就在历朝历代广泛口头流传。它以奇异的语言和象征的形式，讲述人与人之间的种种关系。这种种关系中，往往充满了美好的幻想。它从生活本身出发，但并不局限于实际情况，以及人们认为真实的和合理的范围，它往往包含着自然的、异想天开的成分。

哦！原来是这样。

要是这样，这个故事有多少可信度？

人，来到世上，终其一生都是一个求知的过程，对世间的事，最好的态度是知其然，然后知其所以然。就是说，知道是这样，还得知道为什么是这样。这个古话，也不例外。说古话，得有个目的，说给谁听？听了，想要起到什么作用？得到什么效果？这样，问题就来了，我的脑海中，开始对小时候听到的故事充满了疑问，如：轿顶山的轿子是怎么回事？金牛寺为什么以"牛"为名？金牛洞的金牛磨豆子是什么象征？又表达了人们的什么愿望？

带着这样的疑问，我有意识地开始探索。

但这个疑问的答案不太好求证，它不像田野考古那样有实物存在，根据实物去测知一切，这种疑问的答案虚无缥缈，存在于人们的潜意识里，轻易不会被发现，只能根据疑问的现象去想象、联想和幻想，从而求索人们"说古话"的美好愿望。

清朝时，《聊斋志异》的作者蒲松龄为了激励自己不断发愤读书和创作，曾作对联："有志者，事竟成，破釜沉舟，百二秦关终归楚；苦心人，天不负，卧薪尝胆，三千越甲可吞吴。"我一个无名小民，倒下不了这种功夫，下功夫也达不到这种高度，我只是多留了一点心而已，然而真的是"功夫不负有心人"，我发现了许多蛛丝马迹。

一是轿顶山与侯兆川。两者集中隐藏着官文化。轿顶山，山上有块华盖石，为啥叫"华盖石"？因为它的形状像华盖。华盖是怎么来的？查晋代崔豹所著《古今注》卷上《舆服》条知悉："华盖，黄帝所作也。与蚩尤战于涿鹿之野，常有五色云气，金枝玉叶，止于帝上，有花葩之象，故因而作华盖也。"华盖，原来是黄帝所作的车盖；又查文献资料，知道后世的"华盖"泛指帝王的车盖。这样，答案就来了，轿顶山，是说山峰像轿子，轿顶山山峰的形状倒确实是轿子模样，那是不是就是传说中黄帝所乘坐的轿子呢？如果是，那么有了轿子，还得有华盖配套啊！轿顶山上有没有呢？结果前去一看，还真是有"轿"有"华盖"，要说它象征着帝王高官，还真能自圆其说。因为轿子常常是为官服务，所以轿子就成了"官"的代称，故轿顶山名义上是说山，实际上是说"官"。而"官"有高低之分，要是用自然界的"物"去表示，什么可以代表高官？什么可以表示卑官（普通官员）？这就有说头了。按照中国的阴阳学说分析，可以这样说：山高属阳，"阳"可以表示高官，那么轿顶山就象征着"高官"。有阳还得有阴啊，阴阳相衡，事物才能正常运行，于是，天造地设，高高的轿顶山下就有了阔阔的侯兆川大地，大地属阴。"阴"可以表示普通官员，也有做官的人众多的意思。侯兆川的名称含义也确实与"官"有直接联系："侯"，官也；"兆"，多也；"川"，河流或大地，暗示此地做官的人比较多。这样，有高官，又多官，有阴有阳，阴阳平衡，于是，百姓的"盼官"愿望就得到了心灵上的满足。

　　二是金牛洞与金牛寺。金牛洞，是因金牛在山洞里磨金豆子而得名；金牛寺，是为纪念金牛而得名。这两个名称的来历倒是理所应当，因为牛是可爱的，众所周知，牛在我国农业中的地位甚高，人人爱牛，毋庸置疑。但是为什么金牛寺村的人爱牛程度如此之高？又是修寺，又是以牛为名，远远高于"人人爱牛"的程度？这时候，"想象、联想和幻想"起了作用，我忽然想起，我国的道家始祖老子"紫气东来"时，骑的不就是牛吗？牛是吉祥的象征，是不是人们借此来表达自己内心的期盼？有可能！然而，难道只有金牛寺村的人知道牛的吉祥可爱，其他人则是懵懂不知不成？带着这个疑问，抱蔓摘瓜，沿波讨源，我恍然大悟：原来，金牛寺村的人都是李姓！这就是了，老子就姓李，姓李名耳是也！原本就是一家人啊！而老子的形象从始至终都是骑着牛的，你说，金牛寺村的人，能不超级重视牛吗？

三是金妞儿与"牛拉磨"。金妞儿赶着牛，在金牛洞里磨豆子，这又象征着什么？咋就凭空出来个"牛拉磨"呢？牛拉磨说明了啥呢？世间万象都是事出有因的，不是无缘无故一阵风吹来的，于是根据这个现象，抽丝剥茧，追本溯源，有了，原来是与《道德经》有关。《道德经》是老子写的，内容是阐释天地自然规律，阐述人们如何修炼行为准则的，老子钟爱这个地方，想把《道德经》的精神浸入此地，于是就将徒儿金妞儿和坐骑青牛留了下来。"金妞儿"是"金牛"的谐音，两者或合二为一，或一分为二，总之是一回事。让其留在此地，完成传经送宝这个任务。而对此地的老百姓来说，老子是李姓老祖，老祖宗的话，那是要听的。有人说了，听不懂咋办？又有人说，那就慢慢"琢磨"呗！然后进一步去"研磨"，再下点苦功夫去"磨砺、磨炼"！这是个长期的事，走不得捷径，需要一步一步来，如同老牛拉磨，慢慢转悠。"琢磨、研磨"也好，"磨砺、磨炼"也好，用什么去表示呢？有人聪明，在"磨"字上做文章，想出来个"牛拉磨"的形式："牛"，代表老子；"豆"，代表《道德经》中的五千多个字；"磨"，是老子让人们去"研讨、琢磨《道德经》精神，磨砺、磨炼自己，以使此地文昌运盛"。这样，一个"大闺女赶着牛拉磨"的故事就流传开了。

最后，再回到轿顶山。

清道光《辉县志·山水》载："轿顶山在侯兆川西，山极高处，远望如鸟耸翼。形家言系朝歌祖脉。登其巅果见直起三龙，一走东南，一走东北，中龙则至侯兆川而止。或起或伏，如雪波卷浪，俯视人寰，不啻蝼封蚁蛭，真大观也。"（人寰：人间。这里指侯兆川。不啻：无异于。蝼封蚁蛭：蝼，蝼蛄，善于掘土。封，指蝼蛄掘起来的土堆。蝼封蚁蛭，形容侯兆川大地或起或伏之地貌。）这段话，除形容轿顶山和侯兆川的形胜之外，又可见出我们的先人可是早就发现轿顶山的气度之不凡了。"形家"，也称"堪舆家"，老百姓叫"风水先儿"。风水先儿说，轿顶山下的流水，是流向朝歌的。"脉"，在人身上指血管，在山体可就是"流水"了。朝歌"祖脉"之说，并非虚言，古今都有考证。朝歌，是殷商时代四个帝王的都城，三千多年前就是天下最繁华的都市之一，而朝歌就在淇水之旁。淇水从轿顶山下流入苏门百泉，《诗经》中说："毖彼泉水，亦流于淇。""泉水"，指的就是百泉之水，这是古说；而当今，有水利专家经过科学研究，得知苏门百泉的"毖彼泉水"，是从辉县西部的太行山地下经层层过滤挤压而来的，而西部的太行山中，轿顶山可是首屈一指的秀峰之一，由此可知，轿顶山的"血脉"，从地下一直流向淇水之滨的朝歌。

综上所述，轿顶山的故事，虽说是古话流传，却给轿顶山蒙上了一层神秘而美丽的文化面纱，使得自然风光优美的轿顶山又折射出诱人的文化魅力。其中，轿顶山也好，金牛洞也好，有形也好，无形也好，表面看来，相互之间毫不搭界，然而对其条分缕析，却发现并不是捕风捉影，风马牛不相及，而是实实在在有着潜在的、一脉相承的、千丝万缕的关系：老子的《道德经》真谛在这里根深蒂固，人人讲究修身立德；继而引起人们对于美好的追求，盼望"贤良方正"之"官"多多出现，攀登轿顶山"高官"之巅，去实现"修身、齐家、治国、平天下"的家国情怀，以及《礼记·礼运》"大道之行也，天下为公，选贤与能，讲信修睦，故人不独亲其亲，不独子其子，使老有所终，壮有所用，幼有所长，矜寡孤独、废疾者皆有所养"的儒家目标，最终走向"天下大同"之归途。

基于此，我萌发了将这个"古话"码字出版、刊行于世的想法，以使今天的人们透过轿顶山的优美自然风光，去认识轿顶山潜在的厚重文化，使得轿顶山更加绚丽多彩。

于是，我开始用心去挖掘采撷轿顶山的神秘朦胧之美，和各类神话角色用心灵对话，"导演"他们先后"粉墨登场"，去演出一场五彩缤纷的"古装大戏"。

五年过去，一部长篇"古话"尘埃落定，胜利杀青。

于是，就有了这本《南太行古话》。

目 录
CONTENTS

1

老子传经金牛寺
神魂永驻轿顶山

山娃小时候在山中放牛，每天都要带牛到一山泉处去饮水。山泉很小，每天只能贮水一坑，勉强够五头牛喝，而山娃也正好放了五头牛。

忽然有一天，山娃见牛多了一头，有六头牛在喝水。

山娃纳闷：咋多了一头牛呢？就挨个对着牛瞧，想瞧瞧哪头是外来牛。但瞧来瞧去没有瞧出，因为牛与牛极为相似，瞧瞧哪头牛都像是自家牛。而傍晚回村的时候，牛却又成了五头。

山娃奇怪了：凭空多了一头牛，咋就认不出来呢？

山娃在轿顶山放牛

回村的时候却又不见了，这是咋回事？山娃不甘心，他人虽小，但好琢磨事，啥事都好打破砂锅问到底，遇上这么个奇事，就更是“犟了牛筋”了，心想，我就不信那老羊不啃麦根（当地谚语。意思是说，是羊总会吃麦苗，是假的总会有破绽），多了一头牛我就认不出来了？于是回家后，山娃在自家牛的尾巴上各系了一根红绳子。

第二天牛喝水时，山娃一眼就认出那头没系红绳子的牛。

认是认出来了，但山娃并没有赶它走。山娃心善，不忍心不让它喝水，就在一旁悄悄观察。

这一观察，山娃又发现一个奇怪现象：原本那坑水仅够五头牛喝，而现在六头牛喝，水坑却一直是满的，怎么喝也喝不完。

那头牛喝完水后，就慢慢离去，走着走着就不见了。一连几天，天天如此。

山娃越发好奇，想弄个明白究竟是怎么回事，便在一天牛走的时候，远远跟着，看它要往哪里去。

那头牛走到一个山洞前，忽然就不见了。

山娃便爬上洞口往里瞅。

这一瞅，山娃大吃一惊，只见洞里有一盘石磨，喝水的那头牛浑身散发着金光，正拉着石磨慢慢转悠。磨的不是粮食，而是金光闪闪的金豆子。那金豆子好像脱了线的珍珠一样，叮叮当当落到磨眼中，经两扇转动的磨盘"呼呼"研磨，咿咿呀呀，朗朗有声，一拨儿一拨儿地从磨扇之间流向磨盘，继而从磨盘上闪着

金妞儿磨金豆

金光，落在地上隐而不见。

石磨旁边，站着一个小姑娘，手拿笤帚正在忙活。

小姑娘看见山娃往里瞅，便对山娃嫣然一笑，招手让他进去。

山娃不敢，一是不知道这是咋回事，二是洞外还放着牛呢！山娃从洞口下来，犹豫了一会儿，很不情愿地边走边回头，依依不舍地赶牛回家了。

第二天，山娃一大早就将牛赶到那个洞边，爬上洞口想再看个究竟。但可惜，洞口闭得紧紧的，没有开启之象。

山娃后悔昨天没有进去，有点怏怏然。他发了半天呆，爬下来继续放牛。

时光荏苒，几年过去。

村里忽然风传，有"南麻"要来此地盗宝（南麻，即南蛮，也说南蛮子。南蛮的称谓最早来自周代，周人自称"华夏"，把华夏周围四方的人，分别称为东夷、南蛮、西戎、北狄，以区别于华夏。华夏后来成为我国的古称，于是我国南部的少数民族便被称为南蛮。当地百姓听音有误，往往说成"南麻"）。

果不其然，一日村里来了一人，到村外庄稼地里转来转去。此时的山娃仍在放牛，见那人衣着粗简，黑色大襟褂，宽袍大袖，黑纱束髻，裤子肥大，裤脚扎有裹腿，明显不是本地人，又总在庄稼地里转悠，好生奇怪，山娃便等那人走后也到南瓜地里去看。

南瓜地里种的都是南瓜，并没有什么异样。

山娃瞅来瞅去，忽见一棵南瓜旁插着一根树枝，似乎是做的标记。山娃看那南瓜，与其他南瓜相比有点不一样，纯青色，长长的，有点像钥匙。

山娃看了一会儿，也没有看出什么名堂，有点失望，便赶着牛走了。

山娃没有留意那个南瓜，南麻倒是每隔几天都要来看看。

等到南瓜由青泛黄将熟未熟的时候，南麻好像有点迫不及待了，摘下南瓜，放入一个袋子里背起便走。

山娃看了，不知他要干什么，便悄悄跟着。

只见南麻朝着那个山洞走去，到达洞口时，取出南瓜往洞口一放，拨弄来拨弄去，那山洞竟然有了动静，洞口慢慢打开。

南麻一步跳进洞里，见了满磨盘的金豆子，喜出望外，张开袋子哗啦哗啦往里装。

装完金豆子，南麻背起袋子就走。但一抬头，见那头牛站在那里金光四射，南麻贪心不足，想把那牛也牵走，便顺手抓牛。

小姑娘见状不对，飞快将牛抓住，对南麻怒目而视。

那牛"哞"了一声，站在那里纹丝不动，好似脚底生了根。

双方正在对峙，忽听洞口轰鸣作响，洞门开始慢慢关闭。

原来，山娃目睹了这一切，见状不好，便抽身上前，想去助小姑娘一臂之力，没注意将南瓜钥匙踢向了一边，那南瓜钥匙本来就没有熟透，经山娃这么一踢，便立即没了效力，洞门开始慢慢关闭。

南麻见势不妙，背起袋子就跑。怎奈袋子太大，被慢慢关闭的洞门夹住。南麻无奈，只好扔下袋子，匆匆逃离。

山娃从洞门缝中看见那牛像通人性似的向他慢慢点头，小姑娘也以感激的目光看着他，嫣然一笑，向他招手，一副想要说话的样子，但洞门却已慢慢合住。

这瞬间的一切，使山娃产生了满脑子的惊骇与疑问：这洞里有宝吗？是啥宝啊？南麻咋知道这里有宝？南麻盗宝准备干什么？想来想去，百思不得其解。

山娃回到村里，心绪仍停留在惊骇与疑问之中，满脑子都是小姑娘和牛的影子，每天都显得心神不定。

一日，山娃将牛赶到山坡上吃草，自己躺在一块石头上发呆，又想起了小姑娘和牛。

迷迷糊糊之中，只见一道金光闪过，竟看到小姑娘向他走来。山娃很是惊喜，急忙起身相迎。

小姑娘笑嘻嘻地说："小哥哥，真的谢谢你！谢谢你让牛喝水，谢谢你将南瓜钥匙踢开。要不是你，那金豆子就让南麻子给抢跑了！"

山娃说："不用谢，不用谢，这点小事，谁瞧着都会这样做的。"

小姑娘问："小哥哥，你叫个啥名呀？"

山娃说："我叫山娃。你叫啥呀？"

小姑娘说："俺叫金妞儿。"

山娃说："哦，金妞儿。你是哪里的呀？咋在这里磨豆子呢？"

"俺是从函谷关来的，俺也是个'放牛'的。"金妞儿"扑哧"一笑，"不过俺那牛和你那牛可不一样，俺那牛是俺家老爷的坐骑，叫青牛，是神牛哩！"

山娃问："你家老爷是谁呀？"

金妞儿说："俺家老爷就是道家的老祖宗啊！人们叫他老子，也叫他李耳，还叫老聃。"

山娃一听，立即说："哎呀！你说的是老子呀！俺知道，俺这里都知道他的故事。"

金妞儿笑着问道："哦，还有故事？故事是咋说的啊？"

山娃说："说是老子他娘在河边洗衣裳，河里漂来一个李，他娘见这个李黄澄澄的，就捞起来吃了。吃了这个李不要紧，老子的娘就有了小孩儿。这小孩儿八十一年后才生。八十一年头上，老子的娘正在地里干活儿，累了，就坐在一棵李树底下休息，就这个时候，小孩儿生了。生后他娘一看，小孩儿满头的白头发，耳朵还特别的大，就觉得有点怪。后来给小孩儿起名时，他娘想，这小孩儿在李树下生的，就姓'李'吧（**照神话传说，中国李姓的始祖就是老子**）；耳朵大，就叫'耳'吧。后来人们见他满头的白发，就叫他'老子'。再后来，人们说老子耳朵大，是长寿星，就用'耳'和'冉'组成了'聃'字。'聃'字，左边的'耳'，表示耳朵长又下垂，以前人说，耳朵下垂且长的人活的岁数大；右边的'冉'，像一个龟壳，而龟又是长寿的，所以称老子为'老聃'，意思是长寿。对不对呀？"

金妞儿又笑了笑，说："俺倒没听俺家老爷说过，是人们编故事的吧？"

山娃说："俺就知道是个故事，是不是编的，俺不知道。反正俺这儿的人说起老子来，都觉得可亲哩！"

金妞儿笑了，神神秘秘地说："那是呀！一家人哪会不亲哩！"

看官，山娃村子里的人都姓李，李姓人都是老子的后代，后代人敬仰老祖宗，那是天经地义、自然而然的事，哪有不亲之理？

山娃想起了磨豆子的那头牛，就问："你那牛就是老子骑的那头牛吗？在这里磨豆子是咋回事呀？怎么都是金豆子啊？"

金妞儿说："是呀！当年俺家老爷出关时，骑的就是这头牛。出关后，俺家老爷说，恁这儿是个好地方，人杰地灵，出贤人呢！五千多年前，水神共工在这里带领百姓治理洪水；五百多年前，恁这儿的国君共伯和就当过天子，恁这儿的人都特别善良。所以俺家老爷说，让俺留在这里，让青牛每天磨豆子。这个豆子可不是一般的豆子，而是俺家老爷写的《道德经》中的字，一个字就是一颗金豆子，有五千多个呢！每天磨豆子，就是让你们这里的人去琢磨、研究《道德经》的真意，是给你们传经送宝哩！经常传经送宝，你们这儿就会有博学鸿儒振起文运，才子辈出，万物兴盛，五谷丰登呢！"

山娃越听越有兴致，说："哦！《道德经》上的字都是金豆子？那，磨豆子就磨豆子吧，咋就说是传经送宝呢？"

金妞儿说："哦！说它是金豆子，是说《道德经》很金贵呢！说磨豆子是传经送宝，是与这个'磨'字有关，表面上是在磨豆子，但实际上，这个'磨'，是'研磨'，就是研究琢磨，也有

'磨砺、磨炼'的意思。磨豆子，就是将《道德经》中的每一个字都仔细琢磨琢磨，将它的字义、文章的含义磨究出来，让你们这里的人都知道，这不就是传经送宝吗？"

山娃茅塞顿开，说："哦！是这样啊！人们常说'好事多磨'，说的也是这个意思吗？"

金妞儿笑了，赞许道："是呀！金牛洞里有金牛，金牛拉磨磨豆子，磨豆子就象征着琢磨解读《道德经》啊！"

山娃的思绪产生飞跃，急不可待地问："那，《道德经》上边都写了点儿啥呀？"

金妞儿神秘地看着山娃，笑而不答。

这时忽听天空"轰隆"作响，宛如平地春雷。山娃抬头一看，只见一团紫气从东方缓缓而来。紫气当中，一位老者骑着青牛，慈祥地对着山娃微笑。

金妞儿说："呀！俺家老爷来了。"

山娃惊呆了，盯着老者目不转睛。

只听老者言道："小娃子，你听好了啊！这天下的万事万物都有一个规律，这个规律不是人造的，而是自然形成的。如果要给这个规律起个名字，就叫它'道'吧！'道'，就是'路'。路，是让人走的，人要走好这条路，就得顺从它。只有顺从它，才能越走越顺啊！"

山娃急问："噢！那该咋个儿走，才能走顺呢？"

老者说："顺从自然规律，走好这条路，就得有一定的行为准则，用这个行为准则去约束人的行动，才能走好。"

山娃又问："这个行为准则是啥呀？"

老者说："这个行为准则就是'德'啊！"

山娃说："'德'是咋回事啊？"

老者又微微一笑，说："这个嘛！我的徒儿会慢慢给你说的。"说完骑着青牛慢慢隐去。

山娃呆在了那里，久久转不过神来。

金妞儿见山娃发呆，笑着说："嗨！小哥哥，你好福气哟！能亲耳听到俺家老爷的教诲。"

山娃这才回过神来，禁不住一阵兴奋，说道："俺也觉得有福气呢！"然后又急不可待地说："你快给俺讲讲那个'德'是咋回事吧。"

金妞儿说："是这样，行为准则的'德'，不是自然形成的，需要修炼才能得到。《道德经》除讲'道'的形成以外，还讲了'德'的修炼。所以，《道德经》分为上经、下经两部分，上经是《道经》，下经是《德经》，合称《道德经》。《道经》说的是天道，就是天地的自然规律；《德经》讲的是人德，就是人生的行为准则。"

山娃听得入迷，又好像一下子反应不过来，眼珠子怔在那里不转了，嘴微微张开。

金妞儿又说："明白了'道'和'德'的道理，能够与道德保持一致，天将清朗，地将安宁，神由此而灵，万物由此而丰盈。要不，天将不清，地将不宁，神将不灵，万物将不生。因此，俺家老爷希望你们能够与'道'保持一致，和'德'同行。这是俺家老爷的心愿。不过，这个心愿需要你们认真读书才能实现。所以才让青牛每天不停地磨豆子，给你们传经送宝，叫你们这里更加合于道。你就好好读书吧！慢慢你就知道了。"

听到金妞儿说要他好好读书，山娃急急问道："哪里有《道德经》这本书啊？"

金妞儿神秘地一笑，说："有心人会做有心事，有心事不负有心人。不用着急，你会有的。"说完，不再言语，向山娃一挥手，倏忽间不见了踪影。

山娃急了，忙起身去追，却"哎呀"一声从石头上跌了下去。起来揉了揉眼睛，左右一看，什么也没有。仔细一想，才明白自己是做了一个梦。

山娃意犹未尽，脑子仍留在梦里，觉得金妞儿的话好像没有说完，挥手动作也有点奇怪。想来想去，想不出个头绪。茫然之际，忽然瞅见身边的石头上多了点什么，凑近一看，见上边有几行像字又像画的东西。看来看去，也不知是个啥。

山娃懊恼，起身赶牛回家。

自此之后，山娃有了心事，不断地去看那块石头，围着石头转来转去，神神秘秘的。不过他也没有张扬，因为他和一般人不一样，不好有事没事去给别人说三道四。一旦有事，人以为奇事，他以为平常。况且这只是一个梦，所以他没有和任何人说起过这件事。

但村里人觉得奇怪，这小孩儿咋老是去看那块石头呢？石头上有啥？于是就也去看。看了，也就落个看看，同样也不知道是个啥。

后来，直到山娃学过小学，读过六书后（小学，即文字学。古代儿童入学先学识字，故称识字为小学。六书，古人分析汉字

箴言石

造字的理论。即象形、指事、会意、形声、转注、假借），才认出
石头上边写的是：

        天地一部书，道德藏玄机；

        不知后来人，是否解真意？

    这是后话。

    古人说："梦，卧而以为然也。"这是说，心里想过啥，以为
如此，进入梦里，就成了有所领悟的表现。这也是说，梦，是人

在睡眠中一种不知不觉、没有意识的有所见、有所觉。

然而，山娃所做的梦，似乎不是那种"卧而以为然"。是个啥？他自己也不知道。

虽说是个梦，但和金妞儿相遇的情景，老在山娃脑子中停留，有一种说不清道不明的感觉。越是说不清道不明，就越是引起他的好奇，使得他三番五次去看那块石头。有人见他的行动有点异常，就问他，那块石头是咋回事？问得多了，他就说了他做的梦。一来二去，梦里金妞儿说的话就传了出去，村里人便都听说了。

听说了，也就听说了，村里人并没有当回事，梦话嘛！

但有时候，有些事也会蹊跷反转。

比如，老百姓嫌谁说话啰唆时，常会不耐烦地说：别说了！话说三遍淡似屁。淡似屁，那不就成了废话？可也不尽然，你要是把废话重复千遍，或许假的也就慢慢不假了，谬误也可能让人当成正确的。

这不，金妞儿所说的梦话，开始的时候，村人没当回事，后来听得多了，不知不觉，潜意识中竟然慢慢认同了：哦！原来咱这儿的风气比较好，是和青牛磨豆子有关哪！从此之后，便对青牛产生了好奇与感激，说起牛来便会有点温馨感，并且有事无事都会到那个洞的附近溜达溜达。因那牛磨的是金豆，便把牛也叫成了"金牛"。金是主贵的，慢慢地，"金牛"的叫法占了上风，倒把"青牛"的称呼给冲淡了，于是，只要一说起那个山洞，人们就会说"金牛洞……"，时间长了，"金牛洞"这个名就叫了开来。

金牛洞

时间推移到魏晋南北朝，当时佛教渐渐兴盛，佛教造像、兴建寺院之风此起彼伏。当地也不例外，人们为了纪念金牛的善行，便在金牛洞的附近建起一座寺院，以"金牛"为名，称"金牛寺"。

寺也建了，名也有了，似乎一切就都完事了。但时间长了，一些有点文化的人觉得，"金牛寺"这个名似乎有点不大对劲：纪念金牛，是为了纪念金牛磨豆子传经送宝的事；传经送宝，传送的是《道德经》；《道德经》是道家著作，又是道教的经典，因此这个名称应该符合道教的习惯，叫作"××观"才对，怎么能以"寺"去命名呢？

有异议，就有人留意。

很快，就有了答案。

有人多方引证，证实用"牛"命名佛教事物并无不妥。为啥？因为在佛教中，牛是十分高贵的动物，具有十足的威仪与德行。佛教中说，牛能教你看破世相，读懂人生。能够读懂牛的故事也就觉悟了一大半。一些禅师还常常以牛说法，用牛作比喻，去帮助人们明心见性，获得心灵的自在，从而得到佛教修行上的最高境界。

这样一说，人们彻底信服，觉得以"寺"为名，未尝不可。

看官，实际上那个时候佛教盛行，已经出现了统领宗教之趋势，而且修建寺院之风大兴，有人统计，到南北朝时，国内有佛寺四万多座，僧尼两百多万。至于道观，却没有一家。

一场有关叫"寺"还是叫"观"的争论，让人们明白了"牛"在佛教中的地位并不亚于道教，甚至在当时的形势下有过之无不及。

于是，"金牛寺"的名称便稳定了下来，而且远近闻名。前来金牛寺敬牛拜牛的人络绎不绝，寺内每日里晨钟暮鼓，香烟袅袅，木鱼声声，香火不断。

再后来，山娃的村子便以"金牛寺"为名，叫"金牛寺村"。

金妞儿梦中说要山娃好好读书的话语，时刻在山娃耳边萦绕。他虽是念念不忘，却是无所适从，不知如何是好。

金牛洞旁那块石头上写着的"天地一部书，道德藏玄机；不知后来人，是否解真意"四句话，他也隐隐悟出指的是《道德经》。

但这些山娃都是似懂非懂，要是让金妞儿给说说该多好啊！于是，想见金妞儿的念头就愈来愈强烈，不由自主地一次次到金牛洞去碰运气，幻想万一哪一天能够碰到金妞儿。

但老天不如人愿，他没有见到金妞儿，连梦都没做过。

后来听人说金妞儿到山上去了，就是金牛洞旁边的那座山。山娃便立即上山去找，可还是杳无音信。

后来山娃用功读书，入仕做官，还是一如既往地找金妞儿，多次乘轿上山，想感化天地，赐他机遇与金妞儿见面，但仍然是次次未果。

再后来，人们见他所乘的轿子在山头上久久停留，不见动静，便到山头上去看，却见轿中空无一人。人们四下里寻找，哪里还有踪影？

轿顶山

人们叹息，遗憾而归。

天长日久，人们见那轿子竟和山峰融为了一体。说山却像轿，说轿却是山。

人们惊异，本来那山峰就有轿子的样子，一经和山娃的轿子融合一起，活脱脱就是一顶轿子的形状。

看官，万事皆有因，因来则是缘。那山峰可不是简单的山峰，那可是与远古时期的黄帝有关的。

黄帝，是远古时代华夏民族的共主，五帝之首。他曾和蚩尤在涿鹿之野大战，获胜后乘坐辇舆（**后世称为轿子**）巡游天下，经过这座山时，见其山势很是不凡，便停留在此休息。临走时，降下辇舆和华盖，留在山峰之上，使其护佑这方大地。而山娃的轿子在此久留，如同后裔认祖归宗，回归轿子"原祖"，和山峰融合，"同声相应，同气相求"（《易·乾》），归入轿形山体，名副其实地回轿子"老家"去了。

人们感恩黄帝老祖护佑一方之仁慈，感念金妞儿和山娃传经送宝的故事之美好，便亲切地称那座山为"轿顶山"。

世间之事，纷纭芜杂；芸芸众生，命运无常；世事难料，人生如戏，其奥妙自古难解。

然天行有常，不为尧存，不为桀亡。

所以有时候看天下，表面上纷纷攘攘，其实冥冥之中都有定数。

古人说："命若穷，掘得黄金化作铜；命若富，拾得白纸变成布。"

古人又说："东飞伯劳西飞燕，黄姑织女时相见。你看那牛郎织女，虽是天地之隔，但还不是每年都要见上一面？"

倒也是，你没见那，无缘的，日日相处，也会劳燕分飞。但是，有缘的，纵然是天涯海角，却能终成眷属。

话说得都对！

那么，山娃到哪里去了？找到金妞儿了吗？

看官，山娃是否找到了金妞儿，先按下不表，要说的是自从山娃的轿子和山峰融为一体之后，山娃和金妞儿传经送宝的故事就在当地代代相传，直至今天人们说起来仍然兴趣盎然，那美好的文明祥和之风，始终弥漫在雄伟而灵秀的轿顶山上。

以上楔子，以山娃和金妞儿传经送宝的故事为引子，敷陈大义，点明、引出正文。

正文所说的故事，发生在清朝乾隆年间的轿顶山一带。

第一章

山旮旯儿神童降世
瞌睡爷隐示天机

一山民进城，见一人在路边摆摊，地上铺着一块破布，上面歪歪扭扭地写着"相面、算卦、看风水"。摊主满嘴唾沫星子正和一个人喷得玄乎。山民好奇，便蹲下来听。摊主见山民好听这个，便问山民是哪里人。山民说了，摊主立即做惊讶状，连连说道："哎呀，好！好！你那里可是好地方呀！你那里的山头都是圆的，养出来的人都是良民。"山民说："山头是圆的就出良民？还有这种说法？"摊主说："可不是嘛！山圆的地方出来的人都聪明，要是三尖八棱的那种地方，只能出傻子、聋子，要不就是刁民！"山民听得好奇心起，回去后，有意识地看了许多山区地貌，又看了一些风水方面的书，思来想去，知道摊主说的这个现象和风水有关。风水中按照五行相配学说，圆形的山头属于土形，而尖形的山头属于火形，五行相生相克，火是生土的。莫非，是尖形山头的"火"把"吉祥"都让给了圆形山头的"土"不成？想到此，山民笑了，他知道，摊主说的现象，恐怕主要还是圆的山头屯土多，而且大都土质肥沃，草木茂盛，足以让人良好生存。而三尖八棱的那种地方，石多土少，草都不生，哪里还能养出良民来？

山民通过对比，发现自己的家乡也还真是那么回事。自己家乡的山，山体圆润，地阔土肥，历代人在此居住，代代相传。长久以来，出了不少杰出人物，是人们眼中人杰地灵的风水宝地。

这块风水宝地，位于太行山南部的深山区内，是一处巨大的山间盆地，名叫"侯兆川"。侯兆川四面皆山，山上松柏森森，植被茂密。尤其是那西部的山峦，雄伟陡起，气势磅礴，而且连绵不断。圆圆的山体，矗立的山峰，一年四季都呈现出勃勃生机。

这西部山峦之间，散布着零零星星说大不大、说小也真小的村庄，大的几户、十几户人家，小的一户人家便是一个村。

在这零星的村庄中，有一个稍大点的村庄，有二十几户人家，全是李姓。二十多家的房屋，参差不齐地散布在一处"凹"形山坡上。山坡上有着大小不等的层层梯田，梯田周围还是山。村里的人们，一年四季，日出而作，日落而息，日复一日，年复一年，过着恬淡平静的山村农家生活。

这就是那个山民的家乡、民间传说故事中因金牛寺而得名的

"金牛寺村"。

清朝乾隆年间的一个夏天，这个极为普通的山村发生了一件不太普通的事。

接连几天的阴雨连绵，间或吓人的疾风暴雨，终在一天的上午戛然而止，红红的日头露出顽皮的笑脸，向人们频频致以善意的微笑。

从东方悠悠飘来一团紫色祥云，临近村子上空时，陡然射出一道金光，没入一户李姓人家。

只听"哇哇"几声啼哭，这家喜添一个男娃。

娃娃呱呱坠地后，便迅疾睁开眼睛，像个大人似的看看这个，瞅瞅那个，逐个注视在场的人，眼里好像有深深的故事，脸上却露出纯纯的笑容。

在场的人感到惊奇，瞅着婴儿怔怔地看。婴儿笑，他们也笑，大家去逗婴儿，越逗，婴儿就越笑，好像和大家早就"哥儿俩好"一般。

娃儿的爹爹惊异之中带着欢喜，匆忙去给娃儿的爷爷、奶奶报喜。爷爷、奶奶听了娃儿不寻常的举动也感到惊奇，因为他们还没有听说过这样的事。

娃儿的爹爹征询娃儿的爷爷，给孩子起个什么名字。爷爷是个中医，算是文化人，人们都称他"先儿"（当地土语，称医生或有文化的人为"先儿"），算是见多识广的。他想了想，说："从前咱金牛寺一个娃娃非常聪明，因常在轿顶山上放牛，大家就都叫他'山娃'；咱家就在轿顶山下，也是轿顶山的孩子，借人家的吉兆，就叫'山子'吧！"娃儿的爹一听，觉得甚是，立即说给娃儿的娘。娃儿的娘也欢喜非常，连声说好。

实际上，爷爷有一个疑惑：他看到娃儿诞生时，天上来了一团紫气，来得这么巧，难道和娃儿诞生有关？后又一想，不管有关无关，这紫气反正是吉祥的，来到咱家就是好事，人们不是常说"紫气东来，祥云西去"吗？于是就想到了与"紫"谐音的"子"字，取名"山子"。

"山紫"？"山子"！多年以后，人们才明白，紫色祥云的映照，倒真的是与山子有关。

轿顶山下的神秘大地上，一个神童来到了人间。

山娃诞生

一年之后，山子牙牙学语。

一次娘教他念自己的名字，念过几遍后，问他："你叫个啥呀？"

山子口齿清楚地答道："山娃。"

娘心里"咯噔"一下，嘴里"娘嘞"一声，吃惊地怔在了那里。

山娃娘迷信，她知道娃儿的爷爷给娃儿起名字时借了山娃的吉兆，心想我教他的是"山子"，他咋就说出个"山娃"呢？他又没有听说过山娃的传说，莫非他的前世与山娃还有什么瓜葛不成？和家里人一说，家里人都惊异非常，觉得这娃儿有点蹊跷。

村里人知道这事后，联系山子的诞生奇事，风传山子就是山娃再世。时间长了，干脆就说"山子就是前世的山娃"。

山子被传成了神童。

金牛寺村不大，人也不多，这孩子就成了街坊邻居茶余饭后的闲话主题。每当山子娘抱山子上街时，女人们便会围上来，左瞅瞅，右看看，嘴里"啧啧"个不停。

有的说："我哩娘吔！啧啧！这孩儿浑身都透着灵气，你瞧那俩眼儿，水灵得像两颗熟透的葡萄。"

有的说："娘嘞！有灵气不说，还有一身的贵气哪！你瞧那俩耳朵，贴着头皮长，'支耳娘娘抿耳官'（当地谚语。意思是，女子的耳朵向两边张开，俗称招风耳，是好耳朵，意谓能挡住背后的闲言杂语，成就女子的贤惠品德。而男子的耳朵贴着头皮长，抿在头皮上，是好耳朵。"对面不见耳，问是谁家子？"言外之意是能耳听八方，掌控天下，能成就男子汉大丈夫贵人品德）哪！一瞧就是个贵人，长大肯定是个当官的。"

还有的说："那鼻子好有福气哟！左右看看像切竹，上下看看像猪胆，一脸富贵相，以后不做官也会发大财的。"（切竹、猪胆：形容鼻子，所谓"横如切竹，悬如猪胆"。切竹，像一刀切断了两根竹子那样整齐的两个鼻孔。猪胆，像猪胆那样的鼻子，肥溜溜的，即所谓"悬胆鼻"，俗称"猪胆鼻"。当地人认为，这样的鼻子主荣华富贵、钱财无忧、大富大贵之相）

一个外号叫作"驴大脚"的外村婆娘（本姓吕，因为脚大，人品又不好，所以人们叫她"驴大脚"），抱着个孩子，正好这一天来村里闲串。这个婆娘一贯见不得别人比自己强，她听得别人对山子是一片赞扬之声，而对自己的孩子不闻不问，渐起嫉妒之心，撇了撇嘴，想找个毛病。想了几圈，也没啥毛病可找。等山子娘走了，就嘟嘟囔囔地说："做官要咋的？发财又要咋的？屙点屎照样是臭的，到头来还不是和我们一样都是要死的？"

众人一听，一齐啐道："呸！呸！呸！乌鸦嘴！说点啥不好，偏偏说这败兴话。真是的！"

驴大脚见大家大眼儿、小眼儿一齐向她瞪来，群起而攻之，自知理亏，迈开两只大脚，"刺溜"溜了。

村里有个李大爷，是个传奇式人物。八十多岁了，读过不少书，年轻时出过家，懂得不少佛教的道道儿。后来还俗，回到家乡务农了。他平时不大说话，说话时不睁眼睛。说话时不睁眼睛就不睁眼睛吧，走路有时也不睁眼睛，走着走着就睡着了。睡着了，就拄着拐棍站在那儿一动也不动。时间长了，人们就喊他"瞌睡爷"。"瞌睡爷"喊惯了，真名叫个啥反倒给忘了。你别瞧他说话不睁眼，又是轻易不说话，但"秀才不出门，便知天下事"，一旦说出话来，可是很有琢磨头，细思细想，很有分量。虽然很有分量，他自己却始终是"天不语自高，地不语自厚"的，因此人们对他都很尊重。有人见他长年累月地在瞌睡，反而比别人更聪明，就打趣说："瞌睡爷的能耐都在瞌睡上，看他好像在瞌睡，却啥事都知道，这都是瞌睡的功劳。"不说吧，这世上有些事是有点奇怪，同样一句话，瞌睡着闭着眼说出来，就好像比睁着眼的人说出来更让人相信。"不睁眼儿说出来都比你强。"有人在蔑视谁时，往往说这么一句，并捎带给他一副"瞧你不睁眼儿"的表情。其实，这是只知其一不知其二，瞌睡爷的"瞌睡"，不是在瞌睡，而是在思索，俗话说"眉头一皱，计上心来"，而瞌睡爷是"两眼一瞢松，比谁底儿都清"，那都是思索的结果。

一次，几个娘儿们见瞌睡爷在街上眯着，就七嘴八舌地围了上去："瞌睡爷，咱村出了个能孩儿，老先儿家的孙子，你见过吗？"

瞌睡爷很少和娘儿们说话，这次却破例睁了一下眼睛，但随即又闭上，意味深长地说："哦！见过。能享傻人福，自是能孩儿。"

娘儿们听不懂这话，接着刚才的话说："瞌睡爷，那孩儿看上去可真是聪明得很呢！"

瞌睡爷没说话。

瞌睡爷

见瞌睡爷不说话，就又问："瞌睡爷，你说是不是呀？"

瞌睡爷仍是不睁眼，似睡非睡，没头没脑地说："能快活就快活，能逍遥就逍遥，我就活个不知道。"

娘儿们蒙了，不知是啥意思。

但有人灵活，边想边说："那倒也是，啥都知道了，人就活得没意思了。人就是活个不知道嘛！别问了。"

瞌睡爷知道有人明白他的意思了，于是念经似的说：

聪明不智慧，智慧不聪明。

聪明又智慧，倥偬过一生。

娘儿们更听不懂，伸伸舌头不吭声了。

此话传到村里，村人也是懵懵懂懂。

有人去问他："瞌睡爷，啥是个'空葱'（倥偬）呀？葱不就是空的嘛！'空葱'是说啥哩？"

瞌睡爷见他把"倥偬"说成了"葱"，就似笑非笑地敲着那人的头说："啥个葱呀！敲你个疙瘩！"

那人捂着头，蒙了，问："瞌睡爷，啥意思呀？"

这回瞌睡爷没笑，一下一下敲他的头："疙、疙、瘩、瘩。"

那人不问了，大家都蒙了，都在想："疙疙瘩瘩"是说啥哩？

有人老于世故，疑惑地说："是不是说这孩儿一辈子'疙里疙瘩'？咋了？山子以后过得不顺哪？"

咜！都说山子聪明，咋会"疙里疙瘩"过一生呢？

瞌睡爷说："江湖路远，山高水长。人这一辈子，长着哪！难说。"

后来直到山子成年，坎坷半生，有人忆起瞌睡爷的话，才恍然大悟：

"这瞌睡爷，不瞌睡呢！"

第二章

山子神悟学说书 爷爷教读汤头歌

山子六岁那年，村里来了个瞎先儿（**当地土语，指盲艺人**），在街上卖唱说书。山子跟着娘去看热闹。见瞎先儿在那里又说又唱，活灵活现的，山子觉得稀罕，嘴唇便跟着嗫嚅乱动。娘见他看得认真，回家后见山子爷爷和家人都在院里坐着，就说："山儿，你给爷爷学学瞎先儿是咋唱的，会不会呀？"

山子一愣，随即回过神来，说道："中呀！"

说来就来，山子学着瞎先儿的动作，双手一拱，闭起眼睛，下巴用劲儿向前一伸，故意哑着嗓子说道："乡里乡亲，老少爷儿们，给俺搬个凳子坐坐，让俺给恁唱上两句中不中呀?"

大家见他那滑稽模样,"轰"的一声笑了。

娘说:"瞎先儿坐的是箱子,哪里坐凳子呀?"

瞎先儿自带行李,一般都是装在一口木箱子里,卖唱时当凳子坐。

山子下巴又向前一伸,说:"俺现在不是没有箱子嘛!"

大家又笑了,给他递过一个凳子。

山子坐上去,抬起左手,跷起大拇指,拢起其余四指,做扶坠胡琴杆的姿势。然后左手向上装作握住内弦轴的样子,一拧,右手向右一拉,嘴里哼着"合——";左手又一翻,装作握住外弦轴,一拧,右手又向左一推,接着哼"上——"("合""上",我国民族音乐中的两个音,相当于简谱中的5和1)。

爷爷问:"这是干啥哩?"

山子说:"定弦哩!"

大家又笑。

山子闭起眼睛,将头向左倾斜,模仿用耳朵听弦,右手模仿拉里弦、外弦的动作,左右交替拉着,嘴里哼着:"合、合、上、上、合、合、上——"眼睛闭着,却用劲做睁的动作,越睁越睁不开,上下眼皮便瑟瑟乱抖。

"合合上上"了一会儿,山子说道:"好了,乡里乡亲,老少爷们儿!说书不说书,先说四句诗。升没有斗盛得多,夹裤没有棉裤暖和;吃罢饭当下不饥,往东走腿肚朝西。"

爷爷问:"山子,说这几句话是什么意思?"

山子说:"废话呗!"

爷爷说："废话，说它干啥？"

山子说："吊吊大家的胃口，哈哈一笑罢了。"

爷爷瞪大了眼睛，心想：这小子，十足猴气，瞎先儿说个打油诗，他也知道是弄啥哩！这也真奇怪了，他是咋知道哩？

只听山子说："好了，闲话少叙，书归正传。话说三九寒天，北风凛冽，天上下着鹅毛大雪，冷啊！冷得那是叫人伸不出手来。一个要饭吃的叫花子，袖着两手，胳肢窝夹着个要饭用的瓢，缩脖弯腰，在雪地里踉踉跄跄，蹒跚而行。忽见路边有驴粪堆一个，叫花子蹲下避风，一摸那驴粪，竟然是热的，就双手挖了起来。挖了一会儿，挖出一个洞来，一弯腰钻了进去，顿时觉得暖烘烘。叫花子往地上一躺，从胳肢窝掏出要饭瓢子，当作枕

知足常乐图

头往头下一放，双手抱头，枕在瓢上，跷起二郎腿，口中唱道：

身盖驴粪头枕瓢，

老天爷只管下鹅毛。

我在这儿只管我得劲，

可不知那穷人他咋熬。

"四句唱罢，听我道来。乡里乡亲，老少爷们儿，你说他得劲不得劲呀？其实，叫花子说了，得劲不得劲，只有他知道，他说得劲就得劲，得劲不得劲是自己的感觉。你啥感觉，我可就管不着——了——哇！"

山子左手上下乱动，右手左右相拉，左腿压右腿，左脚尖一翘一翘的，做着打简板、敲木鱼的动作，嘴里"合上合上"地哼哼着。

大家笑得前仰后合，一院子的热闹。

一会儿，山子一伸下巴，眨眨眼皮说道："好了，一个小段说过，俺肚子里可是咕噜起来了。你给俺端上一碗饭，让俺的肚子里也得劲得劲、快活快活吧——呀——"

大家又一次前仰后合，捂着肚子笑着停不下来。

爷爷忍着笑，问他："这是瞎先儿唱的吗？"

山子说："拉弦是学瞎先儿的，故事是听俺娘说的。"

爷爷不笑了，想道：这小屁孩儿，脑筋够机灵的，见点事，听点话，还会拐个弯，占风使帆呢！

山子七岁时，一次上山玩耍，见两个本家叔叔在刨一棵圪针树。你刨一会儿，他刨一会儿，累得满头大汗，就是刨不断圪针树的根。圪针树示威似的，摇晃几下，又挺了起来。

俩大人弄不翻一棵圪针树。

这两个叔叔，一个好读书，家中却没有书，但他的兴趣是书，见人就说读书的事，却也只是说说而已，因为就没有见他拿过书，说得对说得错，别人不知道，他自己也不知道，因为听他说话的人从不读书，听也听不懂，而他也只是个兴趣而已，装装门面罢了，并不认真。说的是啥，自己也弄不清楚。说完了，人家走了，他也走了，下次再见面还是这一套，时间长了，也就没有几个人听他说话了。另一个是想学医的，看到山子的爷爷过不了几天就能弄点肉吃吃，眼气得不得了，想着医生能够吃香的喝辣的，我也学医吧，当个"先儿"什么的，多体面啊！但一拿着那医书，看着那"诸药赋性，此类最寒……"的《药性赋》就头发蒙，再看那"升阳益胃参术芪，黄连半夏草陈皮……"的《汤头歌诀》就更蒙，至于再看那李濒湖的"浮脉为阳表病居，迟风数热紧寒拘……"的脉学，就直呼："不学了！不学了！这脉学乱似牛毛，去哪里记得住？"有人劝他别急，说你别背书了，直接学捉脉吧，捉着脉，就像个医生。于是他也伸出三根指头，把着人家的手腕装模作样地学捉脉，捉了半天，觉得张三的脉是"嘣嘣嘣"，李四的脉也是"嘣嘣嘣"，跳的没啥不一样，就又急了："×他娘的，都是'嘣嘣嘣'，跟兔跑一样，这能捉出个啥？捉他娘个脚！不捉了！"于是就一推六二五，把那《李濒湖脉学》一扔，"急流勇退"，不学了。

圪针树上边有圪针，下边根坚硬，刨起来是麻烦，但也不是说麻烦得就不能刨。但这两个叔叔，你说说，能把圪针树刨翻吗？

刨不翻。

两个叔叔刨不翻圪针树，无可奈何，挂着镢头站在那里，前后左右看着圪针树，摇摇头，然后你看我一眼，我瞪你一眼。

一个叔叔说："这镢头不好使，用不上劲。"

另一个叔叔说："这圪针树也太粗了，真不好刨！"

山子在一旁看着，见那圪针树也不过核桃般粗细，就给两个叔叔说："让我试试吧？"

两个叔叔听了，有点想乐，心想，这可是个力气活儿，不是你小孩子能干得动的。但因山子是灵童，就忍着没笑，递给他一把镢头，说："中，那你试试。"

山子拿过镢头，举过头顶，照着圪针树一镢头下去，"噗嚓"，圪针树应声而倒，翻在地上，再也不动了。

两个叔叔呆了，吃惊地看着山子，又相互对视了一眼，喃喃自语道："咦！他个小孩儿家，没啥力气，咋就一下刨断了呢？"

山子说："这很好刨呀！你眼里看着树根，心里想着树根，心里眼里全是树根，甭想其他啥，眼里的树根就会越来越粗。这时候准头儿在心里，照着树根用劲刨下去，不怕它不倒。"

两个叔叔瞬间没了笑话他的意思，转而对他刮目相看。

两个叔叔回村后，也顾不得说他们的"书"和"医"了，见谁给谁说："这（zhuò）小孩儿，就是够灵的，说点啥，有鼻子有眼儿的。真是神童！"

村人听了，不应声。

背后说："是比你俩强。"

山子是"神童"越传越神。

俗话说："有地不愁苗，有苗不愁长。"山子这棵"苗子"，顶着这顶"神童"帽子，转眼长到了读书年龄。

如何让山子读书，成了山子家的大事。

那时村子里还没有私塾，就只能送他到外地去读义学（古时各地用公款或私资举办的免费学校，以补官学之所不及）。山子还小，只有八岁，又是娇生惯养，家里人也舍不得。

商量来商量去，决定还是在家里跟着爷爷识字读书。

山子爷爷为病人看病

爷爷是个中医，小时候读过《三字经》《弟子规》《千字文》等启蒙读物，长大后又读过不少医书，是村里的"文化老大"，除他以外，村里没人比他读的书多。

他本来想让山子直接学中医，但又考虑到山子太小，没有个识字的"底儿"也不行。那咋办？转念一想，有了，让他一边识字，一边背药书（当地口语，指中医书籍），两全其美，岂不是乐事？

于是，山子便在家跟着爷爷，开始了读书认字。

山子不愧为神童，很快就把《三字经》《弟子规》《千字文》等书读得透熟，而且还向爷爷问这问那。渐渐地，爷爷感到有些吃力，难以"招架"。

一次，山子在读《千字文》，读着读着，突然问道："爷爷，《千字文》是谁写的呀？"

爷爷说："噢！是一个姓周的写的，叫周兴嗣。"

山子又问："他是个什么人呀？"

爷爷说："他是个当官的。"

山子说："噢！怪不得呢！他可真有本事，写得那么好。可他为什么不多写点呀，只写一千字就完了？"

爷爷说："是这样，传说周兴嗣有一次说话，不小心惹恼了皇帝。皇帝发了怒，将他下了大狱，并判了死刑。到了行刑的那天，皇帝突然想到周兴嗣这个人还是很有才华的，字又写得好，杀头有点可惜，于是想了一个法子，让人从书法家王羲之的书法中拓出一千个不同的字，每个字一张纸，没有次序，杂乱无章，让他用这一千个字写一篇一千字的文章，不准多也不准少，而且内容还得合情合理。写好了，就免他死刑；写不好，就杀了他。周兴嗣回去后，想了整整一夜，写出了这篇《千字文》。文章是写出来了，但周兴嗣的眉毛、胡子、头发却全白了。皇帝看后非常喜欢，就把他的死刑给免了。"

山子听了，半天不语，手托腮帮，怔怔地想着。

爷爷见山子不说话，就问："想啥哩？咋不说话了？"

山子自言自语地说："有本事真好啊！要死的人都能不死。"

爷爷听了一震，有点吃惊：这孩儿，会想事了，遇事动脑子，是个好苗子。

《千字文》读完，开始读《三字经》。

爷爷读："人之初，性本善。"随后解释说："人在很小的时候，本性都是善良的。"

山子说："那就是说，人本来都是好人，对吗？"

爷爷说："是呀！"

山子想起南麻盗宝的事，那不就是做坏事吗？做坏事，那不就是坏人吗？就问："爷爷，那为什么还有坏人呢？人小时候都是善良的，为什么有人长大了，就变坏了呢？"

爷爷一时答不上来，就想：这孩儿，在这儿等着我呢！小小年纪，想的事可不小，不能小瞧呢。

爷爷的这类书就那么几本，其他的都是中医书籍，像《药性赋》《汤头歌决》《王叔和脉经》《雷公炮炙论》等，而且都是手抄本，没有注解与解释。咋办呢？"活人不能让尿憋死，死脉当作活脉医"（后世讹传成"死马当作活马医"），爷爷就试着教山子读医书。先读《汤头歌诀》第一歌：

四君子汤中和义，

参术茯苓甘草比；

益以夏陈名六君，

祛痰补气阳虚饵；

除却半夏名异功，

或加香砂胃寒使。

爷爷讲："汤头，是中药的配方，是医生给病人开药方用的。一个汤头就是一个药方。当然，开药方时，要根据病人的病情，随时加减药物，灵活运用，'加减临时在变通'（《汤头歌诀》语）嘛！"

山子头一回听医书，那简直就是听天书，瞪大了眼睛看着爷爷，眼球一动也不动。

爷爷讲完，说："你先背吧，背下来，装在脑子里，慢慢就懂了。"

于是山子朗朗有声，逐句背诵。

念着念着，山子突然问道："爷爷，'君子'是什么意思呀？"

爷爷说："君子，就是人格高尚的人。"

山子说："这书不是说药的吗？咋说起人来了？"

爷爷说："这是拿人作比喻呢！是说这种药好像君子一样，是很好的药。"

山子说："噢！懂了！好药就像好人一样，到哪里都能起到好的作用。四君子，就是四种好药。对吧?"

爷爷说:"对呀!四君子是一种比喻说法，古时候的读书人，常常拿物来比喻人，比如:他们认为梅花、兰草、竹子、菊花这四种花卉，清丽高雅，刚直傲骨，而且风采纷呈，就赞赏说，梅、兰、竹、菊的天然秉性，别具君子之风，简直就是'花中四君子'。而《汤头歌诀》里说的四君子，是指人参、白术、茯苓、甘草四味中药。这四味中药，就像四位君子，将它们合在一起，组成了中药汤头第一方——四君子汤。"

山子又问:"噢!是这样。那'中和义'又是啥意思呀?"

爷爷惊异:这孩儿，教他学医，他不问药的事，咋净问点与人有关的词呢?于是便说:"'中和义'，本来是形容人的词，是说人与人的关系中庸和睦。这里是说，这几种药用在一起，其药理配伍有着调和折中、配合适当，对人大有好处的意思。"

山子说:"就像四个好人在一起做事，力量会更大，是吧?"

爷爷更为惊异:他咋又扯到人上去了?于是说:"是的，有时候用药和做人有相通的地方。"说着，脑子里没了药理配伍，也想到如何做人方面去了。

山子不再发问，两手托腮，陷入了沉思之中。

爷爷和山子的爹爹说:"山子的心思可能不在学医上，好像有大志向。得注意引导他走正路，别耽误了他的前程。他已经十岁了，最好还是给他请个私塾先生，让他读更多的书，好好地成个人吧!"

山子爹一想，就是，于是就将这事放在心上，加紧操办。

第三章

四小儿入读私塾
小神童初露锋芒

　　凑巧，村里有几家人也在考虑自家孩子的读书问题，听说山子家想给山子请私塾先生，就很想和山子一起读书。于是几家一商量，前去征得山子家同意，由山子爷爷牵头，去请私塾先生。

　　这样，除山子外，另有二喜、三笨、四孬三个蒙童一起去读书。

　　二喜排行老二，他家弟兄几个的名字里都有一个"喜"字，因此便以"二喜"相称。二喜和山子一样，都很聪明，遇事肯动脑筋，爱刨根问底儿，只是没有山子想得周到，不沉着，存不住气。一次，二喜和山子在街上玩儿，二喜冷不丁问："山子，啥叫个'两好搁一好?'"山子说："你咋想起来问个这?"二喜说："我有一次听我娘给我爹说：'两好才能搁一好啊!'我不知是啥意思，就问我娘，我娘瞪我，说：'小孩儿家懂个啥!别乱问。'我就不敢问了。你知道得多，应该知道是啥意思吧?"山子说："噢!那可能是这，比如说，你对我好，我对你好，两个好搁在一起就成了一个好。"二喜听了，还是懵懵懂懂不明白，疑疑惑惑地自言自语："两个好就是两个好吧，搁在一起咋就成了一个好?"正说着，只见瞌睡爷眯着眼睛走了过来。瞌睡爷看见两个小不点儿，一身大人气，像大人一样，正儿八经地在那儿讨论问题，心里就喜欢起来，说："小娃子，说啥哩?一个好两个好的，数数哩?识数不识数啊?"山子看了看瞌睡爷，没吭声，二喜跟着就说："识数啊!咋不识数哩!"瞌睡爷说："那我问你，一加一等于几呀?"山子又看了看瞌睡爷，还没等说话，就听二喜说："等于二呗!这，谁不知道?"瞌睡爷瞧了瞧山子，见山子一直看他，就问山子："山子，你咋不吭声哩?对不对呀?"山子说："也对也不对。"瞌睡爷来了兴趣，问："哦!也对也不对?咋是个也对也不对呀?"山子说："是这样，瞌睡爷，二喜问我啥是个'两好搁一好'，我说一个好搁上另一个好，两个好合起来就等于一个好。是不是呀，瞌睡爷?"瞌睡爷兴趣更浓，就故意问："两个好搁在一起就是一个好，这是咋说的呀?"山子说："我有一次听见有人说咱村谁家相处得好，说：你看人家两口子，俩人好得跟一个人一样。俩人好成了一个，那不就是一加一等于'一'了?所以说，一加一，不一定都等于二，有时候就等于一了。我说'也对也不对',就是这个意思。这样说对吗,瞌睡爷?"瞌睡爷眯着的眼缝一下子宽了起来,满脸的笑容,说:"是这么个理儿!山子想得多呢!那么二加二等于几呀?"说着转向二喜:"小不点儿,你说说?"二喜瞪大了眼睛,一时转不过弯来,不知该咋说,愣在那里迷瞪。山子则在一旁笑而不语。

村里人说,人身上有十根"筋",聪明不聪明,就跟这十根筋说事,看他的"筋"通透不通透。十根筋,根根都通,就是聪明人;遇着不太聪明的人,就是"差一根筋"。其实,人的十根筋,有一两根筋通透,那就聪明得可以了;十根筋都通,那就聪明得不得了了。二喜要是跟山子相比的话,山子是十根筋都通,而二喜总是差那么几根。当然了,这个"筋"的说法,只是一种比喻而已。

三笨,小时候有点傻里傻气,而且还结巴嘴。"三笨"是他的外号,来源于他的结巴嘴。一次上街,有人见他说话结巴,就逗他,问他:"小结巴,你家姊妹几个啊?"他想了半天,扳着指头算了起来:"俺爹……俺娘……还有……我,三个!"那个人大笑,说:"哦!算哩'不错'。"又问他:"俺家有一篮儿馍,刚好够你'姊妹仨'每人吃三个,一共是几个馍呀?"三笨认真起来,伸出来三个指头,表示"姊妹仨",先扳下一根,说:"一个人……三个。"又扳下一根,说:"两个人……"想了想,说:"哎……六个。"再扳下一根,说:"三个人……"这下算不出来了,愣着想了半天,还是不行,于是就重新扳起第一根指头,从"六"开始,一根一根往下数,边数边说:"六……七……八。"哦!算出来了!他一下子高兴起来,为他能够算出来几个馍而得意，头一拧，脖一梗，嘴一撇，眼一瞪，得意洋洋地说："八……个！"那人"哈"的一声大笑，差点儿背过气去。而三笨瞪眼看他，不知他笑什么。后来稍微长大，知道害羞了，说话还是结巴，却有点"滑"了。一次又有人逗他："小结巴，有个人不小心掉到坑里了，咋能够出来？"他说："有……梯（当地人读 tiū）吗？"那人说："嗨！有梯我还用问你？"他说："是……白儿家（当地方言，指白天）掉里了，还是……黑老家儿（当地方言，指黑夜）……掉里了？"那人说："这与白儿家黑老家儿有啥关系？"他说："要不是……黑老家儿，他……眼又不瞎，咋就掉……坑里了？"嘿！那人反倒被他绕住了，一时想不起来咋回答，半天才说："嘿！都说你笨，我看你也不笨啊！"三笨一听说他笨，就急了，张口就说："你才……"因为急，"才"字出来就憋住了，憋了半天，出不来声，嘴巴一张一张，眼睛一眨一眨，相互配合着抖动了好一阵才喷口而出："笨……笨……笨哩！"后来这事传了出去，便成了大家相互调笑时的口头禅，说谁不聪明时，也常常张着嘴巴，眨着眼睛说："你笨……笨……笨哩！"时间长了，"三笨"就成了他的名字。

四孬并不叫"四孬"，他不是这个村的人，他的村就在离金牛寺村不远的一个山头上，村名叫个"石垴（nǎo）"，全村就他一家。他常来金牛寺村玩耍，所以大家都认识他。他生性调皮，人都说调皮人聪明，四孬却恰恰相反，没见他聪明到哪里去，却常常孬得出奇，常干些尿尿和泥、放屁崩坑的事，让人哭笑不得。久而久之，一提起他来，人们常常摇摇头说："那（nuò）屁孩儿，他可不是调皮，他是个孬种！"

四孬姓别，山里的人听起来有点"别"，觉得这个"别"就是别扭，不顺当，然而他就姓别，他爹姓别，他就也姓别，但不知是不是真的，真的应该姓什么，他不知道。他娘也不知道，他娘和他爹一样，都好吃点儿"野食儿"，"经见"的男人和他爹"经见"的女人一样，都不在少数。因此，有人暗地里说："这（zhuò）鳖儿，弄不好就是芝麻地里撒黄豆——杂种！"

四孬的名字就是他的村名，叫个"石垴"。不知是他家里人给他起的，还是因为他是石垴村的，反正大家都喊他"石垴"。只因孬得出奇，人们将"别石垴"说成是"鳖是孬"，或者说"鳖死孬"，简称"死孬"。时间长了，都"死孬、死孬"地喊，"死孬"就成了他的名。但有时候写他的名字时，还是给点面子，将"死"写成"四"，说成是"四孬"。

四孬的娘，就是那个外号叫"驴大脚"的婆娘。有人说，四孬的"孬"，不沾光他娘的"坏"。

和山子一起读书的事，驴大脚嘴上对山子嫉妒，骨子里却不得不承认山子的聪明。因此，一说和山子一起读书，想都没想就连连说："中、中、中！"有人"哼"了一声说："中、中、中！是你自己说的！你就没去问问人家同意不同意？要你儿不要？"驴大脚一听，有点慌了，转陀螺一样瞅了一圈儿，给二喜他娘说："二喜他娘，你去给咱说说吧，你和山子家关系最好。"二喜娘想，驴大脚虽然麻缠，但难得见她给谁低头，说到这儿了，也就算了。于是就去和山子爷爷说了说，山子爷爷没有计较什么，这样，四孬也就进入私塾和其他蒙童一起读书了。

私塾先生

私塾先生是铁打寨村人。

这"铁打寨"的村名，可是有点来历。这里原没有村庄，相传北宋末年，岳飞抗击金兵，曾在这里设寨，有效地扼制了金兵南侵，从此留下美名。又传，古时这里常有土匪出没，据山修寨，占山为王，称霸一方，骚扰百姓，百姓深受其害，苦不堪言。后来，一个铁姓侠女巧扮村姑，智取山寨，将土匪一举消灭，为民除了一害，从此，"铁打寨"之名就传了下来。再后来，有人相中了这里环境的幽雅和地势的险峻，就在此地"安营扎寨"，成为一个村落，并以"铁打寨"为村名，从此有了铁打寨村。

铁打寨和轿顶山是同脊山脉，位于轿顶山的南面。

或许是受到铁打寨的"铁"的精神的熏陶，先生浑身都是"铁"的锋芒，年轻时学中医，欲悬壶济世，和山子爷爷有交往，后来觉得"以医济世"不如"以义医世"更能体现志向与抱负，就索性来了个"投笔从戎"，科举入仕做了官，轰轰烈烈干过一番。但因性格耿直，宁折不弯，得罪了不少人，仕途便坎坷起来。仕途一坎坷，便对官场渐生厌恶。厌恶虽不断升级，心里却逐渐平静，感慨这个世界上"向来争名夺利人，百年几个长存者"？于是就弃官不做，回到家乡，每日里琴棋书画，渔读耕樵，自我消遣，倒也其乐融融。

他对中医兴趣不大，对国学文学却喜爱有加，"之乎者也"成了他的"宠物"，整天吟诗诵词，斯斯文文，沉浸在古代文人的天地里。

山子的爷爷看中他阅历丰富，而且多才多艺，想让他带山子开阔眼界，于是便想请他做私塾先生，前往询问可否。

先生自嘲道："我现在是，忙起来，博览群书寻古典，旁搜野史录新闻；闲下来，自斟自饮自长吟，无须赞叹知音寡。不过，郑板桥说的'老书生，白屋中，说唐虞，道古风，许多后辈高科中；门前仆从雄如虎，陌上旌旗去似龙，一朝势落成春梦，倒不如蓬门僻巷，教几个小小蒙童'的那种境界，也是我的所爱呢！"

先生对于山子爷爷的邀请，欣然同意。

爷爷和先生商量修金（修金，私塾先生的酬金。修，本指干肉，后喻指致送塾师的薪金）多寡，先生一听，风趣地说道："古人云：'君子之交，定而后求；小人之交，一拍即合。'咱们是君子交往，先有交情，而后才有利益，君子喻于义嘛！不能像小人那样，交友轻率，仅仅是为了利益，很快就去热和，小人喻于利呢。我看咱就别'一拍即合'了，就'定而后求'吧！"

好一个"君子之交，定而后求"，一家私塾水到渠成。

私塾开馆了。

先生先教蒙童们识认"方块字"，继而学习书写，从扶手润字开始，然后描红，再写映本，进而临帖，在一寸多见方纸上书写楷体字。

认到千字左右时，开始教读《三字经》《百家姓》《千字文》。

先生教读书，强调熟读，然后背诵。

私塾开馆，前排：山子（左）、四孬（右）。后排：二喜（左）、三笨（右）

每天上课，先不管你课文懂与不懂，不懂也是不讲的，而是先教你读。会读了，再熟读；读熟了，就要求背诵出来。

第二天上课，仍是如此步骤，必须读熟背出。

先生讲：徒儿们，读书，要记住两点，一是熟读，二是背诵。熟读、背诵，是打基础的重中之重，要中之要。所以你们每天的课程都要熟读，而且都要背诵。以后到了节日，比如五月初五的端午节，七月初七的乞巧节，九月初九的重阳节，以及年终的大节，就不再教新的内容，不教不是说不学了，干什么？温习书、背书。就是要把节前所读的书全部温习一遍，再全部背出来。到了年终，就要温习一年中所读的书，并全部背出来。到了第二年的年终，除要背诵第二年所读的书外，还得"背带书"。什么是"背带书"？就是把第一年读的书也要连带背诵出来。

先生又讲：为什么强调你们一定要熟读、背出？是因为"书读百遍"，就会"其义自见"。古代有好多的有志少年，差不多都是"六岁善辞章""七岁能赋诗"，为啥啊？就是能够熟读背诵。古人还说："熟读唐诗三百首，不会吟诗也会诌。"意思是说：诗读得多了、熟了，就能增强语感，逐步理解诗歌的内容，掌握诗歌的语言规律，从而也就会写诗了。这和读书是一个道理，读得多了，自然就会豁然贯通，不懂的就全懂了。

山子已有国学启蒙根底，《三字经》《百家姓》《千字文》都能熟读，并能背诵。但听了先生的教诲，还是认真地熟读精诵。

随后，先生则教他们"作对"，即对对子，为下一步作诗打基础，做准备。

这一天，先生教读当朝李渔所写的《笠翁对韵》：

天对地，雨对风，大陆对长空。山花对海树，赤日对苍穹。雷隐隐，雾蒙蒙，日下对天中。风高秋月白，雨霁晚霞红……

山子和二喜认真地学，很快便熟记在心，倒背如流。

三笨有点吃力，结结巴巴，念了一遍又一遍，还是有点不知所以然。

四孬捧着书本，鬼头鬼脑，念着念着，就起了歪心眼儿，悄悄地对三人说："这就是对对子呀？这样对，我也会。你听着啊：汉们对娘儿们，小孩儿对老翁；傍黑儿对个清早家儿，月亮对个明格星（当地土语，意谓发光的小亮点儿）。"

山子听了没理他，二喜白了他一眼，三笨听了想了半天，蹬了他一脚。四孬讨了个没趣，不再吭声。

学罢《笠翁对韵》，接着学古诗。

先生讲了两首诗歌，一首是南朝时期民歌《读曲歌》，一首是北朝时期民歌《敕勒歌》。先生的意思是比较比较，瞧瞧南朝诗歌和北朝诗歌有啥不同。

先生讲：《读曲歌》写的是："打杀长鸣鸡，弹去乌臼鸟。愿得连暝不复曙，一年都一晓。"意思是：一个妙龄女子在做梦，梦到美妙之处，却被鸡鸣鸟叫声吵醒，懊恼之极，真想把鸡杀掉，用弹弓把鸟打飞。随后想，这一年三百六十五天，但愿天天都过黑夜，哪怕只过一天白天都行。那样的话，就可以夜夜做美梦，享受美梦之乐了。

山子想：一个梦，一只鸡，一只鸟，就把小女孩儿心里头想的啥说得活灵活现，这南朝诗歌，可真像那个小女孩儿，不仅身材纤细，而且思想细腻，给人以柔柔的感觉，美轮美奂哪！

二喜有一个问题弄不明白，想：《三字经》里说"犬守夜，鸡司晨"，各有各的责任，狗是守夜看家的，严守死看；长鸣鸡是报晓的，到时辰就会打鸣。那鸟叫是怎么回事？黑灯瞎火儿的，也是被鸡叫惊醒的？于是就问了先生。

先生说："乌臼鸟，又叫黎雀，也是一种报晓动物。最乐于在黎明时分啼叫，而且往往叫在鸡的前头。"

三笨边读边嘟囔："这写……的是……什么呀？看……不出个一……二三。"

四孬没吭声，拿笔在纸上比比画画。

三笨凑上去看，只见四孬在纸上写道：杀鸡我不敢，打鸟我可能。只要天天叫我耍，不叫睡也中。

三笨瞪起眼睛，嘴巴张了半天，说："就……你那……准头？打……弹弓……连个人……都照……不住，还想……打鸟啊？"

四孬瞪了三笨一眼，没有吭声，一副不与笨人争高低的样子。

接下来学习北朝民歌《敕勒歌》：

敕勒川，阴山下。天似穹庐，笼盖四野。　　天苍苍，野茫茫。风吹草低见牛羊。

先生讲：《敕勒歌》是一千多年前的北朝民歌。歌中唱的是内蒙古阴山一带大草原风光，也唱出了敕勒族的民族生活。这歌的来历还有一个故事，说是北朝时候，北齐的神武皇帝高欢围攻西魏，攻了好久不能取胜，只好退兵。这一退兵，引起种种谣言，说高欢得了重病，取胜是不可能了，因此军中人心惶恐。高欢为了稳定军心，便出来亮相，并让军事将领斛律金给大家唱一首歌，以鼓舞士气。斛律金略一思索，便唱了这么几句，后来起名叫《敕勒歌》。这一唱，使将士们精神大振，士气大增，群情鼎沸，随后围攻西魏取胜。

先生讲完后，让徒儿们熟读背诵。

山子边读边说："北朝诗歌就像咱这里的男子汉，粗犷大气，看着威武，听着得劲。"

二喜点了点头，说了声："就是，觉得过瘾。"

三笨还在看诗，没有吭声。

四孬摇头晃脑地说："是！是！是个什么呀是？不就是在草地上放个牛放个羊吗？咋个儿得劲？咋个儿过瘾？"

山子听了，摇了摇头，不再吭声。

四孬看见山子摇头，心想：咋不说话了？你瞧你那样儿吧！念个诗，也说个得劲、过瘾，能哩不轻！

一个春暖花开之日，先生见天气不错，想到野外走走，顺便带徒儿们到野外去读书，换换环境，调节调节心情。

山子、二喜、三笨、四孬一听，立刻露出小孩儿本性，晃动着一身的孩子气，手舞足蹈，喜气洋洋地跟着先生鱼贯而出。

刚走到街上，就听见前边笑声不断。原来是两只狗在那里

"男欢女爱"，几个"好事人"伸着脖子瞧稀罕。有个"二半吊子"拿着根木棍，歪斜着眼睛，嘴角流着半尺长的涎水，一歪一趔，迈着那吊儿郎当的步伐，趔趄到狗前去"棒打鸳鸯"，用木棍照着狗身连连击打，但俩狗不理不睬，继续纠缠在一起。二半吊子又把木棍伸到两条狗中间用劲去挑，试图将其挑开，一边挑一边龇牙咧嘴，配合着挑的动作配音似的发出"哎吃——哎吃——"的声音。谁知俩狗变本加厉，越挑越黏糊，根本"不离不弃"，名副其实的"棒打不散"。

看着那"人狗大战"的难堪，"好事人"的笑声便一浪高过一浪。

四孬一见这场面，一下就触发了他的"孬种"神经，拍手大叫："吔、吔、吔！快瞧！快瞧！'狗恋蛋'哩！"

山子皱眉，二喜连连摇头，三笨掩面而笑。

先生绷起了脸。

先生教书，不仅教人读书，更教人做人。要求做人最基本的一条，就是说话要斯文，不得粗野鄙俗。听到四孬这样说话，很不高兴，说："孺子差矣！说话如此粗俗！"

四孬缩了一下脖子，伸了一下舌头，像是知道说错了，但嘴上却不服，嘟嘟囔囔地说："那狗就是在那儿'恋蛋'哩，不叫这样说，那该咋说哩？"

先生说："两只畜生，不通人性，当街嬉闹，无甚稀奇。见即见矣，何必言说？真想说，就说个顺耳的，叫个'喜相逢'即可。直言不讳，不雅！不雅！"

四孬闭嘴了。

出得村去，见村口有一池塘，一只乌龟"瞎子探路"似的从池塘里往外爬，两只前足左一点，右一探，摸索着前进。昂着的龟头时不时地左右晃动，好像带着极大的不满意想要爬出池塘去。三笨瞅了半天，问先生："先生，这……是乌龟呀……还是……老鳖?"

先生摇头，说："直呼其名，不雅! 不雅! 要有所避讳，叫个'爬地龙'吧。"

三笨捂嘴，点头表示记住。

师徒们往山上走去。

静静的山野，偶尔传来一阵鸟声啾啾，时不时地来点微风拂面。天空艳阳高照，地上百花盛开，一派春光明媚。

忽然飘过来一阵断断续续与周围环境极不协调的哀乐，阵阵锣鼓，声声唢呐，刺啦啦的镲儿，挠人的铃铛，虽是不起不覆、四平八稳，然而那上气不接下气、抖抖索索的音律，声声击撞着人的心扉，夹杂着那妇人嘶哑的号哭："我哩——我的那个人哪——人哪——你咋就——不管我了呀——呀! 你走了——我可咋活呀——呃、呃、呃……"让人喉咙一紧一紧地难受。

三笨咧咧嘴说道："哎呀! 哭……'人'哩! 是妇女……死了……男人……了，碰……着了……响器班儿，真……倒霉!"

先生说："生死无常，人各有命。死人是常事，吹吹打打也没啥倒霉，哭声是人家的悲伤。要避其晦气，就转个弯说，叫个'叮当会'，不是好听一些?"

先生话音刚落，忽见远处山地边一排玉米秸秆草垛浓烟四起，火光冲天。几个小儿哇里哇啦地从草垛之处四散逃去。四孬一看，孬种的神经又一次被触发，忘记了先生刚才的教诲，指着火堆忘乎所以地说："你看那火，呼里呼隆，噼里啪啦，呼呼乱窜，满堂红火，真好瞧吔！多烧会儿，烧光了才好。"

先生一听，厉声斥责："那秸秆是冬天喂牛用的草料，失火了，是悲哀之事，咋能说好瞧呢？还说'满堂红火，……烧光了才好'，小子，你想啥哩想？幸灾乐祸吗？"

四孬一激灵，像是当头挨了一棒，又伸舌头又揪鼻，乜斜着两眼，左右偷偷看了看，见山子他们压根儿就没有打整他的意思，就站在那里左也不是，右也不是，上下左右彻底尴尬，一副松皮耷拉腚的尿样儿。

从野外回来，先生准备回家一趟。

临走时，先生让徒儿们写一篇日记，体裁不限，散文、诗、词都可以，内容可以写这次野外之行的所见所闻。

山子听到"野外之行所见所闻"的话语，马上想到先生所说"喜相逢""爬地龙""叮当会""满堂红"说话艺术的事，联想到四种现象的含义，反复思考，编出一个故事，构思出一幅画面：两狗相遇，当街嬉闹，虽说是畜生，但毕竟有伤大雅。因此，"老成持重"的千年"爬地龙"深感惊异，爬出池塘，以示"抗议"。唢呐声声之哀乐，暗示为这种"不合时宜"而悲伤；满堂的红火，则助长了这种悲哀的升级。山子思索成熟，提笔写道：

　　两犬嬉闹喜相逢，

羞煞千年爬地龙。

哀乐声声叮当会，

大火怒怒满堂红。

山子写好，交给先生。先生看了，若有所思：哦！山子是将这四种现象组合在一起，从中去说明一个道理呢！嗯哪！想象力还挺丰富。稍思片刻，提笔在诗后批语：格物致知（格，推究；物，事物原理；致，求得；知，知识。格物致知，指研究事物原理而获得知识），由表言本；由物言理，由浅入深；观察事物，较为用心。

先生转头问二喜："你的呢?"

二喜知道山子写的是诗，就也跟着写诗。见先生索要，就递了过去。诗中写道：

狗狗嬉闹不避人，

爬地龙亦不藏身。

叮当哀乐不愿听，

满堂红火不忍闻。

先生批语：结构不紧，语言直白；文理不清，还需雕琢。

先生转向三笨，问道："你怎么样?"

三笨念起诗来倒是不结巴：

俩狗街上闹着玩，

乌龟瞧着不好看。

爬出池去听大笛（当地俗称唢呐为大笛），

小孩玩火冒了烟。

先生"扑哧"笑了，说道："说话不雅，主题不清，七不连八不沾的，不知道想要表达点啥，有凑词造句之嫌。不过顺口滑溜，念起来也怪溜！三笨，三笨，也不算太笨。可以去掉一笨，改名叫二笨算了。"

大家偷笑。

先生转向四孬。

四孬开始听先生说让写日记，头就有点大，他孬起来是"自来会"，可要动笔，就是"赶鸭子上架"了。后来知道山子他们写诗，就想，诗不就是顺口溜嘛！这还不好办？我就溜他两句。又知道山子他们写的是"喜相逢""爬地龙""叮当会""满堂红"，就更是来了兴趣，因为他想起了先生的呵斥，何不拿先生取笑一番？于是，本能的孬种劲一下就布满了全身，孬点儿满脑袋往外蚰蜒，没费多大工夫就想好了词句，完成了恶作剧"脚本"。

不过，有道是"做贼心虚，偷人心慌"，四孬孬种虽是本性，但毕竟是"邪气不压正气，老鼠毕竟怕猫"的，这时候见山子等三人的诗先生都已看完，扭身转向了自己，心里立马就"揣了兔子"，"嘣嘣嘣嘣"地慌乱起来，躲躲闪闪不敢向前。先生见状，知道他又生了什么歪心眼儿，便厉声说："拿来！"

四孬不敢拿出，直往后退。三笨见状，一把拽过诗稿给了先生。先生展开一看，只见上面写道：

师父师母喜相逢，

来年生个爬地龙；

半年一次叮当会，

一年一次满堂红。

先生勃然大怒，连连啐道："呸！呸！呸！晦气！晦气！如此野蛮，无理取闹！竖子不可教也！"

说罢，连连摇头，拂袖而去！

第四章

见杏子两小无猜
聊家史童心起怨

先生走了。

山子回家后，把四孬作诗骂先生的事告诉了爷爷。爷爷一听，脸色立即阴了下来，半天没有言语。好久，才自言自语地说："少家失教的东西！不学好，净学孬！真是个海货（海货，即海人，海中怪物。当地土语，指祸害。明叶子奇《草木子·观物》上说：南海那里时不时有海人出现，形状如僧人，人颇小。常常登船而坐，警诫船上的人不要乱动。如此，顷刻之间船便沉没水中，否则大风将船吹翻）。"

山子问："爷爷，先生不会不来吧?"

爷爷说："先生是个极要面子的人。这事一出，他回不回来还是个事哩！你先不要给别人说这个事，这几天先自己读书吧！"

山子说："中。"

三天过去，没见先生回来。

爷爷想：麻烦了，先生八成是恼了，回不回来还是一说一说（当地方言，意思为不一定）哩！想叫回来，还得好好解解这个疙瘩呢！

山子爹从地里干活儿回来，山子爷爷对他说："明天我带山子到先生家一趟。"遂给他说了此事。

山子爹一听，也很着急，说："先生要是不肯回来，让他给山子指指路？"

山子爷爷说："到那儿再说吧。"

第二天，爷爷和山子前往先生家。

路上，爷爷跟山子说："这人哪！从小看大，三岁看老。四孬这小孩儿，好事没做多少，坏水一肚囊。这种人长大了你看吧，不是好，就是坏，要么好个样，要么坏到家。浪子回头了，金不换；浪子不回头，那可就是'城里无衙——没治'了。你还小，有些事情看不准真假，可不敢受他的影响学坏了。"

山子说："我知道，他和他娘一样，说点啥，人都不爱听。"

爷爷说："跟好人，学好人，跟着巫婆下假神（指女巫跳大神）。跟着他娘学，哼！生就的骨头长就的肉，啥东西就是个啥东西，好不到哪儿去！"

到了先生家，见院门掩着。爷爷上前敲门，一会儿听得一声娃娃腔："谁呀？"

"吱扭"，门开了，出来一个小姑娘，头发束了一个丫角，身穿素色蓝布衫，下穿蓝色裤子，脚穿小圆口布鞋。满脸的稚气却不失庄重。

小姑娘见了山子，一怔；山子看了看小姑娘，也一怔，都觉得好像在哪里见过。

山子爷爷问："你家大人呢？"

小姑娘说："你是说我爷爷吧？在家呢！"

正说着，只见先生从屋内出来，三步并作两步走，拱了拱手说道："哎呀！稀罕！稀罕！你可是稀客。快往屋坐，快往屋坐。"

山子爷爷还礼，笑着说："不稀罕，不稀罕。几天不见，来看看你。"

先生说："你客气！用不着，用不着。我事已办完，正准备回去哩！屋里坐，屋里坐。今儿个咱老弟兄俩可得弄两盅。"

小姑娘见状，快步回屋，从墙角拖出一张小桌，摆在当间八仙桌前，放上两只小碗，转身到灶屋烧水去了。

先生招呼山子爷爷坐下。

山子爷爷见先生满面春风，并没有愠怒之色，一颗心才放到肚子里。相互寒暄几句，山子爷爷招呼山子过来。山子即刻上前，弯腰给先生鞠了一躬。

先生满心喜欢，欸然说道："你瞧瞧，你瞧瞧！光顾着说话了，把我们的'小大人'给忘一边儿了。"

山子爷爷听先生称呼山子"小大人"，心想：看来先生并没有把那件事放在心上，放弃私塾教学。于是喜上眉梢，说："山子，你玩儿去吧。我们说说话。"

山子"哎"了一声，出门去了。

小姑娘提水进来，倒水，然后悄无声息地退身而去。

山子爷爷问先生："在家弄啥哩？好几天了。我知道你闲不住，又看啥书呀？"

先生说："看书不看书是小事，我倒正想给你说说山子的事呢！"

山子爷爷心里"咯噔"一下，心想山子是不是也有什么不妥之事？忙问："山子怎么了？是不是做错啥事了？"

先生说："哪里！哪里！山子是个好孩子。他以后可是前程似锦啊！"

山子爷爷放心了，心里一阵高兴，问："你夸奖。你看出什么来了？"

先生便把山子所作之诗说给山子爷爷听，然后感慨地说："大凡一般人看事论物，一是一，二是二，很少能想到三那里去。而山子这孩子，见一却能想到二，甚至想到三或四。就拿他上次作诗来说吧，他能将几个现象作为一个事去思考，将两只狗当街嬉闹比作人的大逆不道，不知廉耻；将乌龟出塘看作忠厚老者对此的反感；将响器班的吹打看作对此而发出的悲哀之声；将一场大火看作对这种事不可小视的警告！他想的这些不像是小孩儿，俨然就是一个大人，而且还不是一般的大人。"

山子爷爷听了，止不住地高兴，说："我也看出他和别的小孩儿不一样，教他学文，他想到人情；教他学医，他扯到事理。

我看出他的志向不小，但从我这里学不了什么，'小河里养不出大鱼来'，因此请你全面教诲，到你那'大海'里去'扑腾扑腾'，好好学点啥，以免耽误他的前程。"

先生说："是个好苗子，得好好'抓抓'（抓抓，当地土语，培养培养之意）他，让他明白好男儿志在四方，胸怀天下，做人就要做个大人物！"

山子爷爷听得喜欢，一拍大腿，说："对头！我也是这样想哩！"

山子爷爷又有点不好意思地说："先生你真是大人有大量。不瞒你说，今儿来之前我还是一肚子的顾虑，恐怕你生四孬那个小孩儿的气，对私塾的事撒手不管哩！特来给你赔个礼道个歉。听你这么一说，我就放心了。"

先生说："我知道你会这么想，可别那样。四孬那小孩儿还小，我不会去计较他什么。不过他要是照这样下去，前程可是不会咋着，不说他了。重要的是，不能耽误了山子的前程，其他的都是小事。山子现在正是读书的年龄，应该让他知道'三更灯火五更鸡，正是男儿读书时'。"

山子爷爷哈哈一笑，紧接着说："十年窗下无人问，一旦成名天下知。"

先生说："是呀！是呀！培养一个栋梁之材，也是光耀千秋百代之事嘛！来！来！来！咱俩有时间没有'对酒当歌'了，今儿个咱就来他个'一醉方休'。"说完，转身向门外喊道：

"杏儿，备上几个小菜，来他一壶老酒！"

山子从看到小姑娘的那一刻起，就一直觉得好像在哪里见过面。听得爷爷吩咐让他去玩儿，就出门去找小姑娘了。

恰好小姑娘从灶房出来，看见了山子，张嘴想说什么，却欲言又止，低头转身回灶房去了。

山子犹豫了一下，便也跟着进去了。

小姑娘给灶膛添柴，给锅里续水，一举一动，稳当有序。看见山子进来，顺手推过来一个凳子，笑着说："坐吧。"仍继续忙活。

山子有点拘谨，没话找话说："还烧水啊？"

小姑娘笑了笑，没吭声。

山子感到尴尬，停了停，问道："你叫个啥名儿呀？"

小姑娘说："俺叫杏子。"

山子说："哟！好听的名字。谁给你起的呀？"

杏子说："俺爷爷给俺起的。"

山子有点放松了，说："人都说起名字都有个说道儿哩！你的'杏子'这名是个啥说道儿呀？"

杏子说："这个呀，俺知道。俺爷说，以前金牛寺有一个传说，说是当年道家的老祖宗老子，乘着一团紫色云气从东方过来，叫'紫气东来'。俺生的那天，天上也有紫色云气飘过，而且奇怪的是，俺家西屋房后的杏树，本不在开花的季节却开了满树的杏花，人都说'紫气东来，西园杏开'了，是个好兆头。俺爷说，紫气从东边来了，杏花在西边开了，杏花是受了紫气的福佑啊！图个吉利，就叫'杏子'吧！"

山子一听，立即说："巧了！俺的名字也和'紫气东来'有关，叫——"

杏子紧接着说："叫山子。"

山子惊讶道："呀！你咋知道？"

杏子说："俺听俺爷爷说过。今儿个你们一来，我就猜出来了。刚才我还想问你来着。没错吧？"

这时听得爷爷呼唤，杏子说："俺爷叫俺哩！俺得走了。你也回屋坐吧！"

杏子按照爷爷的吩咐，取酒备菜。

山子见她一人忙活，想去帮忙，却被先生留了下来。

先生说："山子你坐，今儿个咱们老少爷们儿聊上一聊，说说你今后如何读书学习的事。"

山子听了，便规规矩矩站到先生旁边，一副洗耳恭听的样子。

山子爷爷满脸的兴奋，笑着说："山子好好听着，先生给你开'小灶'呢！"

杏子取来了山楂、核桃、柿饼等，摆了一桌，放上一壶老酒，两只小碗，对两位老人说："爷爷你先用着，我再去做几个小菜。"扭身欲走，见山子笔立站着，便顺手掂起一张凳子，放到山子身后，起身出去了。

山子并未坐下，心里想着先生会说些什么。

先生斟上两碗酒，端起一碗放到山子爷爷面前，又端起一碗，对着山子爷爷说："兄弟，看到山子将来有出息，真替你高兴。你家出人才呢！来！来！来！为了山子的成长，咱，干了！"

说完，和山子爷爷"当"一碰，一仰脖子，一饮而尽。

先生扭身对山子说："山子啊，老百姓常说，人来到世上，活个人不容易，活个有模有样的人就更不容易。活个有模有样，是人人所希望的，而实际上，却有人一辈子一直是平平常常，甚至是窝窝囊囊；而有的人，却是飞黄腾达，扶摇直上。为啥呢？这就是修炼不修炼的问题了。修炼，就会有模有样；不修炼，就只能'看着别人吃肉，自己顶多喝汤'，甚至连'汤'也喝不上。可是也有反常情况，有些人也不是不修炼，也常常在那里'披荆斩棘，呕心沥血'的，结果却是除了平常还是平常。这就奇怪了，同样都是修炼，咋就有的成功了，有的就一直在原地踏步？啥原因呢？原来，是'方法'出了问题，方法对了，就成功了；方法不对，对不起，那就只能沦为那个'没模没样'。

"那么，对的方法，也就是正确的方法是什么呢？这个，老子在《道德经》中给我们泄露了一点'天机'。"

山子听见"老子""道德经"等字眼儿，一怔，立即感到一阵温馨，本来就"无心远望千山月"听先生讲话，这会儿就更是"竖耳静听先生言"了。

先生接着讲："这种正确的方法，老子说了，叫作：'善建者不拔，善抱者不脱。''善建者'，是善于建功立德的人；'不拔'，是不动摇，认定一个主张和目标，就'咬定青山不放松，不达目的不罢休'。'善抱者'，是善于抱持的人；'不脱'，是不脱落，不放弃。为啥会这样呢？因为善于建树的人都是有个性的人，做啥事都要做出个样子的人，一旦有了主张，定下了目标，就会百折不挠地去完成，不达目的不罢休。而善于'抱持'的人也是这样，会盯住这个主张和目标，紧紧抱住，决不放弃，同样也是不达目的不罢休的。

"'善建''善抱'是修炼形式，那么修炼的内容是什么呢？是'德行'。德行好不好，直接影响你建功立业能否成功。所以说要想成功，就得去修炼德行，而且必须是用'善建'与'善抱'的方法去修炼。

"修炼德行，是一种长期的历练。这个历练，先从修身开始，修身是根基，巩固了修身这个根基，然后就可以立身、为家、为乡、为国、为天下了。

"修身，是把自己的德行修炼好。你只要用这个正确的方法去修身，修出来的德行就会纯真、真诚，会真的出现层次的提升、境界的提高。

"自身修炼好了，就要考虑修炼自己的家庭。为啥？因为人与人的相处困难是从家庭开始的，家庭的人际关系是最复杂的，以前的家庭常常三世同堂，甚至四世同堂，如何与众多的亲人和谐相处，是一个大的挑战。家庭关系处理好了，以此类推，乡、国、天下的关系如何处理就迎刃而解了。

"修道的最终结果会出现五种效应。哪五种？老子说：'修之于身，其德乃真；修之于家，其德乃余；修之于乡，其德乃长；修之于邦，其德乃丰；修之于天下，其德乃普。'（见《道德经》第五十四章）

"这几句话，用咱老百姓的话说，就是这种修道的方法，用于一个人，他的德就会纯真；用于一家人，积累的德就会多；用于一乡的人，德就会受到尊重；用于一国人，德就会丰盛硕大；

用于全天下人，德就会无限普及，普照天下。

"出现了这五种效应，会有什么用呢？老子又说了：'以身观身，以家观家，以乡观乡，以邦观邦，以天下观天下。吾何以知天下之然哉？以此。'（见《道德经》第五十四章）这等于是说，老子又教给了我们一种方法，这种方法叫作'比较'。用'比较'的方法前后左右一对照，就会知人、知己、知天下。具体来说，就是'人比人，家比家，乡比乡，国比国，天下比天下'。要从我的自身去观察别人，从我的家庭去观察别的家庭，从我的乡里去观察别的乡里，从我的邦国去观察别的邦国，从现在的天下去观察未来的天下。这样一比较，修道效应的用途就会一眼便知（由此推论，人们常说的'秀才不出门，便知天下事'就是可能的）。老子又说，我是怎么知道天下的情况的？就是用这种方法知道的。

"《道德经》中说的这些，和儒家提出的'修身、齐家、治国、平天下'，是一个意思，只不过是儒家把这个当作目的去执行，而道家则是自然而成而已。"

山子先是听到"老子"二字，又听到"道德经"三字，心中相继涌出阵阵亲切感。继而听先生说要想做一个成功的人，就得按照老子的说法，从修炼做起，就想：按老子说的方法去修炼，那不是就得多读《道德经》吗？可是，哪里有《道德经》呢？

杏子端着几个小菜进屋，见山子仍然站着，就对先生说："爷爷，净顾说话了，也不说吃东西。来，吃菜，吃菜。"放下菜，拿起筷子递给山子爷爷，又递给山子一双，示意山子坐下。

山子未坐。

先生见状，说："山子坐下吧！今儿个咱就不拘礼节了！"

山子爷爷也说："也行。山子那就坐下吧，好好听先生说话。"

山子坐下，却放下筷子，拿起小锤，敲了几个核桃，递给先生和爷爷，又给先生和爷爷满上酒，问先生道："先生，哪里有《道德经》这本书啊？《道德经》是老子写的吗？"

先生有点吃惊：哦，这孩儿注意《道德经》了，谁写的他也想知道。想到此，看了山子爷爷一眼，见山子爷爷也有点好奇，就说："噢！是这么一回事，《道德经》是老子写的书，老子是两千多年前春秋末期楚国苦县（今河南鹿邑东）人，是道家始祖，后来被道教神话为太上老君。

"老子写《道德经》，还有一个传说呢！说是春秋时期，一个周朝官员叫尹喜，尹喜爱好天文星象，他曾在家中盖了一座草楼，专门用以观察天象。一次，他在观察天象时，看到东方有紫气向西而行，知道不久会有圣人西临函谷关，于是立即申请到函谷关去任关令，以等候圣人驾临，向他求道。王室允准，尹喜就在紫气越来越近的时候，吩咐下人洒扫关前大道，夹道焚香，亲自跪候大驾。

"没过多久，果然见到一个白发老人，骑着青牛悠悠而来。尹喜见了，倒头便拜，恳请老人传道给他。老人见尹喜是一个善良之人，就写了五千字的《道德经》传授给他。

"这位老人就是老子。他写的《道德经》虽然只有五千字，但其语言精微，道理深奥，内容包罗万象，天下什么事情都说到了，任何问题都可以在书中找到答案。

"尹喜得到了这五千字的《道德经》以后，自己也成道了。于是，官也不做了，移交文书也没有办，就挂冠而去，最后也不知到哪里去了。有人说他是跟着老子走了。"

山子听到这里，一下子明白了许多，对《道德经》羡慕得不得了，直想着啥时候我也能得到这本书看看呢？

先生看出了他的心事，知道他想看这本书，就说："孩子，不要急，慢慢来，先把文化基础打好，然后再慢慢去读。以后有的是机会。吃得苦中苦，方为人上人。"

山子爷爷高兴非常，知道先生的文韬武略，听先生的没错，就说："对的，对的。心急吃不了热豆腐，一口吃不了大胖子。

山子和山子爷爷与杏子、杏子爷爷依依惜别

不着急，不着急。来，老兄，干！"

推杯换盏，畅言快语，一顿饭吃得好生快活。先生和山子爷爷约定，再过几天就回去，一切照旧。

饭后，山子爷爷和先生相揖告别。

山子走了几步，觉得衣袋里鼓鼓囊囊的，伸手一摸，原来满满都是山楂和核桃。山子心有所悟，急忙回头，见杏子藏在先生身后，悄悄探头张望。

山子爷爷今天高兴，酒喝得不少，话也就多了起来。回去的路上，给山子讲起了家族往事。

爷爷说："山子啊！你还小，还不懂这人间事情的长长短短。俗话说'不经事不知官厉害，不吃亏不知本事小'，'没文化等于瞪眼瞎'。咱家以前吃过这方面的亏哩！你老老爷（高祖父）那个时候，家里发生了一件事，邻村的一块麦地，不知被谁家的猪给拱了麦苗，邻村人出来查看，正碰上咱家的猪从猪圈出来，邻村人便硬说是咱家的猪给拱的，不说三不说四就把猪给逮回去杀吃了。吃掉还不算，还硬要咱家赔偿他们的麦苗损失。如不赔，就要到县衙去告状。你老老爷想，见过不讲理的，没见过这么不讲理的，你瞅见是我家的猪拱麦苗了？你告，我不会告？结果，等你老老爷步行一百多里路到达县衙时，人家早把咱家给告了，因为人家是骑马去的，不光去得快，人家也有钱，上下早已打点过。县太爷升堂，没说几句就将你老老爷打了板子，并判你老老爷赔偿邻村人损失。你老老爷气不过，回家就上吊了。家里没了顶梁柱，一下子塌了天，最后，全家人不得不外出去要饭吃。一直到你老爷（曾祖父）长大后，时光才有了好转。"

山子听了，十分吃惊，又十分气愤，说："有这样的事？县太爷咋那样不讲理呀？"

爷爷说："咱家人没文化，连个状纸也不会写，说不清道不明的，又没钱没势，而人家家大业大势力大，要啥就有啥。咱斗不过人家呀！"

山子沉默，想了半天，说："爷爷，我一定好好读书，多长本事，给咱家争口气，不能叫人剋（当地土语，欺负的意思）咱。"

爷爷说："好！俺山子有志气。你就按照先生给你指的路子好好读书吧！'万般皆下品，唯有读书高'啊！"

山子见爷爷有点累了，就扶爷爷在路旁石头上坐下，从口袋里掏出几颗山楂，说："爷爷，你走累了，坐这儿歇歇，吃几颗山楂，淡淡嘴（当地土语，意思是换换口味）吧！"

爷爷一看，说："咃！你装人家山楂了？"

山子说："不是。"

爷爷明白了，说："是那小闺女儿给你装的吧？"

山子也弄不清谁装的，啥时候装的，说是也不是，不是也是，张了几下嘴，没有出声。

爷爷见状，自言自语地说："那小闺女儿也不是一般人呢！听说她不光心肠好，而且还跟她爷爷读过不少书呢！从小看大，一看就知道，长大是个才女的料。"

第五章

探官制共和闻世
释科举从小立志

先生回来了。

先生好像啥事都没有发生过，和往常一样，该做什么做什么。上次四孬作歪诗的事，先生提都没提。倒是四孬心怀鬼胎，每日里战战兢兢，唯恐先生找他的不是，直到过去了数天没有动静才放下心来。

山子自先生家回来后，就老想着爷爷讲的家族往事。在这之前，山子从没有听到过这种气人的事，这次听爷爷一讲，一想到那县太爷收了那家人的银票，不问青红皂白就打了老老爷的板子，胸口就一堵一堵地老不得劲。他心想：咋就能让这样的人当官呢？是谁让他当官呢？这以前的官都是怎样产生的呢？

山子想不出个所以然，满脑子都是疑问。

一天，山子见先生闲着，就去问先生，想知道个为什么。

先生听了，沉吟了半晌，才说："山子，你家的这个事情我知道。但你提的这个问题，可不是三言两语就能说清楚的。以前的官是怎样产生的，一个时代和一个时代是不一样的。因为世上的事，每时每刻都在变化，所以当官的路子也就各有不同，产生的官员也就形形色色。"

山子听了，越发想弄清里边的道道儿，就缠着先生给讲讲。

先生被山子"打破砂锅问到底"的孩子气"缠磨"，觉得这孩儿小小年纪问这个，还真有点血性呢！看来他问的问题，还真不能马马虎虎去应付，于是沉思了片刻，说："山子，这个问题，属于一个'官人规制'问题，啥叫'官人规制'？'官人'，就是'选才为官'，选取人才给以适当官职。'规制'，就是规格制式，选官的规范与标准。用什么样的规范标准去选才为官，我以前倒是想给你讲来着，但总觉得你还小，恐怕听不懂。现在既然你想听，那就讲讲也无妨，或许对你的成长有所帮助。"

山子很是高兴，笔直地在那里站着，满身的"循规蹈矩"。

先生看山子正儿八经的样子，想了想，说："好吧！那就多说几句，讲个透彻，从尧、舜、禹时代说起吧！"

"尧、舜、禹时代，离现在已有四五千年的时间。那个时候和现在不一样，有人群居住的地方不叫村子，叫'部落'。部落里居住的，都是血缘相近的氏族。氏族就是宗族，同宗同族的人。氏族部落的当家人叫作'首领'。首领到了年老的时候，要选一个年轻有为的人接他的班，把权力'让'给他。这样的制度叫作'禅让制'。禅让制的特点是一个'让'字，但这个'让'，是有条件的，不是随便找个年轻人就能让给他的。比如尧当家的时候，年老了，要选人接班。选谁呢？先要听听大家伙的意见。大家伙说，选舜吧！理由是，舜的智商很高，什么样的事情都难不住他，比如，舜的父亲很暴戾，后母很嚣张，同父异母的弟弟又很歹毒，三人曾联合害他，但他每次都能逃脱，这是其一。其二，舜的人品极好，虽然他的父母、弟弟这样对他，但他总是既往不咎，一如既往孝敬父母，友爱弟弟。再者，舜为人处世非常和善，极受人们赞扬。尧听了这些很高兴，就把权力让给了舜。

"到了舜年老的时候，依照禅让办法，遵从大家伙的意见，把权力让给了治水有功的禹。

"而到了禹年老的时候，这种'让'的形式发生了变化。禹本想把权力让给舜的儿子伯益，但伯益谦虚，说自己能力不行，给禹推荐禹的儿子启。禹就没有过多地推辞，听从了伯益的建议，让给了自己的儿子启。

"到了启年老的时候，启心想，我的位子是老爹给的，学我老爹的做法，我就不让了，直接给我的儿子吧！于是，就把位子让给了儿子太康。

"他这样直接把位子让给自己儿子不要紧，使得这种较为公正的'禅让制'变了味道，私字当头，迎合了人的自私心理，于是他以后的人便纷纷效仿，只让给自己的儿子，不再让给别人了。由此，'禅让制'到此结束，开始变成'传子制'。传子制就是'王位世袭制'。王位世袭制的特点是一个'传'字，老爹传儿子，儿子传孙子，子子孙孙传下去，一直到新的王位产生制度出现为止。而这样一来，本来'天下为公'的'大道'，从此变成了'天下为私'的'小道'，天下人的公天下，变成了一家一姓的私天下。

"从启的儿子太康开始使用'王位世袭制'，延续到西周厉王的时候，发生了一件事情，改变了这种制度，出现了短时期的'共和制'。

"'共和制'起因于'国人'起义，'国人'起义后的事直接涉及咱们辉县。

"'共和制'的来龙去脉是这样的：西周初年，周朝王室为了巩固自己的统治，将帝王的家族成员和有功之臣分别封到各地去做诸侯，管辖一个地方。每一个地方设置一个诸侯国，共计分封了七十一个诸侯国。

"辉县境内分封了两个，一个叫凡国，一个叫共国。凡国没有多长时间就不存在了，共国保留了下来。

"到了西周第十代天子周厉王时期，共国的国君姓'共'名'和'，叫'共和'，因他的爵位级别是'伯'，因此也叫'共伯和'。

"共伯和纯朴厚道，至仁至贤，深受百姓爱戴。但是，天子厉王却很残暴，霸占山川林泽，引起人民的愤恨，发生了'国人'起义，将他赶到了山西彘地一个养猪的地方，造成了天下无主的局面。

"俗话说：'家不可一日无主，国不可一日无君。'群龙无首，

共伯和

怎么能行呢？众诸侯国的国君非常着急，自动聚集到一起，商讨解决办法。最后，决定推举一人，代行王政，扭转群龙无首的局面。经过众议，一致认为共国国君共伯和是最佳人选。于是，共伯和在众推之下，担负起天子重任，不负众望，将天下治理得井井有条。

"共伯和执政的第一年，用自己的名字'共和'作为年号，将这一年称为'共和元年'。'共和元年'可不是简单的一年，因为这一年，共伯和让史官采用编年体的方式记载历史，一年一年地详细记载，后世历朝历代便相继使用这种方法，一直到今天都没有改变。而这一年之前的历史年代均是大约数字，没有一个准确说法。因此，这一年便成为中国历史有准确纪年的第一年，从而在中国历史上有了深远影响和重大意义。而共伯和代理天子、代行王政的王位产生制度，也被后人用他的名字命名，叫作'共和制'。

"'共和制'尤为引人注意，因为'共和制'，实际上就是民主选举制度。这种民主选举制度在我国历史上可是第一次出现，虽然为时短暂，却难能可贵，它是'禅让制'和'王位世袭制'之间的插曲，同时也是一朵'奇葩'。

"'共和制'实施了十四年。十四年后，周厉王的儿子长大，共伯和主动让出王位，还政给周厉王的儿子，是为周宣王，自己则到百泉苏门山上自在逍遥去了。

"周宣王感念共伯和的善行和人品，便下旨依照天子的规模，给共伯和建起土城一座，就是辉县城里保留至今的'共城'，这是后话。"

山子听到这里，惊讶地说道："呀！咱这里还有这样的大事哪！那共伯和是不是就是'皇帝'呀？"

先生呷了一口茶，笑了笑说："也可以这么说吧。'皇帝'称呼是在共伯和之后的秦朝才开始有的。秦朝时，秦王嬴政统一天下后，给自己取号。取号就是取一个称呼，以表明身份。先是取了一个'三皇'中的'皇'字，但感到不满意，便改取'五帝'中的'帝'字，还是不能满意。干脆，将'皇'和'帝'合在一起，称'皇帝'，这下满意了。共伯和当时是代理天子，但和'皇帝'是一个意思，都是天下最高统治者。"

山子兴趣盎然，插嘴问道："先生，'天子''皇帝'都是最高的官儿，他们是通过'禅让'呀，'传子'呀，以及'共和'的方式来达到做官的目的。那么最高统治者下边的官儿，是咋产生的呀？"

先生说："下边官员的产生，从不完善到相对完善，也有一个渐变的过程。这个过程相当漫长，就从战国时期的'养士'说起吧！"

"战国时期，出现了'养士'现象。啥叫'养士'呢？原来，这'养士'的'士'字，是'士人'的意思。'士人'，就是读书人。'养士'，就是供养读书人。

"为什么要供养这些读书人呢？

"这与西周时期的分封制度有关。

"西周的分封制度，到了战国时期发生了变化。什么变化？原来西周的分封，是天子封诸侯。但天子分封诸侯以后，诸侯也要分封啊！分封谁呢？分封自己的家人。

"这样一来，问题就来了：诸侯分封自家人，自家人风光了，那么不是自家的人怎么办？一般平民怎么办？这些平民也是人哪！也有向前看、往上爬、出人头地的欲望哪！想出人头地，可当时没有那么多的书可读，更没有什么考试制度，该咋办呢？于是，到了战国时期，一些读过书有了一定知识的平民，绞尽脑汁，想出了一个办法，啥办法？就是去依靠权贵人家，到他们家去做宾客。宾客也叫'幕僚'，幕僚的具体工作，就是做做参谋、办理办理文书、抄抄写写等，以等待有机会飞黄腾达。而这些权

幕僚

贵人家，为了使这些读书人供自己使用，也为了彰显自己的风范，也很乐意这样做。于是，这些依恃人家、攀龙附凤的士人，有了一定的机会，竟也可以立一些大功，成就一番事业，得到一些出人头地的机会，实现自己的梦想。于是，养士之风就兴盛起来。

"秦始皇统一中国以后，一些读书人常常引用儒家经典，借用古代圣贤的言论批评时政，引起秦始皇的不满。丞相李斯知道了秦始皇的心思，就向秦始皇建议，将民间所藏的《诗》《书》和诸子百家的书一律焚毁；而且谈论也不行，谁谈论《诗》《书》，就将谁处死；以古非今的人要株连九族。秦始皇采纳了这一建议，在咸阳坑杀儒生士人四百六十余人。这一事件史称'焚书坑儒'。'焚书坑儒'之后，读书人遭遇厄运，养士之风受到重创，士人们没有了出路，就慢慢流落到民间去了。"

"物极必反。士人们流落到民间后，结果怎么样呢？"

"反了！

"'焚书坑儒'以后，士人们的反叛情绪越来越严重。就连秦始皇的儿子扶苏也看不惯父亲的暴行，在'焚书坑儒'这件事上，每每与他唱对台戏。

"俗话说：'秀才造反，三年不成。'话是这么说，可造反毕竟是不安定因素，士人造反，哪儿能行呢？不能听之任之，得想一套办法，将这些人控制起来。于是，统治者'对症下药'，采取了相应措施对付士人造反。这样，到了汉朝，造反之风渐渐平息，政治渐渐走上了轨道，国家安定，养士之风便逐渐消失。

"但是，那些有思想、有学识的人，并不因为政治社会的安定而不复存在，时不时地，仍会出现一些蠢蠢欲动的反象。控制这些人，使其不得动乱，仍然不可忽视。因此，到汉武帝时，一种以品行德学为标准的'选举制度'应运而生。这种选举制度，具体讲就是推荐地方上的'贤、良、方、正'之士，进入国家用人取士的体制，为统治阶级所用。这是中国最早的选举制度。

"这个最早的选举制度，不同于前边所说的'共和制'。共和制是选举王位，属民主选举，出于自愿。而这个选举制度，是统治者指令地方官，将自己知道的、百姓公认的贤、良、方、正的地方人才挑选出来，以备使用。'贤'，是有德行、有才能的人；'良'，是善良的人；'方'，是人品端方正直的人；'正'，是真诚、走正道的人。这四种人，又通称为'孝廉'。'孝廉'的由来，源于中国文化一贯讲求的以'孝'治天下，以'廉'成长人。'孝'，就是孝顺、尊敬老人，知'孝'的人一般都有一颗善良的心。而'廉'，则是清正廉洁，不损公肥私的人。这种人一般都会为他人着想而不自私。所以'贤、良、方、正'的人就被通称为'孝廉'。这种选举孝廉的制度一经施行，'养士制度'自然而然便被取代，'养士'之风彻底绝迹。

"凡事有利就有弊。汉初的选举制度开始是'法良意美'的，但时间一长，便'法久弊深'了。汉朝末年，一些世家门第把持了选举，徇私荐贤，使得'上品无寒门，下品无世族'，这样就又迫使知识分子成为社会乱源，使社会紊乱三百多年。三百多年后，那些读书人又要依靠类似'养士'荐贤等方式去显扬功名于当世。于是，这种类似'养士'的方式就持续在魏、晋、南北朝时期施行，直到隋朝改用文章取士方式为止。

"从隋朝开始，使用以文章取士的考试办法，即'以学问定输赢'，不管你品德是否高尚。但时间一长就出现了问题，因为这个办法偏重文章，不重人品，以致形成鱼龙混杂的局面，很快就显露弊病。于是，唐太宗不再使用这种办法，而是采取了汉朝地方选举精神，结合隋朝考试文章取士的办法，综合起来产生唐朝考试进士的制度，成为科举取士的开始。

"所谓'进士'，就是将民间有才能的知识分子选拔出来，进为国士的意思（国士：一国中才能最优秀的人物）。

"进士是通过一级一级考试产生的。

"唐朝时的进士，通称为秀才，就是优秀人才之意。凡是学问好的、优秀的，都称为秀才。但慢慢地就不一样了，秀才成了考试等级中的一个专用名称，由秀才到举人，再到贡士，最后到进士，一路晋升。

"举人，本指推举、选拔出来的人才。隋、唐、宋三代，特指被地方推举而赴京都应科举考试的人。明、清两代则以此称乡试录取者。

"'贡士'的意思，是说地方向朝廷荐举人才，有'贡献、进贡'之意，故称'贡士'。贡士名称来源于西汉《礼记·射义》：'诸侯岁献，贡士于天子。'就是说，古代的诸侯除每年向天子贡献本地产物外，还要像进贡本地产物一样给天子推荐进贡人才，所以叫'贡士'。

"进士第一名是状元，第二名是榜眼，第三名叫探花。

"据说唐太宗创办了考试制度，录取了才人名士后，站在高台之上，接受第一次录取者朝见，而后得意地微笑着说：'天下英雄尽入彀中矣！'意思是说：你看我这一玩，天下的英雄就都钻进我的掌控之中，再也不会去造反了。有功名给你享受，有官给你做，只要有本事，尽管来嘛！造啥反哩?！

"唐代以后，这种考试取士的方法，历经宋、元、明时代，成为正式的科举考试制度，也是士人升官晋级的唯一道路。直到现在，仍然是这样。"

先生说到这里，看了看山子，说："山子，听了半天，明白了吗? 时间往前走，办法跟着变，这官员的产生，因时代的变化，制度的不一，难免会出现一些阴差阳错、好坏不分的现象来啊！"

山子心中上下翻腾，心想：这做官的路，还真有点倒腾头儿。时好时坏的，怪不得会出现那种坏官。于是就说："先生，我明白了，原先我想得太简单了。"

先生说："那就好。做官虽是男人理想，但是道路坎坷！老百姓所盼望的'官'，可都是贤才、英才啊！而不是那种冗官、昏官和赃官。因此，仅仅下苦功夫学习还不行，还得修炼自己的德行啊！但修炼德行有一个前提，得有知识。你看，无论是'禅让制'，还是'养士'，以及朝廷的'文章取士''科举考试'等，都有一个共同点：得有'真才实学'才行。没有这个，一切为零。纵然是'王位世袭制'的传子制度，也是优中选优的。"

山子听了先生一番话，激动不已，暗暗下定决心：从今开始，要"吃得苦中苦"，达到"方为人上人"的目的，向"做个好官"的目标努力。这个"人上人"，于人于己，得让世人公认才行。山子知道，要达到这个"公认"，自己八字还没一撇，要是没有"寒窗十年"之功夫，恐怕还谈不上"起步"哪！

第六章

金牛洞前寻真意
轿顶山上悟官梯

山子从此读书更加用心，"拳不离手，曲不离口"，日诵万卷，不知倦怠。

春日的一天，山子一早就捧书在手，专心诵读，琅琅有声，读起了唐代白居易的《钱塘湖春行》：

孤山寺北贾亭西，水面初平云脚低。

几处早莺争暖树，谁家新燕啄春泥。

乱花渐欲迷人眼，浅草才能没马蹄。

最爱湖东行不足，绿杨阴里白沙堤。

　　山子读着读着，就联想到了自家房檐下造窝的燕子，以及来学堂时看见山坡上的摇曳鲜花。渐渐地，诗中的描写和自己看到的景象，变成了一幅"万物闹春图"。山子不由自主地也跟着"春光"起来，抬头看了看窗外，见外边春风微拂，阳光和煦，百花鲜艳，争妍斗奇，心中便随着这幅"图画"，涌起阵阵春意。

　　山子沉浸在诗中，两眼怔怔地看着窗外的"生机盎然"。

　　看着看着，渐渐有点神思恍惚。

　　恍恍惚惚，竟出门而去，鬼使神差地向山上走去。

　　山路时而陡峭，时而弯曲，山子觉得不像是自己在走，而是那又陡又弯曲的山路在自己的脚下朝着身后"呼呼"移动。

　　一个山洞出现在面前，山子停了下来。

　　洞前荒凉不堪，一块巨大的石头躺在那里。

　　山子上前，看见石上有字，蓦然想起人们说过，金牛洞前有一块石头上刻的有字，是什么字山子还记得，便上前去辨认，字迹倒还很清晰："天地一部书，道德藏玄机；不知后来人，是否解真意？"

　　这是金牛洞吗？山子想着，一边前后左右地看。

　　金牛洞的传说，山子听说过。但也只是听说，没到这儿来过。这次来了，前后左右看看，竟觉得好像来过，眼前的一切竟有点似曾相识。

　　山子停在石头一边，盯着石头上的字怔怔地看，心想："天地一部书，道德藏玄机"，是不是说的就是《道德经》啊？这"玄机"，山子听瞌睡爷说过，玄机就是天意，天意就是上天的机密，也是自然的意趣，也叫天机。"是否解真意"，这"真意"

指的是什么呢？

是啊！这"真意"会是啥啊？瞌睡爷也没说过，爷爷和先生都没讲过，谁会知道呢？

山子忽然想到了杏子。

听爷爷说，杏子读过很多书，这"很多书"中，有没有《道德经》呢？杏子是不是知道啊？

山子有了想见杏子的念头，而且越来越强烈，立即就想去问一问。

俗话说："天下之大，想啥来啥。""说曹操曹操就到。"山子无意间一抬头，竟见杏子就站在他的面前。

山子一阵狂喜，立即向杏子打招呼。

但没等山子开口，杏子却转瞬即逝，不见了踪影。

山子奇怪，有点蒙，四下寻找。

没见杏子，却听得天空韶乐齐开，万籁俱响。

山子举头张望，却见杏子站在轿顶山顶端的云彩眼儿里，微笑着向他招手，似乎是让他上来。

山子有点急，心想：哎呀！你站那么高，我能上去吗？

急头怪脑之际，却听得杏子像唱歌似的袅袅之声遥遥传来："山高云高，搁不住步步登高。从你那儿到我这儿，共有九层山道。虽说道道增高，但有山峰做梯，难不住有志英豪。你沉住气，不着急，层层爬起，不难的。"

山子顾不得急了，迈开两腿，疾步爬山，一层，两层，三层不到，便有点气喘吁吁。

梦攀轿顶山

杏子问："累不累呀？"

山子说："咋不累呀！"

杏子笑道："是心累呀，还是身累？"

山子说："啥是心累呀？"

杏子说："心累就是心里急呗！心里一急就没劲了。你没听人家说：'心一急，伤肝脾，肝脾一伤泄底气。'底气泄了，就啥都弄不成了。"

山子调皮接嘴："那要是身累呢？"

杏子说："只要心不累，身就不会累。"

山子有所触动：就是的，只要有心劲，身体就有劲。不能急，反正急也一下子到不了她跟前。我不急，试试能不能不累。

试着不急了一会儿，就又急了起来，心想：你站那么高，我能不急吗？

杏子见状，说："身累不要紧，心累才累人。要想身不累，先把心来稳。这样吧，你把这山道当难关，轿顶山九层山道就是九道难关。再把第一层山道当作第九层，爬完九层想八层，八层完了想七层。层层减下去。这样试试看。"

山子心想：这不一样嘛！有啥区别？

想归想，但还是照着做了。

奇怪！感觉就是不一样，爬一层，难关数字就小一点，越爬心里就越轻巧，还没感觉多累，就到了杏子身边。

山子说："嘿！怪新鲜，怎么换了一个算法，感觉就不一样了呢？"

杏子说："那是呀！'多易必多难。是以圣人犹难之，故终无难矣。'"（见《道德经》第六十三章）

山子问："啥意思呀？"

杏子说："不管做啥事，把事情想得太容易了，就会遭遇很多的困难。因此，圣人总是把事情设想得艰难一些，然后再去做，就没有过不去的坎儿了。"

山子听了，想想刚才爬山的感觉，说："先难后易呀！还真是的，就是那么一回事，你说得还真是哩。"

杏子说："这不是俺说的，是俺家老爷的《道德经》上说的。"

山子一拍脑袋，才忽然想起，自己想见杏子，不就是想问《道德经》的事吗？咋就给忘了？于是急问："你——"

刚一张嘴，又停住了。

咋了？因为眼前又没了杏子的踪影。

眨了眨眼，却见轿顶山的漫山遍野都是杏子。

山子想喊，却喊不出来。

情急之时，耳边却响起了先生的声音："山子，醒醒。"

山子挣扎了几下，睁开惺忪的眼睛，见先生站在自己的身边。又定睛细看，三笨、四孬他们在"哧哧"暗笑。

山子脸红了，明白自己是睡着了，而且做梦了。急忙站起，给先生鞠了一躬，低下头，规规矩矩地站在先生面前。

先生慈祥地笑了笑，挥了挥手，说："睡会儿也好，不能太累了。没事了，读书吧！"

第七章

有心人会做有心事
有心事不负有心人

山子找杏子去了。

这次不是做梦，而是真的去了。

山子上次在梦中见了杏子，说到了《道德经》，虽说是个梦，但再也忘不了这件事，老想着去哪里能找到这本书。想呀想的，觉得除求先生外恐怕不会有别的门路了，于是就问了先生。

先生倒是有这本书，却是他的心爱之物，轻易不示人的。不过对山子却是例外，他对山子慈爱有加，他也看出山子想这本书已是急不可耐，就想传给他。但书没在手边，在家中放着，就说："这样吧，山子，你急着想看的话，给你爷爷说一声，自己到我家去拿吧，杏儿知道在哪里放着。"

山子喜出望外，立即去找爷爷。

爷爷想，路也没有多远，山子也不小了，就说："那好，你去吧！先生是爱书如命的，你可得小心拿好，不得有什么闪失。"

山子见爷爷答应了，心花怒放，说了声"中"，转身就没影了。

山子不仅急于读到《道德经》，而且还有一个心事，就是想见杏子。杏子上次给他的山楂和核桃，山子回去后没有舍得吃，放在炕头上把玩。一看见那些山楂和核桃，嘴里就会时不时地出现一股甜甜的、酸酸的、香香的味道。杏子那圆而洁白的脸庞，乌溜溜的大眼睛，玉兰般的青春气息，娇小秀美的身姿，老在他眼前晃动，正像是"娉娉袅袅十三余，豆蔻梢头二月初"，妙龄丰韵，让他春心荡漾。这次山子一想到马上就又能见到杏子，不由自主地就笑了。

山子走在山间小道上，兴奋得像一只山豹，连蹦带跳，疾步如飞。"脚打屁股蛋儿，一溜冒白烟儿。"不一会儿，身上便出了一层薄汗，一阵微风吹过，顿觉面部清爽，浑身熨帖。山子惬意至极，禁不住哼起那个平时不太喜欢而这时又极想来上几句的山乡小调《王二小儿求亲》：

老阳儿①红，月亮儿白，
白儿家②走了黑老家儿③来，
今儿个来到恁家了，

山子奔跑在山道上

俺心里"嘣嘣"像小兔儿踹。

恁要问俺为啥哩？

哎哟哟，嘿哟嗨，

这个事儿没法说。

咋着哩？恁猜猜！

老阳儿亲，月亮儿爱，

月亮儿跑，老阳儿拽，

亲亲热热见不着④。

离了老阳儿亲不成，

没了月亮儿不能爱。

俺是老阳儿恁是月，

哎哟哟，我的个乖，

恁说俺该来不该来？

要不恁就别猜了，

咋着哩？俺不走了。

【注】

①老阳儿：当地土语，指太阳。

②白儿家（jie）：当地土语，指白天。

③黑老家儿：当地土语，指夜晚。

④亲亲热热见不着：指白天有太阳，夜里有月亮，都在天上，却不能会面。

十多里的山路，约莫半个时辰，山子就到了杏子家门前。

杏子开门，一见山子，十分惊讶，面上虽不露声色，像个大人似的稳重，但还是情不自禁满心欢悦地说："呀！山子哥，你咋一人来了？你爷爷呢？"

山子听得杏子叫他哥，心里一阵热乎，忙说："俺爷爷叫俺一人来的。俺长大了，不能老叫爷爷陪着。"

杏子搬过一个小凳，说："快坐下歇歇。看你脸上的汗，俺端水你快洗洗。"

山子说："不用，不用。小孩儿家，哪儿在乎这个。"

杏子笑了，说："你一会儿说长大了，一会儿又说小孩儿家，你到底是长大了还是没长大？"

山子也笑了，无言以对，便规规矩矩坐下了。

杏子端起铁脸盆，"噔噔噔噔"走向灶房，又"噔噔噔噔"端水过来。山子看着杏子，颀长的身材，修长的腿，走路像一阵风，匀而有弹性的脚步节奏中时不时来个小垫步，妩媚而优雅，像是演员在"十三块板儿"（当地土语，指戏台。梨园弟子下乡演戏，没有戏台，常用十三块板搭起权当戏台，故戏称戏台为"十三块板儿"。艺人们有时吵架，往往说："你别能，咱'十三块板儿'上见高低。"）上的小台步，又像是天空中的伎乐飞舞。

山子看得发呆，拿起毛巾心不在焉地在脸上转了个圈儿便放下了。

杏子见山子洗过，过来收拾，一抬头，瞅见山子的鼻子周围还是一道一道的，便顺手拧了把毛巾递给山子，示意他再擦上一擦，一边有点俏皮地说："还是没长大呀！"

山子接过毛巾，又在脸上转了个圈儿。

杏子见山子那毛糙样儿，无声偷笑，低头去收拾脸盆。

杏子忙活完了，进屋捧出一捧酸枣儿，说："山子哥，你尝尝这个，俺刚从房后的圪针树上摘的。"

山子看那酸枣儿，青里泛着白，白里透着红，圆圆滚滚的，像杏子的手指头肚儿。

山子禁不住垂涎欲滴，捏起一个放在嘴里，也是甜甜的、酸酸的，霎时想起了杏子给他的山楂和核桃。忽忽悠悠，心儿便不知跑到了哪里。

杏子将酸枣儿递给山子，山子伸手去接，慌乱之间，却捧住了杏子的手。杏子"腾"地一下脸红了，低下头没了言语。

山子尴尬，左右不是，嘴里的酸枣儿早已成了枣核，却还在咀来嚼去。

空气一时静默。二人低头，不敢抬眼看对方。

忽然，山子一激灵，想起自己是来取书的，咋就把这事给忘了？于是就给杏子说明了来意。

杏子一听，转过神来，说："这个呀！爷爷放得可严实了。"说完，领着山子到爷爷房间。

一进屋，山子看见正间八仙桌的右前方靠墙放着一张小桌子，桌子上立着一个小柜子。柜子很精致，有两扇小门，门框上刻有一副对联，上联是"君子不道人非"，下联是"丈夫专思己过"，门楣横额是"小心谨慎"。

山子纳闷：我上次来，咋就没看到这个呢？

杏子打开柜子，小心翼翼地捧出一个油布包，一层一层打开，最后露出一本棉纸书，纸张已经泛黄。封面上写有三个毛笔大字：五千言。

山子疑问："五千言？"

杏子说："'五千言'就是《道德经》啊！因为《道德经》总共五千多字，所以也叫'五千言'。"说着掀开封面，里边是工工整整的蝇头小楷，原来是一本字迹漂亮的手抄本。

山子一见，迫不及待地小声朗读："道可道，非常道；名可名，非常名……"

山子对《道德经》心驰神往，读起来虽然似懂非懂，但一心不二用，读来读去便已出神入化。慢慢地，山子全身心浸入书中：

"天下皆知美之为美，斯恶已；皆知善之为善，斯不善已……

"不尚贤，使民不争；不贵难得之货，使民不为盗……

"天长地久。天地所以能长且久者，以其不自生，故能长生……

"上善若水。水善利万物而不争……"

…………

念着念着，山子忽见书上的字慢慢动了起来，而且越动越快，有节奏地轮番蹦上跳下，继而射出耀眼的光芒。

山子惊奇不已，随着字的跳动转动眼球，渐渐地便有点目不暇接。看着看着，又见眼前的一切都动了起来。房间慢慢变成了金牛洞，一头金牛拉着石磨悠悠地转着。磨旁站着一个小姑娘，笑吟吟地朝着山子叫道："小哥哥哎——"

山子一惊，突然意识到：这是不是传说中金牛洞的金妞儿啊？于是失声叫道："金妞儿——"

杏子见山子读得上心，便将书推向山子，自己双手托腮，在一旁怔怔地看着。

杏子打小聪明伶俐，才思敏捷过人，是十里八村都知道的。她平时少言寡语，不太多说话。但别人和她说话时，往往都会多个心眼儿，不然的话，冷不丁会让你猝不及防，张口结舌。因为你一张口，她好像就知道你要说啥。你的一举一动，好像都在她的掌控之中。

一次爷爷逗她："俺杏儿聪明比儿郎呢！"

杏子接口就说："爷爷，你是说女孩儿家生就不如男孩儿吗？"意思是：咋的了？能比上男孩儿就算聪明了？女孩儿就不能比男孩儿聪明了？

爷爷佯装嗔怪："小丫儿，钻爷爷的空子啊！"

杏子撒娇："爷爷满腹经纶，又是日省三身，咋会有空子呢？"

爷爷瞧她那调皮而又滑稽的样儿，听着她那像是埋怨却又合情合理的话儿，心里别提有多高兴了，心想，这小妮子，说话真赶趟儿啊！

于是，爷爷上紧督促杏子读书。杏子三岁时就跟着爷爷读书，除熟读孩童启蒙读物外，还先后读过《四书》《五经》《道德经》《女儿经》等。不经意之间，杏子已是"腹有诗书气自华"了。

杏子自从和山子见面之后，便感觉有说不完的话题，特别是有关读书方面的。虽然见面时间不长，却早已"心有灵犀一点通"了。这次山子来取《道德经》，言语之间，更使她和山子心心相印，感情有加。

杏子看着山子读《道德经》，渐渐觉得有点不对劲儿，山子好像"入定"一般，闭着眼睛，没了言语。杏子正在纳闷，忽听山子叫道："金妞儿——"

杏子浑身一震，奇怪，山子怎么会喊出个"金妞儿"？

"奇怪"还没有结束，脑子却立马昏沉起来。而且口中还不知不觉应了一声："哎——"定神细看，却见山子睁开了眼睛，看自己的眼神有点异样。

只听山子说道："金妞儿，我是山娃。可见着你了。"

杏子也忘了自己是杏子，感觉自己成了金妞儿，而且想都没想就说："山娃哥，你咋到这里来了?"

山娃（山子）说："找你啊！一直找不见你，可把我害苦了!"

金妞儿（杏子）笑道："这不是找见了吗? 你到这里干啥啊?"

山娃（山子）说："嘿嘿！我拿到《道德经》了。"

金妞儿（杏子）说："我不是说过嘛！'有心人会做有心事，有心事不负有心人'嘛!"

山娃（山子）说："呀！可真是的。你可真神了。"

金妞儿（杏子）神秘一笑，没有吭声。她瞅见山娃（山子）神色迷茫地朝自己看，便迅速低下头去。谁知这一低头，只觉"呼"地一下，倏然坠下深渊。

金妞儿（杏子）惊恐万分，不知所措。

危急时刻，忽见山娃（山子）飞身扑来，伸出双手，前来相救。

幸好，山娃（山子）伸手及时，自己双手被抓住，不再下坠。

金妞儿（杏子）直想着："娘呀！吓死我了!"感激地看着山娃（山子）。

二人好像一对小飞人，在半空中悠悠荡荡。

片刻，杏子只听得山子喊叫："杏子，杏子！你怎么啦？咋就睡着了？"

杏子一震，睁眼一看，自己的身子歪向一边，双手还被山子抓着。幸亏是山子抓着，要不是山子抓着，早就趔趄到地上了。

杏子的脸又"腾"地一下红了，急忙抽出双手，不好意思地说："哎呀！我咋就睡着了？我做梦了吗？我咋见你在金牛洞呢？"

山子一听，睁大了眼睛，说："奇怪了！我咋见你也在金牛洞呢？我也做梦了？"

山子说罢，看了看杏子。杏子也看了看山子。

二人同时想：难道金牛洞的故事在我俩身上显灵了？

这么一想，二人分别有了异样的感觉，双双不再言语。山子重新看书，杏子则起身去给山子倒水喝。

二人各干各的事，却想着同一个问题：两人做梦，咋就梦到一起了呢？

杏子倒了碗水，放在山子手边，然后坐在一旁，默默地想着刚才的梦。

山子看了会儿书，有点心不在焉起来。见杏子不语，就说："真是奇怪了，我梦见了金牛洞，你咋就也梦见了呢？"

杏子顿了顿，说："这可能就是《道德经》上说的'音声相和'吧？"

山子说："'音声相和'怎么讲呀？"

杏子说："就是说，先有声音，然后有应声（应声：当地土语，即回声）。声音和应声互相应和，就成了曲调。"

山子说："那和梦有啥关系啊？"

杏子说："俗话说：'日有所思，夜有所梦。'你心里装着金牛洞，也给我说过金牛洞，我见了你，联想到了金牛洞。你的那个金牛洞和我的那个金牛洞，就像那'音声相和'，和成了一曲，你我就都梦见了金牛洞呗！"

山子说："可这是白儿家，不是黑老家儿，咋就做了白日梦呢？"

杏子怔了片刻，忽然说："神仙显灵，托梦给我们了。"

山子一惊：杏子也有这种想法？莫非，金妞儿和金牛的故事与我俩有关？

顿时，山子的脑子里出现了一连串的画面：金牛洞、金妞儿、金牛、老子、《道德经》，这一连串的画面引起了山子一阵隐隐之喜，他对眼前的"五千言"更加爱不释手。

山子合上书说："杏子，我刚见到《道德经》，啥都还不懂，你读得早，可得好好教教我呀！"

杏子说："我读是读过，但也不是太懂。"说完看了山子一眼，又说："我们一起来读吧！"

山子听到杏子愿意和他一道读书，心里别提有多高兴了，连连说："太好了，太好了。我们就一起去'吃得苦中苦，方为人上人'吧！"

杏子"哧哧"一笑，说："这句话好像是长大了，有了大人口气了啊！"

山子说："这是先生说的。"

杏子说："先生说的，变成你的话了，你也这样想，就是长大了。"

山子嘿嘿一笑，立马觉得自己就是长大了，于是马上就"大人气"来了，一边瞧了瞧门外，说了声："哟！时间不早了，走吧?"一边极小心地把书包好，起身准备回家。

杏子急忙回自己屋，捧出好多酸枣儿，给山子装到了衣兜里。

山子出门走去，杏子紧跟相送，送送走走，走走送送，走一程，说一程，只顾走路说话了，却忘了"送君千里，终有一别"。出村老远，山子才想起让杏子回去，催了几次，二人才依依惜别。

山子又走出老远，回头看去，见杏子还站在那里遥遥相望。

微风吹动了她的衣衫，像一只飞翔的鸟儿栖息在枝头，又像一朵含苞待放、将欲盛开的鲜花，点缀在那漫山遍野的丛绿之中。

山子从杏子家回来，便一心扑在了《道德经》上，每日里手不释卷。刻苦攻读，心无旁骛。

先生见山子痴心一片，看在眼里，喜在心上，每每对山子循循善诱，解疑释惑。

山子喜欢读书，是天生习惯。在读过《三字经》后，书中所说古人那种读书的刻苦，对他尤为震撼。现在得到了他最喜欢的《道德经》，就更加入迷，读起来那是真真欲罢不能了。

《三字经》中的读书故事，对山子始终是一种激励，使得山子"旦暮勤鞭策，尘埃痛洗涮"，刻骨铭心，牢记不忘。

漫山丛绿一点红

头悬梁

东汉政治家孙敬，少年时勤奋好学。每天从早到晚读书，常常废寝忘食。时间一长，挡不住疲倦瞌睡。孙敬怕影响读书，就用绳子将头发绑在房梁上，只要打盹儿，头一栽，头皮便扯得生疼，头脑顿时清醒，然后继续读书。

锥刺股

战国苏秦，著名政治家。年轻时，由于学问不深，曾到好多地方做事都不受重视，备受冷落，家人对他也很冷淡，瞧不起他。这对他的刺激很大，于是发奋读书。常常读书到深夜，瞌睡得无法自持时，就拿锥子往大腿上刺，用疼痛赶跑瞌睡，然后继续诵读。

凿壁偷光

西汉匡衡，小时候想读书，可是家穷，没钱上学，只好农忙季节去给人家打工，不要工钱，只求人家借书给他看。但是白天干活没空读，只能午饭后读一小会儿，一本书常常要十天半月才能读完。匡衡很苦恼，就想晚上读，但无钱买灯油，还是无法读。一天晚上，匡衡忽然看到墙壁上有一道亮光，就起床查看。原来是墙壁裂了缝，邻居家的灯光从裂缝中透了过来。匡衡大喜，拿来一把小刀把裂缝挖大了一些，就着透过来的灯光看书。功夫不负有心人，匡衡后来成为西汉著名大学者，并做了汉元帝的丞相。

车胤囊萤

晋代吴国会稽太守车胤，从小好学不倦，想夜以继日读书，可惜因家穷没钱买灯油而作罢。一个夏天的晚上，他忽见许多萤火虫低空飞舞。一闪一闪的光点，在黑暗中尤其耀眼。他心中一亮，找了一只白色口袋，抓了几十只萤火虫放在里面，扎住袋口，吊将起来，竟像一盏灯笼，能够勉强看书。从此，只要有萤火虫，他就抓来当作灯用。刻苦自有福报，最终官至吏部尚书。

孙康映雪

晋人孙康，同样因家穷买不起灯油，为不能晚上读书而忧愁。冬天的一个夜晚，孙康梦醒，发现窗缝里透着亮，仔细一看，原来是天降大雪，雪光映进了窗缝。孙康顿时兴奋不已，立即穿好衣服，取出书籍，来到屋外，就着雪光看起书来。手脚冻僵了，就起身跑步搓手，然后继续阅读。此后，每一次降雪，都成为他晚上读书的好机会。这样坚持下来，学识突飞猛进，终成饱学之士，官至御史大夫。

山子备受鼓舞，受益良多，读书愈加上心勤奋。《道德经》中的五千多个字，山子像大锅炒豆一般，翻来覆去地"炒"过来，"炒"过去，"炒"得是"豆豆花开"，放在"口中"，"嘎嘣嘎嘣"地"咽"下"肚"去，变作精神食粮，进入脑中，滋润着山子步步成长。

一时间，山子好学的名声越传越远。

第八章

清者自清浊自浊

邪不压正邪自破

夏日的一天，村里的娘儿们在街上纳鞋底儿，叽叽喳喳，东扯葫芦西扯瓢，话题渐渐扯到了山子读书上。

二喜娘说："俺二喜这段时间念书可上心哩！说是要向山子看齐呢！"

三笨娘说："俺三笨也是。我不是说他哩！你好好向人家山子学学。学学，慢慢就不笨了。"

驴大脚这天又来村里闲串。她的村就她一家，没人"光顾"她的时候，她就有事没事到金牛寺村来凑热闹。她生就是个乌鸦嘴，在一旁听得大家都在夸山子，醋意就又来了，嘴一撇，接着三笨娘的话说："学吧，学吧，学得好了，弄不好还敢不结巴呢！"

众人"轰"的一声大笑。

三笨娘瞅了驴大脚一眼，不紧不慢地说："俺结巴嘴咋了？俺结巴嘴，俺可不孬种，俺也不会弄两句破顺口溜去骂先生。俺也是有家教的，不像有的人，有娘生没爹教的，还和人家山子一起读书哩！就没有尿泡尿照照自己是啥东西？人家山子放个屁都带着文化味儿，自己就没有想想，自己说的话，还不抵人家的一个屁哩！"

"哄——"娘们儿都顾不上纳鞋底儿了，捂着肚子笑得上气不接下气。

驴大脚被三笨娘的"一箭双雕"噎得涨红了脸，张口结舌，鼓了几鼓，憋着一口气，想说点来劲的话回应回应，但理屈了词就穷了，想了半天，硬是想不起来该咋说。于是，那口气就真的成了一个在肚子里上不去下不来的"屁"，努了几努，努不出来，又憋了回去。无奈，只好低头，闭上臭嘴，悻悻地纳自己的鞋底。

私塾越办越红火，十里八村不少人送孩子前来读书，塾徒便渐渐多了起来。

俗话说："人上一百，形形色色。"这话一点儿不假。这不，原先只有山子、二喜、三笨、四孬的时候，先生看好山子，二喜、三笨也向山子看齐，而四孬只顾孬种，想着法子玩耍，对这些并不太在意。后来塾徒多了，四孬渐渐感到显不着自己，山子又不断受到赞扬，心里就不自在起来，感到有点别扭。再后来，他的大脚娘因山子优秀而对自己冷嘲热讽，外加暴力，心里就更加别扭。别扭的时间长了，就慢慢变成了恨。恨意渐渐加重，便产生了恶意。连三赶四的，四孬便不由自主地对山子怀恨在心，肆意找茬，恶意滋事，没事找事了。

四孬有一个远房亲戚，是个读书人，家中有不少藏书。一次，四孬到他家玩儿，见有那么多的书，就随手乱翻，发现有一本书，封皮上写着"老子注"。《老子注》是个啥书，他也不知道，但一瞧见"老子"二字，眼睛立马瞪圆了，因为他听说山子好读《道德经》，《道德经》就是老子写的，这本书上有"老子"，肯定和老子的《道德经》有关。于是立刻想到，和《道德经》有关的书，山子肯定喜欢，他要是见着了，肯定会急着想看。我何不用这本书给他点颜色看看？四孬孬种起来是"天才"，两个眼球只转了一圈儿，就想出了一个孬点儿。于是不动声色，悄悄地把这本书带了回去。

到了私塾，四孬拿着《老子注》故意在山子面前摆弄。山子瞅了一眼，果然被其吸引。因为他听先生说过，魏晋时期有一个人叫王弼，从小聪明过人，十多岁时，就对《老子》颇有研究。后来，他把研究《老子》的心得写成《老子注》，成为魏晋玄学的发端。他只活了二十四岁，却成为魏晋时期的经学家、哲学家，魏晋玄学的代表人物。山子听说过这本书，没想到在这里见到了。他急着想一饱眼福，便向四孬借阅。四孬不借，故意撩拨，吊山子胃口，说自己正在看。自己看了，谁谁谁谁还要看。山子借书不成，不免有点落寞，情绪显得低落。四孬看了，露出一脸的坏笑。

第二天，山子一进私塾门，就见四孬气势汹汹地奔了过来，朝着山子当头棒喝："山子，还我的书！你偷我的书！"

四孬身后，几个顽皮塾徒跟着起哄："偷书喽！偷书喽！山子还会偷书啊？"

山子蒙了，不知是咋回事，愣在那里莫名其妙，一时说不出话来。

四孬见状，暗生得意，加大嗓门，像杀猪一样吼道："山子，你偷我的书！我不让你看，你就偷吗？"

山子这才明白，四孬的那本《老子注》丢了。书丢了，说是自己偷了。"嗡"地一下，山子怒火中烧，冲四孬喝道："四孬，你真是个孬种！满嘴喷大粪！你凭啥说我拿你的书了？"

四孬不听这一套，只管大吼："赶快还我的书！你个偷书的贼！"

山子哪里受过这种冤枉？脸涨得通红，看着四孬那张疯狗似的脸，满心的委屈，却不知从哪里辩驳，气得上气不接下气，竟像三笨那样结巴起来："你……你……"

那几个起哄的顽皮塾徒，见山子说不出话来，便又一次起哄："偷——书！偷——书！山——子，偷——书！"

这时先生走了进来，见场面乱哄哄的，便问是咋回事。待弄清了事由后，大声说道："都坐好！读书！"

说完，将山子叫了出去。

塾徒们都拿起书本，朗声读书。但脑子里都在想：山子真的偷书了？

半个时辰过去，没见山子回来。

山子没来，却见先生来了一趟，没事人似的，挨个瞅了几眼，像是看看读书如何，没说一句话，走了。

塾徒们犯了嘀咕：山子没见回来，估计与偷书有关，先生可能在审问他。唉！山子这么个聪明人，咋就去偷书了呢？

一个多时辰过去了，仍没见山子回来。这下课堂又乱哄起来，认定是山子偷书了！不然的话，咋不叫他回来呢？

先生将山子带到自己屋，让山子坐下，和颜悦色地低声问道："你拿他的书了吗？"

山子委屈极了，想哭，说："头天我向他借书来着，他不让看，我就不问了，谁知他竟说我偷书！"

先生听了，心中已有数。他了解山子，知道山子不会干这种事。沉吟片刻，说道："好了山子，先不说这事了。你看会儿书，我去去就来。"说完递给山子一本课外书，开门出去了。

先生到课堂里转了一圈，见四孬在那里左顾右盼，时不时给几个顽皮塾徒挤眉弄眼，大有幸灾乐祸之相。先生一言不发，回屋去了。

先生回到屋里，好像根本没有发生"偷书"这回事，和蔼地对山子说："山子，你写一篇文章吧，描写一个人物，拣你最熟悉的人物来写，写好后我有用处。你用一晌时间完成，你文笔不错，应该没有问题，可以吗？"

山子略一思索，说："中！"

山子很感激先生对自己的信任，很快就将"偷书"一事给忘了，一门心思放在了写文章上。

写谁呢？

山子想，二喜？三笨？山子摇头。想来想去，没有个中意的。

噢！有了。

山子突然意识到，不是老有一个人在心头萦绕吗？

山子一拍脑袋，对了，就是她了。

谁呀？

杏子呗！

山子思路定格了。

山子思忖，再思忖，慢慢地，一篇小文出现在脑海中：

杏子

杏子者，轿顶山中少女也。诞辰之日，天有紫色祥云缭绕，地有西园杏花绽开。冀图吉祥，取名"杏子"。秉天地之灵气，承山水之润泽，杏子落落长成，亭亭玉立，婀娜多姿。行走山中，虫鸟为之噤声，百花为之隐形，唯恐声不悦耳，貌不雅容；留停闹市，正人君子颔首赞许，盲流痞子立思归正，自忖不得造次，不悔此生。自幼博阅群书，过目成诵，琴棋书画，无所不能。知书达礼，落落大方。街坊四邻，无不称颂。美矣哉！奇女也！

今记之，以为之赞！

第二天前晌，塾徒们到齐后，先生拿着山子的文章给塾徒们说："文章是人的脸面，文章写得好坏，最能看出人的学习是否用功，素质高低如何。这一方面，山子做得比较好。夜儿个（当地土语，昨天），我让山子写了一篇描写人物的文章，现在给大家读一读，听听山子是怎么写的。山子，你来读吧！"

塾徒们一听，恍然大悟似的：噢！原来先生叫山子并不是审问偷书的事，而是让山子写文章去了。立刻，山子偷书的嫌疑不存在了，都把注意力集中到山子如何写文章上了。至于书是怎么丢的，也没人去关心了。

山子朗读了小文《杏子》，塾徒们心服口服，课堂里一片"啧啧"之声。有人小声议论：还是人家山子学习好啊！几句话就将一个人描写得活灵活现。学习这样好的人，咋会生心思去偷书呢？

四孬见先生并没有责怪山子，反而让山子露了一手，心中很不是滋味，大有失败之感，坐在那里发愣，活像"打败的鹌鹑斗败的鸡"，好像自己才是鼠窃狗偷。

先生见大家对山子的文章好评如潮，又见四孬在一旁垂头丧气，对"偷书"一事的真假，心中就更加明白。于是，有意无意地说："好了，文章已念过，写得好坏，你们自己去评价。先不说这事了，说说夜儿个发生的事。四孬的书丢了，说是山子拿了，我问过，丢的书是王弼写的《老子注》，这是一本好书，好书都爱看，也都想看，争着看书是好事，所以说，丢书，偷书，都无所谓。以后不说这事了，把劲都用在读书上。下课。"

先生好像无意而谈，有意糊涂，和事了事。岂不知，"引蛇出洞，诱你入瓮"之法，就要在这当口起作用呢！

　　几天之后，三笨发现四孬在课堂上偷偷翻着一本书，行动诡异，下课后便悄悄上前，看看四孬在看什么书。这一看不要紧，三笨立刻炸了锅，大声叫道："吔！这不……就是那本……《老子注》吗？"

　　塾徒们一听，"轰"地一下围了过来，伸头一看，果然就是。这下可捅了马蜂窝了，大家七嘴八舌，纷纷指责四孬的不是：

　　"你没丢书吧？却说人家山子偷了，你还要脸不要脸？"

　　"四孬，你咋是个这（zhuò）东西呢？讹人也不能这样讹啊？！"

　　"我就觉得这事儿蹊跷，山子不是那样的人啊！弄到底还是你在装孬！你说了个狗屁大篮筐啊你？！"（当地土语，意思是七不连八不沾、风马牛不相及、没有影踪的事。本来，屁跟大篮、大筐没有任何关系，何况是狗屁？）

　　其实，四孬诬陷山子偷书的事，先生一听就知道是怎么回事了。四孬一肚子坏水，从他嘴里出来的话和他所做的事，都不是什么正道来路。偷书这件事的真相，塾徒们不知道，山子委屈，问四孬还能问出来？于是先生就不露声色，先是"声东击西"，名义上让山子写文章，其实是观看四孬的举动；接着麻痹四孬的意图，分散他的注意力，然后"关门捉贼"，让四孬在不知不觉中"入瓮"，露出真相。

　　先生看到山子的文章时，先是一愣：杏子？是写我的孙女吗？接着看下去，慢慢露出了笑容，心想：这孩子，只见了杏子两面，就能有这样深刻的印象，可见他对事物观察很细，有天赋，是个爱动脑筋的孩子。

先生对山子一向看好，这时对山子更是刮目相看。至于说山子偷书，先生压根儿就没往心里去，他不相信山子会做这样的事。

然而，"好事不出门，恶事传千里"。"偷书"一事传到村里，竟然引起了轩然大波，因为这毕竟是发生在"神童"山子身上。一时间，一些不明就里的人，惋惜的、说风凉话的此起彼伏，山子的美名一下子受到贬损。

虽然如此，邪气毕竟压不住正气，多数人不相信这些道听途说。

瞌睡爷听到此事时正在闭目养神，听到说山子"偷书"，眼皮都没动一下，自言自语地说："清者自清，浊者自浊；混淆黑白，石出水落。"

山子爷爷听说山子偷四孬的书，"哼"了一声，说："四孬这孬种，还不知是耍啥'咕咕喵'（当地土语，指阴谋诡计、坏点子之意。意思是说：是鸡叫呀猫叫还不知道哩！）点儿哩！说山子偷书，鼻、眼儿都不想听！"（当地一种诙谐的说法，意思是根本不可能的事。"听"，是耳朵的事，鼻子是"闻"、眼睛是"看"，当然不听了。鼻，当地读音 biù）走在大街上，昂首挺胸，目不斜视。

驴大脚听说这事后，心里一阵狂喜，想到这次儿子可做了点露脸的事，急匆匆赶到山子的村子想去出一口恶气。没想到还没等她张口说完，有人就说："爬回你的石垴吧！你那鳖种儿子做的是啥事!"她这才知道迟了一步,她的鳖儿事情没有做好,还没弄出点动静来,"庐山"还没等到人去"识",就露出了"真面目"。可怜她只能"热乎乎"地来,"凉冰冰"地走了。

山子没有想到四孬会以借书的名义在自己身上耍心眼儿,心里第一次有了阴影。好在此事不攻自破,一切风波烟消云散,不然的话,还不知要背多长时间的黑锅哩!

后来的山子,终生都在感谢先生,感谢先生不露声色让善恶各自露"真容";感谢先生对自己的信任,使幼小的自己没有受到伤害。山子的心中定格了四个字:师恩难忘!并在心中终生停留。这是后话。

第九章

轿顶山黄帝降华盖

佑万民华盖显祥瑞

　　杏子从村里人的风言风语中听到了私塾里发生的事，心里打起了小鼓：山子哥偷书？不会吧？他不像那号人呀！但村里人说得有鼻子有眼儿的，就像亲眼见到了一样，不免又疑惑了起来。这一疑惑，便有点不安。心里一不安，便坐不住了。这一坐不住，就想出门打听打听。于是不由自主地动身前往私塾，真真假假，得探听个究竟。

　　私塾里，先生正在给山子讲着什么。杏子推门进来，先生一见，喜出望外，忙不迭声地说："哟！杏儿呀！你咋来了？"

杏子小嘴一噘："看看您呗！咋了，不中啊？"

先生哈哈一笑："看我的？好！好！俺杏儿看我来了。哈哈！不会是有啥事吧？"先生神秘地笑着，他知道杏子不是那种随意走动的人。

杏子正要回答，一眼瞅见山子在一旁笑眯眯地望着自己，心里立刻一阵轻松。杏子是何等聪明之人，从爷爷和山子的表情中，立马猜到事情并不像村人说的那样糟糕，或许就没有那回事，心里略感放松。遂转身对先生故作嗔怪："哟！咋了？没事就不能来看爷爷了？"

先生哈哈一笑，连说："中！中！中！你来得正好，我们正在说你呢！给你看个东西。"说着，把山子写的文章给杏子，说："山子写的。"

杏子接了过来，看了几行，脸色立即绯红，瞅了山子一眼，嗫嚅着说："山子哥，这是写……俺的？你……俺哪有那么好呀！"

山子从杏子进门那刻起就惊喜非常，但一直没来得及说话。见杏子和他说话，立马报之一笑，说："俺是有啥说啥，照实写的。俺又不会瞎编。"

杏子说："俺人没有那么好，可你这文章写得可真不错。"

这回轮到山子脸红了。

山子自从和杏子接触以来，觉得自己和杏子相比，哪一方面都不如她。而且说不清道不明的，杏子的言行举止总在无形中给他以"范儿"的感觉，往往引起他的联翩遐想。因此他总想见到杏子，好从她身上学点什么。

今儿个杏子来了，无论如何也得和她多说说话。这样想着，就对先生说："先生，杏子没来过这里，让她到俺家去吧，俺带她到村子周围转转。"

先生略一思忖，说："那也行，你们去吧！别跑远了。"

山子和杏子出门，沿着村外的羊肠小道向山上走去。

杏子心中有事，想知道村人所说事情的真相，但又不好意思直接发问，就有一搭没一搭地和山子闲聊。

山子也是"聪明人不用细讲"的人，聊了一会儿就知道了杏子的来意，于是就给杏子讲了"偷书"一事的来龙去脉。

杏子用心听着，一直没有言语。当听到最后事情真相大白时，才缓缓说道："这四孬也太坏了，你和他天天在一起，还真得防着他点，小心吃他的亏呢！"

山子说："我才不怕他呢！不做亏心事，不怕鬼叫门。"

杏子说："话是这样说，轮到事上，还是小心不得错呀！"

山子说："那倒是的。"

杏子说："我听说这事时，压根儿就没相信，只是觉得蹊跷，咋就出了个这样的事呢？"

山子说："我也没想到，平白无故，劈头盖脸就给我泼了一头脏水。当时气死我了。"

杏子说："现在好了，不管咋着吧，咱总算清白了。邪不压正，吉人自有天相，好人是会得到上天保佑的。不过自己也得学会保护自己。人们不是常说'害人之心不可有，防人之心不可无'嘛！"

山子说："那倒是。我以前读《道德经》时，读到过这样几句话，意思是：善于保护自己的人，在陆地上走，不会遇到犀牛和老虎；打起仗来，不会被兵器所伤。犀牛用不上它的角，老虎用不上它的爪，兵器用不上它的刃。"（《道德经》第五十章："盖闻善摄生者，陆行不遇兕虎，入军不被甲兵；兕无所投其角，虎无所用其爪，兵无所容其刃。"）

杏子说："是呀！"

山子接着说："当时觉得奇怪，这是为啥呀？往下看，老子说了，因为他没有致命的要害呀！（《道德经》第五十章："夫何故？以其无死地。"）我就想，真的是这样吗？要是这样，那我只要行得正就行。现在想想，还真有点后怕，自己没有要害，别人是不好害你。但你要没有防备，你就是行得再正，他也会给你制造个要害，让你吃不了兜着走！纵然事后会真相大白，但总是一种不必要的伤害。防不胜防，说的就是这个吧？"

杏子说："所以说，'防人之心不可无'嘛！不过，毕竟假的真不了，真的假不了，归根到底，你不是那种人，他们也伤害不了你。"

山子说："我倒有个发现，这事过后，小伙伴儿们对我比以前更好了。"

杏子说："'执大象，天下往。往而不害，安平泰。'（《道德经》第三十五章）只要守住大道之象，天下人便会都来归附。都来归附而不互相伤害，天下不是就安宁和平了吗？"说着嘿嘿一笑，有点调皮地说："这说明，你是守住了大道的呢！"

山子不好意思了，也嘿嘿了两声："那倒也不是，我可没有那么大本事！"

二人说说笑笑，不知不觉来到了金牛洞前。

来金牛洞玩儿，山子是有意的，因为他想起了以前的那个梦，梦里他和杏子曾在这里相遇，但那只是个梦。今天，山子真的想和杏子一起去金牛洞瞧瞧，来个"真人版金牛洞相遇"。于是，好像身不由己，就直奔这里来了。

杏子来到这里，却像是旧地重游，像个大人似的站在洞前默默看着。山子见状，也陷入了沉思。两人都像是在回忆往事，若有所思地看着金牛洞。

良久，山子自言自语地说："当年的南麻，咋会想到来这里盗宝呢？"

杏子听了，从沉思中回过神来，说："可能是他们知道这里在传《道德经》的吧！《道德经》是无价之宝，谁不想据为己有呢？听我爷爷说，南麻是南方人，早就有了非分之想，相中咱这里的好东西了。"

山子说："奇怪了，他们咋知道这里有宝呢？"

杏子说："我爷爷说，那南蛮子都是些不愿出力种地的人，就想着出点'巧力'去吃点'巧饭'，以相面、算卦、看风水为生。最拿手的就是看风水，听说他们为了找宝而去看风水，还挖断过不少山脉哩。这个南蛮子来咱这里盗宝，估计也是来这里看了风水才来的。"

山子又说："他们盗宝回去是干什么用的啊？"

杏子说："这个嘛！我爷爷也说了，这些人本事不大，但极要面子……于是，就都想方设法去盗宝，特别是文化之宝，回去充充文化人，装装他们的脸面呗！"

山子听了，不住眼地看杏子。

杏子说："咋了？"

山子对着杏子，却又像自言自语地说："真眼气你啊！跟着你爷爷能知道这么多东西。"

杏子笑了，说："嗨！这算个啥！你现在不是也跟着爷爷嘛！"

杏子说完，转身看见了那块有字的石头，上边的字迹仍然清晰可辨："天地一部书，道德藏玄机；不知后来人，是否解真意？"看了一会儿，杏子深有感触地说："我爷爷说，有一种话叫作'箴言'，是以正言、直言劝人的。看这四句话，就像是箴言呢！是给咱们的提醒啊！"

山子看着石上的字，看一句，想想；再看一句，再想想。他凝神静思，若有所悟，自言自语地说："可不是嘛！天地就是一部书，书里在讲'道'和'德'；'道德'蕴藏着玄机，玄机里边有真意。后世的人，不知道明白不明白这真意？就是啊！这'玄机'，瞌睡爷说了，就是天机，那天机的'真意'到底是啥呀？"

杏子眨了眨眼睛，调皮地说："天机不可泄露啊！"

山子笑了。

杏子也笑了。

杏子接着说："我想着，《道德经》里常说'无为无不为'。'无为'，不是说不作为，而是说不妄为；'无不为'，就是说只要'无为'了，就什么都能做到，'无不为'了。这是不是就是那个'真意'呀？"

山子一愣，嗯了一声，然后怔怔地想。

出得金牛洞，山子带杏子往轿顶山上爬去。

上得山去，只见远远一座山头上，矗立着一块巨石，形状奇特，像是一棵大树，又像是巨人之首。山子指着石头说："杏子你看，那块石头的样子真奇怪，它咋成了那个样子？又是咋到了那座山头上的呢？"

杏子看了，说："哦！那个呀，我知道，我家离这里不远，我经常去那里玩儿。听我爷爷说，那块石头，可不是简单一块石头，不仅有名堂，而且还有故事哩！"

山子本来就喜欢听杏子说话，一听说有故事，就更喜欢了，忙说："哦！还有故事？啥故事啊？说来叫俺听听呗！"

杏子说："我爷爷说，那块石头叫作'华盖石'。知道啥叫'华盖'吗？"

山子摇头，说："不知道。"

杏子说："华盖，是一种华丽、漂亮的车盖，很像伞的形状，是专门给皇帝的车子做车盖用的。我爷爷说，华盖是黄帝发明的。知道黄帝是什么人吗？"

山子又摇头，不好意思地说："不知道。"

杏子说："黄帝是我们的老祖先呀！"

山子更不好意思了，有点脸红，羞愧地想：嘿呀！我连老祖先都不知道，真是丢人！还是杏子知道得多。

杏子说："那是四千多年前的事。那个时候，黄河中游和汾水下游一带的部落很多，大大小小有一万多个。这一万多个部落里面，有三个部落最为强大，一个是神农氏炎帝，一个是九黎蚩尤，另一个就是轩辕黄帝。九黎族的蚩尤想争霸，先去攻打炎帝，炎帝求救于黄帝，黄帝便和炎帝联合起来，袭击蚩尤，在太行山和泰山之间的涿鹿之野打起了仗，双方都动用了神仙法力，风伯、雨师都来参战，打得是昏天黑地，难解难分。就在这难分胜负的时候，只见天上有五色云气和金枝玉叶罩在黄帝的头上，像花朵一样好看，护佑着黄帝节节取胜。最后，黄帝胜出，击败九黎部落，杀死了蚩尤。黄帝感谢这'花'的护佑，就比照这'花'的形状，做成了伞一样的盖子，遮在了自己的车子上边，以求随时随地得到护佑，并给它起了一个好听的名字——"花盖"。古时候'花''华'二字通假，所以，后来'花盖'也称为'华盖'。这样一来，'华盖'成为吉祥的象征，并形成一种惯例，在帝王出行时，就必须由侍从撑起宽大的华盖。"

山子听得入了迷，说："噢！我知道了。除了这个，华盖还能遮阳挡雨吧？"

杏子说："不是的。除上述含义外，华盖的主要作用不在于遮阳挡雨，而是有意识地在帝王的身体与天空之间设立一个障碍物，目的是不让帝王看见太阳。为什么呢？因为在古人的观念中，帝王是神的化身，帝王只有十分小心地看护自己的神性，使之不受到任何伤害和损耗，才能充分履行他的职责。由此，帝王的生活里就充满了各种禁忌，不能跟各种卑微的事物接触，如有违背，将会导致恶劣的后果。"

山子很是惊奇，恍然大悟似的说："噢！是这样啊！"

杏子接着说："不过，不能接触太阳，却是一个很不好解释的理由。因为，我爷爷说，古人有崇拜太阳的习俗，太阳跟帝王，双方都是具有神性的，没有什么卑俗的事情，也就不存在什么因卑俗而设置禁忌的理由。但是在'华盖'的身上，却有了这层意思，成了遮挡太阳之物，不能让帝王见到太阳。甚至还有一种说法，说是不能让帝王见到阳光，如果不慎，被阳光照耀，他马上就会失去王位。我爷爷说，太阳和帝王都是神祇，却相互不让见面，实在让人难以理解，难道这就像老百姓说的那样：'强强对手，巅峰对决，一江不纳二龙，一山不容二虎?'

"由于这个禁忌是专门针对帝王而设，'华盖'只能帝王使用，因此'华盖'的存在，就起到了显示帝王身份的仪式作用。由于这个缘故，'华盖'成了高贵身份的象征，于是历代的帝王，就个个贪恋这种'冠盖如云''华盖蔽日'的排场。"

山子听着听着，不由自主地插了一句："这个'黄帝'可真是厉害，做了这么一个华盖，就成了历代皇帝的专用品，带来了这么多的排场，真是个大人物啊！"

杏子说："那是的，这黄帝可不是一般人，他是远古时代五方天帝中的天帝，天帝就是上帝。这五方上帝分别是：东方太昊（即伏羲），掌管春天；南方炎帝，掌管夏天；西方少昊，掌管秋天；北方颛顼，掌管冬天。而黄帝则和这四方上帝不一样，他住在天庭的正中央，春夏秋冬都得过问，四面八方都属他管。传说他长着四张脸，四面八方可以同时看到，管理起来十分方便。

"黄帝是一个神国的最高统治者，无论是谁都得服从他的统治，听从他的命令。他不但统治神国，而且还统治鬼国，有一个叫作'后土'的神，是他的下属，就是一个鬼国的王。除了后土，其他那些游荡在人间的鬼，都属黄帝管理。黄帝安排两个神具体去管理，这两个神一个叫作'神荼'、一个叫作'郁垒'，他们住在东海的桃都山上。山上有一棵桃树，十分巨大，树干曲盘起来，能荫盖三千多里的地面。树顶上站着一只金鸡，每天早晨，当太阳从东方扶桑树下刚一露头，扶桑树上的玉鸡一叫，桃树上的金鸡便也跟着鸣叫。传说，鬼只能在晚上出现，鸡叫之前就得赶紧逃回去。于是，当玉鸡、金鸡的叫声一响，神荼和郁垒就马上威风凛凛站在桃树下，检阅那些从人间游荡回来的形形色色、大大小小的鬼，一旦发现有特别凶恶并在人间残害了好人的鬼，就立刻当场绑住，送到山上去喂老虎。后来，鬼逐渐增多，两兄弟顾不过来，人们不能全都得到神荼、郁垒的管护，就常常在大年三十儿这天晚上，用桃木雕成两个神人，代表神荼和郁垒，放在大门两旁，用来抵御邪魔鬼怪。这样，时间长了，这兄弟俩的桃木像就成了民间的门神。再后来，传说唐朝皇帝唐太宗生病看见了鬼，心里害怕，便叫秦叔宝、尉迟敬德两个将军给他守房门，才得安然无事。从此，这两个将军就成了贵族世家的门神。于是，神荼、郁垒守民间，秦叔宝、尉迟敬德侍贵族。门神，就这样渐渐兴了起来。"

山子出神地听着，见杏子稍有停息，立刻问道："哦！黄帝这么厉害，他有什么本事，让四面八方的神鬼都听他的啊？"

杏子笑了，说："我以前也这样问过爷爷呢！爷爷说，黄帝的出生就不同凡响。出生前的一天，他娘看见一道巨大的电光绕着北斗星转，转来转去，掉下来一颗星，身上便有了感应，随后就生下了黄帝，所以有人说黄帝是'雷精'转世。是不是真的不知道，但黄帝最初的神职确实与雷有关，是雷神，主职雷雨。远古时期，世间诸事无不与雷有关，于是黄帝就以雷神崛起，成为中央天帝，就有了'黄帝胜四帝'之说。"

山子好奇地问："为什么叫他'黄帝'而不是'皇帝'呀？"

杏子说："叫他'黄帝'，是说他有土德之瑞。土德之瑞，指土地功德的祥瑞之气。按照五行学说的方位分布，东方属木，南方属火，西方属金，北方属水，而中央属土。黄帝居住在中央，当然是属土了，而土的颜色是黄色，又传说他在位时天上有黄龙出现，地下有蚯蚓爬出，蚯蚓虽然没有'爪牙之利，筋骨之强'，却能'上食埃土，下饮黄泉'，而且，蚯蚓经常穿穴泥中，能改良土壤，非常有益农事，深受老农喜爱，敬称其为'地龙'。因此，人们常以'天出黄龙，地现蚯蚓'为吉祥之兆。古人又常以五色配五行五方，土色黄，居中，所以'黄'就为中央正色，又引申为'不偏不倚，没有过错'，于是，'黄'就被美化成了'一身正气，般般吉祥'。他又是管辖四方的中央之帝，所以就叫他'黄帝'了。"

山子看着那块巨石，问："黄帝是够伟大的，那黄帝和这块'华盖石'有啥联系啊？"

杏子说："这就有了故事了。传说，黄帝非常敬畏大自然，经常四处祭祀鬼神山川。战胜蚩尤后，巡游天下，对灵山大川进行祭拜。一次经过这座山时，四下一看，见到这座山峰殊奇不凡，通体灵动剔透，上下灵气环绕，山形似轿似辇，大有枭雄之姿。黄帝看着山峰，喃喃自语道：'此山似吾之辇舆！只是无有华盖福佑！如若华盖福佑，定是地灵千载，人杰万年的。'说完，将手指向这座山头，画了一个圈，然后大手一挥，降下一顶'华盖'，落到轿顶山前的山头之上。'华盖'摇身一变，化为石体，从此，就护佑着轿顶山峰，永驻轿顶山了。"

山子吃惊地说："啊呀！有这样的事啊！那既然这华盖能护佑天下，我们就也去拜上一拜，求求这吉祥的'华盖'，也护佑护佑我们吧！"

杏子笑了，说："嗨！不说是'英雄所见略同'吧，倒真是人人都有祈求被护佑的心理哪！我爷爷说，他就不断见到有人到华盖石下拜了又拜，祈求吉祥呢！好吧！我们就也去求点儿福佑吧。"

说完，两人向着华盖石走去。

山子和杏子对着华盖石拜了几拜，抬头一看天，时间已悄悄溜走，没觉得有多大会儿，却已到了中午时分。

山子说："走，杏子，咱们回家吃饭去。"

杏子抬头看了看日头，说："哎呀！天晌午了，你也没给家里说，旋去做饭，恐怕来不及的。这里离我家不远，要不，咱们到我家去吧？"

山子说："恐怕不好吧？先生知道我带你出来，要是不回去，他会担心着急的。时间来不及，不要紧的，我让俺娘给你摊烂薄吃。烂薄做得快，俺娘做的烂薄可好吃了。"

杏子说："你说的是那种将面搅拌成糊状，将锅烧热，倒入锅中，摊开成为薄片，一会儿就熟，口感极好的面食吗？"

华盖石

山子说："吧！你也会做呀！俺村的人觉得做法简单，做起来又省事，又好吃，最受懒婆娘喜欢，所以都叫它'懒婆'。实际上，因为它特别薄，又很快就烂熟，所以叫'烂薄'。俺村的人都喜欢吃这个呢！"

杏子听了，笑着说："俗话说：'可怜之人必有可恨之处，可恨之人必有可悲之苦。'这么说，是不是懒婆娘这种'可懒之人也必有可懒之福'啊？"

山子也笑了，咂巴了几下嘴，满脸露出眼气的神色，心想：啥事到了杏子那里，都能说出个"样儿"哩！

山子娘在灶房忙活，听得街门响，忙扭身出去，见是山子回来，后边还跟着个俊俏小妞儿，顿时瞪大了眼睛，吃惊地说："我哩娘嘞！闺女，你可真俊呀，像朵花一样。你就是杏子吧？听说过你，俺没见过你，不知道你长得这么好看。快进屋，快进屋！"

杏子脸红了，一时无言以对。山子见状，忙转移话题，问："俺爹呢？"

山子娘说："恁爹去请先生了。恁爷说中午要和先生喝两杯，说说话儿。"

山子领杏子进屋，搬凳子让杏子坐下。正准备去给杏子倒水，就听到门外爷爷的声音："先生来了吗？"

山子急忙出屋，杏子也跟着出来。爷爷一见，忙说："哦！杏儿呀！你可是稀客。快进屋坐。你爷爷一会儿就来。今儿个咱一家老少聚上一聚。"

杏子进屋，没坐，搬凳子出来给爷爷坐，说："爷爷恁坐，俺不累的。恁快歇会儿吧！"放下凳子，扭身示意山子陪爷爷。自己转身进灶房，帮山子娘干活儿去了。

第十章

先生诠释山川意
三生万物天外天

一个四周或凸或凹、上面的面却平光如板的偌大石块，被当作饭桌支放在当院，四个小木凳围"桌"摆放。山子爷爷请先生入座，又招呼杏子挨着先生坐。先生向山子招手，让他也来就座。山子爷爷看出先生对山子的喜爱，心中不免欢喜。杏子和山子没有坐，分别站在了先生和山子爷爷的身后。山子爹屋里屋外张罗着，山子娘在灶房忙活。老少欢聚一堂，欢声笑语不断，一个小小的农家院落，其乐融融，顿时充满了喜庆气氛。

山子爷爷给先生斟上酒，双手举杯对先生说：

"今儿个得先敬你一杯，感谢你对山子的一片慈心。本来准备登门叩谢哩！正好杏儿来了，就此机会，聊表心意吧！"

先生听山子爷爷说要致谢，知道山子爷爷要说什么，忙接住酒杯说："嗨！同饮，同饮。咱俩也好久没聊了，今儿个高兴，孩子们也在场，咱就说点对孩子们有益的事吧！"他怕山子爷爷提起四孬诬陷山子偷书的事。纵然事情已经真相大白，但当着孩子的面说这个，仍不免会尴尬。因此，便赶快转移话题。

山子爷爷说："那好，那好。那就说说咱这儿的故事吧，咱这儿的故事不少，你给孩子们讲讲。正好，有些故事我也想请教你哩！"

先生忙说："咦！可不敢当！你是'先儿'呢！你是'不为良相，即为良医'，侯兆川里，你也是名人哩！知道的事比我多，哪谈得上'请教'二字？来，咱们干了！"

先生和山子爷爷举杯"当"地一碰，双双一饮而尽。

山子听着先生说到侯兆川，忍不住插嘴道："先生，咱这儿为啥叫个'侯兆川'呢？村里人说，咱这儿山上有一块石头像个猴子，站在山头上，往那东边的川地上照哩！于是就叫'猴照川'，是这样吗？"

先生笑了笑，说："噢！那是'秀才识字认半边'，凭着想象说呢！不过有时候，想象也有想象的道理。还有人说侯兆川姓'侯'的和姓'赵'的多，就叫'侯赵川'。实际上不是这样。"

山子问："那该咋说呀？"

先生说："问得好！你别看咱这儿人天天都说'猴照川'，要准确说出它的含义，知道的人还真不多。

射侯图　　　甲骨文"侯"　　　小篆"侯"　　　楷书"侯"

"侯"字演变图

"'侯兆川'这三个字，可是大有来头。

"先说说这个'侯'字。

"'侯兆川'的'侯'字，其本义就是一个射箭的靶子。这个箭靶子，常在古时候的一种仪式上用。什么仪式？天子的'大射礼'。'大射礼'是什么意思？大射礼是天子为了祭祀或者选拔官员而举行的射礼。为什么叫作'射礼'？因为古代重武习射，常举行射箭比赛，所以叫'射礼'。'礼'，是'仪式'的意思，'射礼'就是射箭的仪式。《礼记·射义》说：'是故古者天子，以射选诸侯。'意思是说：天子用射箭这种仪式选拔诸侯。射什么？射箭靶呗！这个箭靶，用兽皮或布做成，靶中间画上'鹄'（鹄，即天鹅。之所以在箭靶上画天鹅，取其'飞翔甚高，一举千里，羽毛洁白，不浴而白'，寓意人要品行高尚，清白纯正）的图案，将这个箭靶放在九十狸步（狸步，测量人与箭靶之间距离的工具，一狸步合六尺，九十狸步合五十四丈）的位置，让人们用箭来射。谁能射中，谁就可以做'侯'。'侯'，是一个国家的君主，这个君主可以在他统辖的区域内世代掌握军政大权。所以，谁不想做'侯'啊？但怎样才能做'侯'呢？就是比赛射箭，谁能射中这个箭靶上的'鹄'，谁就能做'侯'。这样时间一长，这块皮或布不叫'皮'也不叫'布'了，改叫'侯'了，于是这种仪式也就自然而然被叫成了'射侯'。这不，《礼记·射义》中就规定说：'故天子之大射，谓之射侯。射侯者，射为诸侯也。射中则得为诸侯，射不中则不得为诸侯。'所以当时人们认为，凡是能'射侯'的人都是了不起的人。根据这种意思，这种'射侯'仪式渐渐演变成了一个会意字：，读'侯'，字义是用箭射靶，像是一支箭射向箭靶。商朝甲骨文中，'侯'字这样写。再后来文字发展到秦朝李斯小篆时期，人们在上加了一个'人'，变成了，表示'射侯'与人有关系。到了现在，演变成楷书'侯'，将'人'字从上方移到了一边。由于'用箭射靶而成侯'的含义，能'射侯'就是了不起的人，了不

射侯图

侯即箭靶

起的人能做官。于是，将'侯'比作'官'再合适不过，这样，'侯'字就被用作了官用名称。再后来，又演变成了达官贵人的通称。至于老百姓说轿顶山上的猴子是'猴子在照川'，虽然有'秀才识字认半边'之嫌，但往深处想想，也不乏为一种风趣说法。'猴'，实际上还是'侯'的象征，'猴（侯）'在山上看着这个川，分明是昭示一种迹象，就是'希望这里能多多出侯'。而老百姓眼中的'侯'，除'官员'的意思以外，还包括贤才、能人、有本事的人等，希望这种'侯'出得越多越好。因此，这个'侯'字，就被用作了地域名称'侯兆川'的第一个字了。

"再说说'兆'字。

"'兆'，是多的意思，也有'兆头'的意思。说起这个'兆'字，还有一个故事哩！说是很久很久以前，有一个人路过咱这里，前后左右一看，吃惊地说：不瞧不知道，一瞧吓一跳，这地方可是了不得，将来要出'斗米王侯亿兆将相'哩！听的人一愣，不知道他是弄啥的，就问：你咋知道？那人说：我瞧出来了，有这个兆头。又问他：你咋能瞧出这个兆头？他神秘地笑了一笑，动了动嘴角没有吭声，一副'天机不可泄露'的样子。后来听说他是一个风水先儿，看风水很有一套，于是这个话就一直流传到现在。

"最后说说'川'字。

"'川'（当地人单读时读 chuā），河流叫川，平地也叫川。咱这里东边的山间盆地，有河流也有平地，所以就叫作'川'。

"对于这个巨大的'川'，古人寄予美好的愿望，期望这里多出官，多出贵人，多出栋梁之材。多到什么程度？多到像侯兆川大地一样'铺天盖地'，使得侯兆川'大地生辉'；又像侯兆川北边的淇河一样'川流不息'，人才辈出，'源源不断'。因此就用了'侯'字和'兆'字，加上'川'字，取这三字的吉祥之意，合称'侯兆川'。

"说了这么多，一句话说完，'侯兆川'的真正含义，就是'希望这里多多出官'，也预示着这里能够出官。做官是男人的梦想，谁不想当官呀？所以老百姓说，希望这里多出官，出得越多越好。就像那风水先儿说的：一斗米那么多的王侯，成亿上兆的将相！"

杏子听到这里，笑着对山子说："山子哥，轿顶山上有'猴子'，猴子象征着官儿（侯），你的名字叫山子，山子，山子，山上的'猴子'，你将来就是一个当官儿的'猴'。"

山子爷爷和先生都笑了。

山子爷爷高兴，想着，这小闺女儿真会说话，照我的心坎儿上说。瞅了杏子一眼，见杏子虽然笑着说话，但那个笑，是一脸纯真的微笑，容不得半点怀疑是玩笑。微微一笑后，又渐渐归入一种轻易不可察觉的庄重和不可否认的肯定，就越发喜欢了。

先生说："杏儿说得对，山子底子不错，又肯用功，照这样努力下去，前程是不可估量的。"

山子有点受宠若惊，不好意思地说："先生，爷爷，我会记住你们的话，好好学习的。"

山子爷爷说："'侯兆川'的名儿的意思是说百姓盼官盼人才，那咱这儿'轿顶山'的名儿，是不是也有这种意思呢？"

先生说："那是肯定的。古人对地名往往寄予吉祥厚望。'轿顶山'和'侯兆川'一样，都有这种精神寄托。

"本来，轿顶山就是传说中黄帝的辇舆，后世称为'轿子'，后来又传说山娃的轿子归入其内，所以起名叫作'轿顶山'。既然以'轿'相称，肯定是与轿子有关。所以，要说清轿顶山的名称含义，就得先从轿子说起。

"轿子的起源很早，传说远古时期黄帝已经乘坐，而且还做了华盖，说明四千多年前的夏朝初期就已产生。晋代崔豹所著的《古今注·舆服》中确有记载。虽然只是一种传说，但有文献记载，也是一种史料证据。另外，中国古代第一部历史典籍《尚书·益稷》中记载：大禹在述说他的治水经过时，说了这么一句话：'予乘四载，随山刊木。'司马迁在《史记·夏本纪》中对'四载'作了解释：'陆行乘车，水行乘船，泥行乘橇，山行乘樏。'这里说的'樏'，就是原始的轿子。这也是史料证据，和传说不谋而合。后世，轿子有了很多的种类，有官轿、民轿、花轿等。但最多的还是官轿，因为轿子最早的用途就是天帝或者说黄帝乘坐的，所以'轿'与'官'有着直接联系。做轿的材料，有木、竹、藤。使用方式上，有人抬的和牲口驮的，曾经有用骆驼驮的'驼轿'，元代皇帝还坐过'象轿'呢！

"皇帝坐的轿子规格最高，由八人或十六人抬行，是皇帝在宫内往来时的代步工具。皇帝以下的高级官员乘坐轿子，由四到八人抬行。

"中国古代，官轿的使用有着严格的规定。唐朝初期，只有皇帝和嫔妃能坐轿，其他人则没有资格享用。北宋时，除了皇帝和嫔妃，只有四朝元老文彦博和名臣司马光受皇帝恩典能坐轿。宋高宗赵构时，废除坐轿禁令，轿子才发展到民间，成为达官贵人的代步工具，并且日益普及。清代时，轿子使用规定又严格起来，为啥呢？因为清朝是靠弓马得天下的，所以规定京官只准乘马，不准坐轿。后来，《大清律例》出台，才规定三品以上京官使用四人轿，出京可以坐八人轿，外省督抚也用八人轿，普通官员坐四人轿。所谓'八抬大轿'，就是从这儿来的。也由此可知，'官轿'不仅是官员出行时的交通工具，而且也是权力和地位的象征。

"知道了轿子的来历，就明白了轿顶山的名称含义，它是与'官员'有着直接关系的。猛一听'轿顶山'这个名儿，好像是山的形状和轿子形状相像有关，但是，按照古人的文化寓意逻辑去分析，就会发现并不那么简单，它是对轿子文化的充分发挥。从外表上看，轿顶山位于侯兆川西部的群峰之巅，面对东方，像是俯视整个侯兆川大地，有一种高高在上的气势。而整个侯兆川大地，又像是对它俯首称臣，甘愿为它衬托映照。古人讲究阴阳平衡，大地象征着'阴'，高山象征着'阳'，阴阳平衡才能得以完善。山，本身象征着沉稳大气，轿顶山是两级山峰，山上有山，叫作'兼山'。'兼山'之意，是沉稳静止，既壮且大。因此人们希望侯兆川大地多出官，而轿顶山就象征着出高官。'轿'，一般情况下是官员坐得多，人们习惯于用'轿'比喻当官的。而做官就要做大官，大到什么程度？大到'顶'端，越大越好，才是理想。如此，'轿顶山'的确切含义，就是启示人们在仕途道路上越走越宽，官越来越大，品级越来越高，步步高升。这是古人的良苦用心啊！"

山子爷爷由衷地说："哎呀！先生真不愧是先生！老百姓看起来，这不过就是普普通通一座山，经您这么一说，才知道里边还藏着这么多的道道儿！佩服！佩服！"

先生笑道："你客气！一点见解而已。不过咱这地方，说起文化品位，还真称得上是底蕴深厚、历史悠久呢！侯兆川、轿顶山，是有代表性的两处，是最好的见证。而除此之外，还有很多很多呢！"

先生继续说："除了轿顶山和侯兆川，侯兆川内还有一些地方，其文化底蕴也很令人回味。像侯兆川东南方向的华石岭，北边的道教圣地紫荆山，东边的古井莲花传说，西边的佛教三湖寺院等，都是古人留下来的宝贵财富。"

杏子插话道："我常听人说那个顺口溜'上了十八盘，看见侯兆川，南有华石岭，北有紫荆山；东有莲花不生藕，西有三湖不行船'呢！"

先生笑道："是的，是的。这几个地方是这样的：东南边有一道石岭，叫'华石岭'。石岭就石岭吧，为啥叫华石岭呢？原来，这与方位有关。这个石岭的方位在侯兆川的东南方向，而东南方向在易经八卦中是'巽'的方位。'巽'代表风，风可以呼唤阳气，接通天地元气，因此，人们认为，'巽'的方位能够'吉报降临'，起着'消息运'的作用，暗示着各种各样的好运，可以通过这个方位而带来。而'华'字的本义就是文才、兴盛、显达，所以，人们期望打开这个'消息运'的大门，去迎接这个

'华'的好运，使这里人才辈出。基于这个愿望，人们就将这道石岭叫作'华石岭'。

"侯兆川北边的紫荆山，是道教圣地。因山顶长有紫荆树而得名。又因山顶有一铁棒，老百姓俗称'碾贯心'，插在山峰正中，人称镇山之宝，铁在古代被称为'金'，故也称为'紫金山'。紫金山在其周围群山之中，尤其显得通灵秀气。从山下到山顶，沿途十四座山头上有十四座庙，庙庙通神，庙庙里边有故事。远远望去，苍松翠柏之间所掩映的座座道观神庙，平添浓浓的肃穆神秘之气氛。

"东边的莲花，是一个传说。说是那里有一口井，井里边漂着一朵莲花，井水有多高，莲花就有多高。有时候看着莲花到了井口，伸手去够，却够不着，因为莲花会迅速沉下去。这是暗示，莲花代表着世界的本原之一，莲花从世界的本原上向你揭示人生真谛，而这个'本原'是够不着、摸不着的。莲花又是'花中君子'，象征清净、圣洁、吉祥，喻示不染世间的烦恼，因此古代文人都喜欢用莲花来象征各种美好的事物。佛教中，还常用'一花一世界，一叶一菩提'来弘扬佛法，这个'花'和'叶'便指莲花，一花一叶即可入众妙门，得菩提果，说明一个人修佛顿悟的途径无处不在。这样，就使得'莲花'人人喜爱了。后来，这里有了村子，人们便以'莲花'为名，叫作莲花村。'东有莲花不生藕'，这个'莲花'是村名而不是植物，当然不会生藕了。

"而西边的三湖，是三座寺院，不是湖泊。据说印度高僧佛图澄曾路过此地，因此而有了这三座寺院，所以叫'三胡寺'。

叫的时间长了，以音传讹，被叫成了'三湖寺'。三湖的'湖'字，不是'湖泊'的湖，所以不能行船。"

山子急速地记着，一副大口吞进知识的样子。

山子娘从灶房出来，端着一盘儿烂薄，将杏子叫到屋里，说："闺女，俩老人高兴，说话说上劲了。让他们多说一会儿。你早就饥了吧？这是俺山子让给你摊的烂薄，你快吃吧！别等他们了。"

杏子说："不饥，不饥。婶娘，等会儿山子哥记完了，我们一块儿吃。"

山子这时已经记录完毕，见先生和爷爷聊起了别的话题，娘又将杏子叫走，便收起纸笔回屋。

娘见山子进屋，便又到灶房忙活去了。

山子还沉浸在先生的话语中，见了杏子，说道："杏子，先生说的这些，都是我以前没有听过的东西，不知道咱这里这么好。"

杏子说："是呀！咱这里有灵气啊！你我生长在这么好的地方，还真是一种福气呢！"

山子思绪万千，幻梦似的说："要是把先生讲的写成一篇文章，该有多好。杏子，你帮我出主意，咱俩一起来写吧？"

"我也出不了什么主意。你就写吧，肯定能写好。"杏子神秘地一笑，说，"喜爱什么去写什么，肯定会写得很漂亮。"说完，又神秘兮兮地看着山子。

山子看着杏子，不解其意："嗯？试试看吧！"

杏子说："要想做好某件事，就得想法去热爱。有了热爱，就有了兴趣；有了兴趣，就有了动力；有了动力，写作起来就会不由自主地吐露心声。现在你对轿顶山、侯兆川已经有了热爱，你也有文化根底，热爱加知识，不愁没有好文章。”

山子听了，心想，我写《杏子》的时候不就是这样吗？那时满脑子都是杏子，没费多大力气就将文章写出。哦！怪不得杏子"咻咻"地笑，她是不是也想到了这个啊？山子好像突然明白了杏子的神秘笑意，心中顿时暖意如春。正要接杏子的话，却一眼看见了盘子里的烂薄，急忙说："哎呀！你快吃吧！都快凉了。"

山子有了将轿顶山写成一篇文章的心思，就此欲罢不能，整天思来想去，拿捏不住怎样下笔。于是就常和杏子一道，讨论如何写。

杏子想起了爷爷曾给她讲过唐朝韩愈写《毛颖传》的故事，或许对山子写作有帮助，于是就讲给山子听。

杏子说："唐朝韩愈写过一篇千古奇文，叫作《毛颖传》。《毛颖传》里说：毛颖是中山国人。毛颖的先人是兔子，这只兔子曾经辅佐大禹治理东方，因为养育万物有功，被封在卯地，死后又被封为兔神。兔神是十二生肖神之一，古人排列十二生肖次序，常说：'子鼠丑牛，寅虎卯兔……''卯兔'之说，就是因为毛颖被封在'卯'地，成为兔神而来的。

"毛颖的先人说：'我的子孙是神的后代，和其他生物不同，我的子孙生育后代是从嘴里吐出来的。'后来果然是这样。（民间传说，兔子生育时是口吐而生，所以兔嘴上唇开裂，即老百姓说的'豁嘴'。东汉王充《论衡·奇怪篇》记载：'兔吮毫而怀子，

及其子生，从口而出。'）

"秦始皇时代时，大将军蒙恬讨伐楚国，途中在中山国停留，准备举行大型狩猎行动，以便威吓楚国。狩猎前，蒙恬占卜这次行动的预兆，看看能够捕获什么，占卜结果是：'这次狩猎，捕获的是一种没有角、牙齿不锋利、穿短布衣的动物，缺嘴，脖子长，取其毛，可以做书写工具。'于是便围捕毛家一族，得毛颖，然后聚集他的家人，拔下他们的毛，束缚起来，装车带回，献给秦始皇帝。秦始皇帝高兴，特别恩赐，将毛颖放入汤池沐浴，并赐给他封地'管城'，又赐他名字'管城子'，于是管城子天天能得皇帝恩宠，协助管理皇帝事务。

"毛颖记忆力特强，从结绳记事时代到秦代，大小多少、上下左右一切事物，全都能详细地记载，而且还通晓官府公函、市井货物、钱财账目等，因此上到皇帝高官，下到国民百姓，没有不喜爱和看重他的。毛颖又极善解人意，不管是正直、邪恶，还是巧妙、拙朴，都能善意待之。虽然有时也被废弃一边，但始终沉默，并不泄气。唯有一点，就是不喜欢武士，但如果被请，也常常前往。

"毛颖被封为'中书令'，中书令是掌管传递、宣示皇帝命令的官，因此和皇上更加亲密，皇上称他为'中书君'。'中书君'就是'中书先生'。'中'，是中用；'书'，是书写；'君'，是尊称。这样一来，皇上决断公事，每天阅览公文，宫里的人不得站在他的旁边，唯独毛颖和拿蜡烛的奴仆能在旁边侍奉，而且一直到皇上休息时才结束。

"一次毛颖觐见皇上，见皇上准备下诏重用他，急忙脱下帽子谢恩。皇上看见他的头发秃了（暗指毛笔秃头了），写的字也不能如皇上的意（秃笔写不成好字），便讥笑他说：'中书君，你老了，头也秃了，不能胜任我的任务了。我曾经称你是中书，是说你能够中用地书写，现在你是不是不中书了?'毛颖回答说：'我已经尽心啦（暗指用尽笔心）。'但皇帝不再召见（不用秃笔），毛颖便回到封地管城（暗指被扔在秃笔堆里），在管城终老（随秃笔堆一起被丢弃）。"

讲到这里，杏子问山子："山子哥，你说韩愈的《毛颖传》，描写的是什么呀?"

山子说："这不是明摆着嘛！描写的是一个人呗，毛颖啊!"

杏子"哧哧"一笑，说："不是的。'

山子惊愕："啊？不是描写毛颖的?"

杏子说："是毛颖不假，但毛颖不是一个人。"

山子更为惊骇："这通篇说的就是一个人啊！怎么会不是呢?"

杏子说："这个毛颖，是一支毛笔。'颖'字的本义，指的就是毛笔头上尖锐的锋毫，所以'毛颖'就是兔毛做成的毛笔。你仔细去体会体会，文中说的'没有角、牙齿不锋利、穿短布衣的动物，缺嘴（豁嘴），脖子长，取其毛，可以做书写工具'，就是'兔子'的特征；于是围捕毛家一族，拔下他们的毛，聚集他的家人，将他们束缚起来，将毛颖装车带回，献给秦始皇帝。秦始皇帝特别恩赐，将毛颖放入汤池沐浴，是收集、洗涤兔毛的过程；赐给他封地'管城'，暗指做成毛笔是需要竹管的，所以叫'管城'；又赐他名字'管城子'，'子'，是尊称，也是'先生'

的意思，'管城子'就是'竹管先生'。管城子天天能得皇帝恩宠，协助管理皇帝事务，是指皇帝拿着毛笔在处理公务哩！皇帝封他为'中书令'也好，称他为'中书君'也好，指的都是毛笔啊！'中书'，是非常中用地书写，'中书君'就是对毛笔的尊称，这说的可都是毛笔呀！"

山子瞪大了眼睛，一副不得其解的样子："哎呀！还有这样的写法？说了半天的毛颖，我以为是一个人呢，原来是一支毛笔。毛笔就毛笔呗，为啥要写成一个人啊？"

杏子说："事情是这样的，韩愈仕途坎坷，官职屡经调迁，或降或升，累累不得安宁，使他心生郁闷。又看到宰相张九龄被罢，将帅封常清受戮，张巡、许远忠心报国，身后却寂寞无比，使他感到寒心。而那种'龙颜易变，皇帝寡恩，群臣倾轧，尔虞我诈'的险心恶象，又使他不堪忍受。这样，时间长了，闷气憋在心里，总感觉不吐不快，总想着宣泄情志，但当时的险恶环境又不能明言直说，就只好退而求其次，借用文章的形式，将以上所述酝酿为文章的主题，以嬉笑诙谐的寓言形式来体现。所以粗一看，《毛颖传》好像是描写毛颖这个人，但仔细琢磨，却明明是在描述毛笔的特性。虽说是在描写毛笔，但句句却都是写人的口气，而且还郑重其事地为之立传，煞有介事地考证其先祖，这就使得整个构思显得非常滑稽。虽然滑稽，却符合'文以载道'的原则。因此，不能不说韩愈的写作手法是多么的巧妙！

"山子哥，我觉得，你要写轿顶山，不妨学学韩愈，思想开阔一点，方法灵活一点，切入点多一些，用多种笔法去表达，从而使文章鲜活起来。这样，效果肯定会好的。"

山子沉默，陷入无限的遐思之中。

先生对"侯兆川""轿顶山"的一番讲解，引得山子心里阵阵翻腾，对自己的家乡充满了浓浓的爱意。这种爱意，正像杏子说的，是那种从心底发出的热爱。而杏子讲的《毛颖传》，又使山子深受启发，从心底发出由衷慨叹：哎呀！不知道文章还可以这样写！这可真是，啥事里边都有学问啊！一支毛笔，可以写得像一个人一样；一个侯兆川，一座轿顶山，竟有那么多的故事。看似平淡无奇，却是耐人寻味。怪不得古人说：世事洞明皆学问，信手拈来即文章！看来有字的书要读，没字的书也要读呢！

山子由此对侯兆川和轿顶山产生了浓厚的兴趣，从此便留了心，不管走到哪里，只要听到有关侯兆川和轿顶山的只言片语，便立即用心记下。

一次碰见了瞌睡爷，瞌睡爷说了几句话，更让山子喜欢。瞌睡爷说，侯兆川的美，美得是有模有样呢！你往四下里看：

> 方圆三十里，四围万仞山；
> 天然一城池，疑是桃花源。

山子立马记下。又想听听他对轿顶山的看法，就急口发问：轿顶山美在哪里啊？瞌睡爷眯着眼睛，说得更是言似偈语，禅意浓浓：

> 是山却称轿，称轿却是山；

143

上到轿顶去，窥得天外天。

山子想，这说得可就有点深了，这"天外天"指的是啥呀？常听人说，人外有人，天外有天，天就够高了，天外的天不是就更高了吗？比天还高的天，那会是啥样呢？

突然，山子想到了《道德经》。老子在《道德经》中说："道生一，一生二，二生三，三生万物。"这"三生万物"的"三"，是不是就是"天外天"呀？这个"三"是"一"和"二"生的，而随后就"三生万物"了，这不是"天外天"又是什么呢？因为，老子接着说："万物负阴而抱阳，冲气以为和。"意思是说：万物背阴而向阳，并且在阴阳二气的互相激荡中而成新的和谐体。这个"和谐体"，是不是就是那个天外天的"三"呀？

旋即，山子就感觉到了不对。"万物"是"三"生的不错，但"三"却是"二"生的，"二"又是"一"生的，"一"却是"一、二、三"的前辈老祖宗"道"所生，这么说，这个"道"是"天外天"才对啊！

可不是嘛！仔细想想，人们常常把天和命运结合起来，认为天是高于一切的，天意不可违，天能决定你的兴衰成败，地上的一切事情都首先得符合天时才行。但这个"天"，还得法"道"哪！就是说，人、地、天之外还有一个更根本的东西，一个更久远的东西，一个更高的东西，什么东西？就是"道"啊！言外之意，并不是说到了"天"就到了头了，天也好，地也好，人也好，都还要遵从"大道"这样一个最根本的世界运转的规律，所以，"道"才是真正的"天外天"啊！

至于"道法自然"，那是转了回去，回到了本源，重新开始了。

哦！瞌睡爷的意思：站得高，看得远。轿顶山上，文化厚重，含义深奥，不仅能看到"一"，看到"二"，看到"三"，还能看到生"一、二、三"的那个"道"呢！

第十一章

山子挥毫轿顶山
文辞悠悠化山魂

山子越想越有兴趣，将收集的内容条分缕析，又数次前去找先生请教，殚精竭虑，写出了一篇记游文字《轿顶山记》。

轿顶山记

盖闻轿顶山者，太行之阳诸峰中之秀者也！南眺九曲黄河，西邻王莽之岭，北踞太行龙身，东瞰战国长城。其峰也，遥相望之，俨似官轿一顶，凌驾群峰之上，巍巍然独竖长空。

山何以"轿"名哉？究之，因官也。夫官

者，贵人也；贵人者，贤才也；贤才者，人上人也！民所仰之，天下之望也。古之官者出巡，常乘轿以行，久之，民则以轿为官。"轿顶"者，官上加官，高官之意也！故以"轿"名山，似因形而称，实则民之盼官所由也。

轿顶山下，接地际天，阡陌纵横，淇流急湍。谽谺豁閕，一马平川。川之四周，崇阿连绵。岗岭陟立，嶙峋巉岩。春则花团锦簇，秋则层林尽染；冬则积雪皑皑，夏则三伏凛寒。四季景异，令人心醉。民爱之，美其名曰：侯兆川。侯兆川内，悠悠历史遗迹，簇簇人文景观。物换星移，因循相传。民有谚曰：南有华石岭，北有紫荆山，东有莲花不生藕，西有三湖不行船。

"侯"者，官也；"兆"者，多也；"侯兆川"者，民盼兹地达官夥夥是也。治国治家，得贤者为先，贤者天下之望也。然天下事物，相对而立，长短相形而显，高下相倾而存。仅平川大地，胡与"高官"为匹？于是乎，天造地设，轿顶山呼应而出。山高地阔，阴阳相衡，一方宝地，人杰地灵。民之夙愿，就此而成矣！

官者何为？引庶民盼也？或曰：千里去做官，为的吃和穿。或曰：人不为己，天诛地灭。可乎？吾以否哉！非若是也！人生一世，安能如此寸心，妄为一己之名利乎？然非者若之何？老子曰：修之于身，其德乃真；修之于家，其德乃余；修之于乡，其德乃长；修之于邦，其德乃丰；修之于天下，其德乃普。儒家曰：修齐治平是也！范公仲淹曰：居庙堂之高则忧其民，处江湖之远则忧其君。又曰：先天下之忧而忧，后天下之乐而乐。予拙言之：人不为己，定天诛地灭。故人生世间，务求其用。心勉之，物待之；顺乎天，从之意。治世便国，死而后已。故为官一任，造福一方；崇高之位，忧重责深。此乃官之自任，民之所盼也。侯兆川，轿顶山，名隐之意，岂非深藏民之夙愿耶？

《道德经》云：道大，天大，地大，人亦大。予生于兹，长于兹，山川灵气养于兹，形存天地之间，既成三才之一，焉能负民之愿哉？当人法地，地法天，天法道，道法自然。顺时应天，鸿鹄高翔，励志发声，无愧天地。

奈予本庶人，秉性不敏，才疏学浅，涉世未深，议世论事，乏资可陈。然天地无私，民愿粹美，"轿顶"之意，助人之志，实乃高尚其事，激人奋进，无故不发由衷之言。故以辞明志。

铭曰：

天地混沌未开兮，无状无名；

万物含混其中兮，孕育而成。

一画既开阴阳兮，天地乃生；

天神降世乾坤兮，人种初成。

天地人焉一体兮，宇宙运行；

人尽潜能于世兮，人杰地灵。

予将矢志雄才兮，为民请命；

参赞天地化有兮，不悔此生。

——轿顶山小生山子记

山子挥毫轿顶山

山子写完《轿顶山记》，放下手中的毛笔，歪头看着眼前的文章，凝思文中是否还有不妥之处。忽见桌上的毛笔悠悠动了起来，而且越动越大，瞬间巨大如椽。山子恍恍惚惚，看着毛笔"活蹦乱跳"起来，一下子就想起杏子讲的《毛颖传》，于是有点戏谑地想：嘿！这"毛颖"想要去干啥呢？还想要皇帝封你个"中书令"，喊你一声"中书君"吗？还没想完，随着"中书君"渐渐变大，耳中"呼呼"生风，并发出虎虎吼鸣。山子惊异，不由自主地起身飞出窗外，向着轿顶山的悬崖峭壁飞去。

山子在悬崖上选中了一块巨石，手举"中书君"，龙飞凤舞，将《轿顶山记》永久留在了轿顶山上。

第十二章

轿顶山乾隆赏神童
侯兆川老子化文明

话说当朝天子乾隆皇帝，一日夜里忽做一梦，梦见轿顶山上，有三条青龙翩翩起舞，东南一龙和东北一龙相互颔首致意，彬彬有礼，而中间一龙，却向自己迎面扑来。乾隆大惊，猛醒而起，坐而深思，蓦然悟道：这是要我前往一顾吗？

乾隆做此一梦，惊奇不已的同时，联翩想起了桩桩皇族往事。康熙皇帝和雍正皇帝对于河南辉县一带，都曾特别关注。康熙皇帝闻听河南辉县等县连年秋成未获丰收，恐百姓生计艰难，曾下旨蠲免辉县、汲县等六县第二年的全年钱粮，并停征由此漕运京师的税粮。雍正皇帝曾题写"灵源昭瑞"匾额，赞颂轿顶山下的秀水灵源，因为这轿顶山位于太行山群峰之中，山下蕴藏着滚滚暗流，一路向东，到达苏门山时喷涌而出，形成了碧波荡漾的百泉湖，给人们带来了无限的福佑。而这都说明，轿顶山一带，实在是落落欲往、矫矫不群呢！

而此时的乾隆，在此前就有南下巡视的念头。这个梦的出现，促使他坚定了这个想法，联想到：轿顶山中龙扑我，是否也要我前往关注？

俗话说："坐能言，起能行。"不做那说嘴的郎中。

乾隆决心下定，要南下巡视辉县轿顶山了。

1750 年秋天，乾隆皇帝侍着母亲前往辉县而来。

学着爷爷和老爹的做法，乾隆皇帝在前来辉县的路上办了一系列好事，对所经过的地方或免税，或赈灾。

9 月 22 日来到辉县，住在了百泉翠华行宫。

乾隆在百泉驻跸期间，先后游览了百泉、白云寺和竹林寺。游览之余，皆作诗以助游兴，或赞颂，或咏叹，或感慨，或抒情。发自肺腑，流露真情。然而让他不能忘怀的，还是关于轿顶山的那个梦。

乾隆看到了百泉湖，联想到了轿顶山的水。有能臣给他说，这百泉湖的水，是从太行山下的石缝中流过来的，而这一带的太行山中，轿顶山是群峰之秀，轿顶山三道山脉中的"中龙"，到达侯兆川时潜入地下，从地下向东蜿蜒流动，来到苏门时昂首而出。无疑，这水就是轿顶山的"玉液琼浆"。这玉液琼浆，饮了它可以成仙，流到哪里，哪里都会受到它的恩泽。言外之意，是说乾隆爷您是真龙天子，轿顶山的"中龙"就是您，这恩泽，可都是您给带来的啊！

其实，哪用得上能臣来给乾隆献媚？乾隆何尝不清楚自己就是那条"中龙"？不然的话，看到百泉水就能想到轿顶山？而且，借着百泉水吟诗抒怀，吐露自己的心声？乾隆吟诗道：

> 驻跸苏门下，躬瞻清卫源。
> 地灵神以妥，派远物蒙恩。
> 百颗珠呈琲，一泓月贮痕。
> 流淇润桑土，利泽永中原。

这不就是嘛！乾隆听得能臣讲话，心中有数，微笑不言。心想这个地方可真是地灵，地灵得连"神仙都能在这里妥当安身"。这样的灵地，我能不做点什么表示表示吗？我不远千里来到这里，一路走来，就向我的百姓洒点"雨露"，做点好事，也算是"派远物蒙恩"吧！乾隆想：就让这个"派远"之恩，"流淇润桑土，利泽永中原"吧！

"中龙扑我……"乾隆又回到了那个梦里。

梦中，乾隆上轿顶山了。

乾隆登上十八盘，来到了侯兆川。

从侯兆川向轿顶山望去，可见轿顶山耸立于群峰之中，大有顶天立地之势。心想这轿顶山还真是名不虚传，怪不得有三龙镇守。我得慢慢去领略领略，看看这里的人是如何的"杰"，地是如何的"灵"。

乾隆登上轿顶山，隐隐约约看见一个人影，在那轿顶山峰的峭壁之间，挥舞着一支如椽大笔，龙飞凤舞地写着什么。

乾隆近前一看，见他写的是《轿顶山记》。

那个人影还是一个孩童，正在专心致志地挥笔飞舞。

乾隆隐身，悄悄细看。

只见那个孩童挥笔写道："山何以'轿'名哉？究之，因官也。夫官者，贵人也；贵人者，贤才也；贤才者，人上人也！民所仰之，天下之望也。"

乾隆想：哦！轿顶山的名称是因"官"而来！可见这儿的人对"官"看得很重！他们盼望的"官"，会是什么样的呢？

又见孩童写道："人生世间，务求其用。心勉之，物待之；顺乎天，从之意。治世便国，死而后已。故为官一任，造福一方；崇高之位，忧重责深。此乃官之自任，民之所盼也。"

乾隆高兴了：嘿！这孩童，小小年纪，竟有这么大的志向。山里的孩童能有这么大的志向，说明这儿的风俗不凡，正像司马光说的那样："洛阳风俗重繁华，荷担樵夫亦戴花。贪看二公同宴会，游人昏黑忘还家。"连种地砍柴的人都喜欢繁荣兴盛，国家哪有不强之理？

"予生于兹，长于兹，山川灵气养于兹，形存天地之间，既成三才之一，焉能负民之愿哉？当人法地，地法天，天法道，道法自然。顺时应天，鸿鹄高翔，励志发声，无愧天地。"孩童思绪不乱，心中的宏愿像是高山流水，"哗哗啦啦"，喷薄而出。

哦！神童啊！既有道家之修养，又有儒家之志气！天行健，君子以自强不息！地势坤，君子以厚德载物。人杰，地就会灵，而地灵，就会出人才呢！《轿顶山记》所说的民之盼官，不无来由。人杰地灵，岂不国富民强？乾隆深感欣慰。

孩童顿了一顿，然后挥笔，以排山倒海之势，一挥而就，落下志在千里之言，一似"长风万里好横行，指日勒山铭鼎"之气派：

天地混沌未开兮，无状无名；

万物含混其中兮，孕育而成。

一画既开阴阳兮，天地乃生；

天神降世乾坤兮，人种初成。

天地人焉一体兮，宇宙运行；

人尽潜能于世兮，人杰地灵。

予将矢志雄才兮，为民请命；

参赞天地化有兮，不悔此生。

乾隆有点震惊：哎呀！这孩童口气不小，从"天地未开"说到个人立志，从"为民请命"说到"参赞天地"，是个志士，不可小瞧。但愿他别在成年以后回想，为当时自己那种"那时头角峥嵘际，搅海翻江上九天"的稚气而后悔。以后的路走好了，是出类拔萃；走不好，可就有点说大话了。口气过大，未必就好。老子说："我有三宝，曰慈，曰俭，曰不敢为天下先。"这孩童要"敢为天下先"吗？敢用这么大的口气？这是个什么人呀？看了看文章的落款：轿顶山小生山子记。噢！叫山子！

乾隆看着"山子"的名字，竟然生出了雅趣：山子？山子！这名字起得，大气，还是土气？要说大气，往雅里说，是"大山之子"！要承载大山的沉稳和坚韧，融入"仁者乐山"的文化中去。要说土气，往俗里讲，乾隆触发了童心：哈哈！山旮旯里的小娃子？嘿！看他所立鸿鹄大志的口气，不像是个"小娃子"，倒是有点"大山"不俗。但愿，这个山子，始终"初生牛犊不怕虎"，可别"长出角来反怕狼"啊！

中国有句古训，叫作"自古英雄多磨难，从来纨绔少伟男"。反过来讲，没有磨难，就成不了英雄；而纨绔子弟，是不立大志的。这山子大志虽立，但小小年纪，还不知道世事磨难这一说。而成就大事伟业，没有世事磨难这一遭，又是不可能的。就好比唐僧师徒，只有经过了九九八十一难后才修得金身，浮躁之气尽去，沧桑之感顿生。这样，为官一任，才不至于猛冲直撞，误人误己。坎坷经历，也是一种财富啊！但愿这孩童，沿着他的志气之路，经得起磨难，取得一番丰功伟业吧！

咦！这世上的事，难说。不受磨难难成才，而受苦磨难难抗对啊！抗过了，天下敬仰；抗不过，就此一败涂地。如志气再不坚强，过不了这道关口，那么后边的一切，就萎靡不振，慢慢地，也就"秋风扫落叶"了！

山子会走向哪里？

顺其自然，看他的造化吧！

由"山子"之名，想到了人生一世。面对轿顶山，乾隆在梦中陷入了深思。

老子当年乘着紫气东来，是在途中知道了轿顶山这个地方的。知道的同时，又产生了好感。轿顶山是群峰独秀，整体通灵剔透，老子一眼就看出这可不是一般的地方，于是就刮目相看，要在这个地方"无为无不为"了。

老子对轿顶山刮目相看，轿顶山可就在不凡之中"独木（而）成林"了。纵然说轿顶山的不凡首先归功于大自然的鬼斧神工，但老子来到轿顶山，老子的精神永驻这里了，老子的精神浸润了这方大地，轿顶山就从神秘走向了辉煌，"有仙则灵"了。

作为灵地的祖脉，轿顶山魅力四射，福佑大地。老百姓说：祖脉一旺，四周沾光。这不，沾了轿顶山的旺气，由轿顶山向东而去的地下支脉，蜿蜒行走到豫北平原时，凸起而出，就像那"见龙在田"，形成一座山头，向世人秀出挺拔英姿。伴随山脉一起而来的"玉液琼浆"，在山麓南面汩汩涌出，聚成碧波荡漾的泉水湖，似隐喻这条"龙""或跃在渊"，进退自如，"无悔无咎"。于是，阳山阴水，仁知动静，该有的都有了，美得不能再美了。从而，这里一跃而成为中国道教"三十六洞天、七十二福地"中的第三十四处洞天福地：苏门山。

原来，中国道教有"三十六洞天，七十二福地"之说。这"三十六洞天，七十二福地"，指的是仙人所居处的游憩之地。世人以为这些"洞天福地"都是通天之境，祥瑞多福，因此个个心怀仰慕，并且认为道教那些潜隐默修之士喜欢遁居幽静山林，山林之中肯定会有仙迹传说之处，于是，就在这仙迹传说之处兴建宫观。所以历朝历代，这些宫观中道侣栖止，香客游人络绎不绝，因而，这洞天福地就成为中国锦绣河山中的胜境。

苏门山就是这胜境之一。

苏门山出名很早，商朝时就已经人人皆知。但那时是因为山前的百道泉水实在是引人喜爱，完全是自然景色，并没有人文因素在内。

到了晋朝，"神仙"来了，一个"稀奇古怪"的人住到了苏门山上的一个土洞里，冬天，散开满头长发遮盖身体；夏天，穿一身用草编的衣裳度日。有时见他捧着本《老子》或者《庄子》，默默地看，有时又见他拿着本《易经》，爱不释手。有一张古琴，有事无事拨弄两下。见了人，从不说话，也不瞧你。时不时地仰天长啸（**吹口哨**），震得山林巨响，百鸟云集。脸上看不出喜怒哀乐，也从不吃别人送他的食物，只以松子、柏子充饥。

你别看他稀奇古怪，这可是一位高人！谁啊？是晋朝高士，姓孙名登，《晋书》中专门列有《孙登传》哪！

孙登在苏门山上"装疯卖傻"，有人可坐立不安了。谁？司马昭，当时的统治者。司马昭知道孙登的"事迹"后，不知他啥意思，心中害怕，因为他知道这个"装疯卖傻"的人可是一点不疯也不傻，是一个不寻常的人哩！他在苏门山这样"稀奇古怪"，可不知道他要作啥"怪"哩！于是就叫竹林七贤之一的阮籍（**曾任过司马集团的步兵校尉**）去看看："去，去看看这个'疯子傻子'想咋哩？"阮籍就去了。

阮籍到了苏门山，见了孙登，和他说话，孙登不吭声。再说话，还是不吭。凭管（**当地方言，任凭的意思**）你咋问，就是不吭。阮籍没法，只好长啸一声，走了。走到山半腰，忽听得山上声响大作，好像是风声、鸟声、流水声一齐响起，知道这是孙登长啸。突然醒悟：噢！聪明人不用细讲，这才是真正的大人先生哪！哪能和我这凡人说话呢？（其实阮籍也不是凡人）据此，回去后写了一篇文章《大人先生传》，成为千古名篇流传于世。

阮籍走后，同是竹林七贤之一的嵇康也前往拜访，孙登同样不与他说话。一天两天不说吧，跟了他三年，还是不说话。不说话那就走吧，临走时跟孙登说："先生，我跟了你三年，你就一直不说话。今天要走了，难道你就连个临别赠言也没有吗？"孙登这才说："嵇康啊！你知道火吗？火生起来就会有光。生火，就是为了用它的光。而要想用光，就得有柴草，没有柴草生火，哪里会有光啊？这和人一样，人生在世，是为了用他的才能。而要想用他的才能，就得保全生命。如果连生命都保证不了，还去哪里用他的才能呢？你现在虽然很有才能，但是你不知人心叵测，难于免乎今之世矣！子无求乎？望你慎重。"嵇康是个刚正不阿、宁折不弯的人，从来不会委曲求全。听了孙登的话，很是失望，心想：就给我说点这啊？于是就当了耳旁风，不予接受，后来果然被司马昭所害。临行刑时，嵇康才恍然醒悟，弹《广陵散》，作《幽愤诗》说："昔惭柳下，今愧孙登。"然后将琴摔碎，深表感慨，后悔当初没听孙登的劝告。

嵇康从苏门山走后，孙登感觉不对，就悄然离去。

孙登了解嵇康的性格，也预知他的不测结局难以幸免。为免惹祸上身，便遁形远去了。

孙登去了哪里？后来怎么样了？

不知道。

有人说，司马昭的亲家、晋武帝司马炎的岳父、权臣杨骏，曾经把孙登请去，想周旋一番，显摆显摆。但孙登还是老一套，问他话，他就不说话。杨骏有点恼怒，但碍着面子，忍着不再发问，给他一件布袍子，说你走吧。孙登倒是接住了，但一出门就借了把刀子，把袍子划破，扔到了杨骏的门前。杨骏大怒，又把孙登抓了回来，囚居密室，严加看管。奇了，孙登见杨骏使坏，竟然倒地猝然死去。杨骏无奈，只好给了一口棺木，将孙登草草掩埋。

几天后，人们却在苏门山上又见到了孙登。

再后来杨骏坐罪被斩，一刀下去，身首分离。人们这才明白孙登用刀划袍的意思，那是一种暗示：你别给我能，你最后就是这种下场。

嘿！……

有人说，孙登无一言，赢得天下慕。这可不假，道教称孙登为"孙真人"，或"孙真人先师"，并定于农历正月初三为孙登圣诞，号称"孙真人先师千秋"。

孙登是道教后裔，宗始祖老子衣钵，隐居于苏门山，是庶人眼中的"仙人"。"山不在高，有仙则灵"，无怪乎苏门山被列入道教洞天福地。

同是苏门山上，宋代时又出现了一位高人，是中国著名的道学人物邵雍邵康节，他曾由苏门山到浙江天柱山卜居，因此天柱山又成了"三十六洞天，七十二福地"中的第五十七福地。

饮水思源，叶落归根。苏门山名闻天下，究其因由，不外乎祖脉轿顶山。有了轿顶山的祖荫，苏门山岂有不名之理？

有人说，苏门山这么闻名的洞天福地，老子为什么不在这里消遣，而留在了轿顶山呢？这个，你就需要知道老子为什么是老子了。老子说："我有三宝，曰慈，曰俭，曰不敢为天下先。"而"道常无为，道常无名，道法自然"则是老子所说"道"的核心。更何况，苏门山和朝歌一样，轿顶山是它的祖脉啊！

你明白了吗？

这世间事物，明白不明白，各自有安排。要不，当年金牛洞外的石头上，就不会有"不知后来人，是否解真意"这一问了！都能"解真意"，那还用问吗？有明白的就有不明白的，这才叫人世间。

有无相生，先后相随嘛！

不过，一个地方的风化文明了，明白人就多一些。反之，少一些。老子的精神浸润了这方大地，大地就分外"灵"一些。"地灵"了，人就"杰"了。你看侯兆川东南方向华石岭上的奎文阁（亦称魁星阁），竟然是普普通通的姜岐、杨平两个石匠建造的。建阁的立意，《创修奎文阁碑序》记载："此奎文阁也，建立何意乎？神道设教，本诸圣人祀事孔明，遵乎国典，天垂定象，受恩思报，本众房室以昭奎焕，鉴浑浊，以启文明也！是建阁之制。所以逞观制度，以示崇明之。——石匠姜岐、杨平施石神主。"两个石匠，普通百姓，都在祈求文明，你能说这个地方不开化、不"灵"吗？再看侯兆川的北部，巍然耸立着一座道教灵山——紫荆山。紫荆山十四座山头十四座庙，每座庙里头都承载着当地百姓的意愿。比如山下第一座庙灶君庙，庙的石柱上刻有一副对联，上联是：倘世道还纯神灵何由显赫？下联是：缘人心多伪庙貌是以森严。这是喊出了人们对纯洁心灵期盼的心声啊！又说明地灵人必杰，风化愈文明。两者相辅相成，前后紧密相随。而这，不都是来自老子精神的陶冶，进而造就了轿顶山祖脉的荫佑吗？

老子当年让徒儿金妞儿和坐骑青牛在此地磨金豆、传经书，自有自己的主张。所以历经历朝历代，他都时刻不忘对这方大地的关照。

第十三章

讲科举先生指路
八股文阐述贤正

　　先生看了山子写的《轿顶山记》，吃惊的同时，
却喜上心头。心想：这小孩儿，我那天随意讲了一下
侯兆川和轿顶山，他可就全面发挥了，不仅记述了侯
兆川和轿顶山的壮阔之美，而且还能从中悟出一番道
理来，并能由此而感悟，立下自己的鸿鹄之志。将来
长大，会成为个人物。看来，是时候让他参加科举，
尽快步入仕途了。

　　于是，先生找到山子爷爷。

　　先生说："我看了山子写的《轿顶山记》，立意甚
佳。那次我们随便一说侯兆川和轿顶山的官文化，山

子就将它落笔成文，而且写得顺理成章，条理分明，难得哟！由此我想说说山子科举的事。山子读的书也不少了，文章也写得很有见地，以他现在的知识程度，参加个童子试，考个秀才，到县学去读书是没有问题的。我想从现在开始，是不是就让他做乡试的准备，去应考举人呢？"

山子爷爷一听，十分高兴，连连说道："那敢情好，那敢情好！先生你多费费心，给他指点指点，铺铺路，让他早早成个人吧！"（古人说的"成人"，须达到三点："太上立德，其次立功，再次立言。"立德：树立德行。立功：建树功绩。立言：著书立说。三者俱全，就可以为不朽之"成人"了。老百姓说的"成个人"，是"成才"的意思，即长点本事，或有一技之长。爷爷说的"成人"，两个意思兼而有之）

先生说："上次山子问过我以前的官员都是怎样产生的，我给他讲到了唐代的科举制，往下没有再讲。没有讲，是因为唐朝以后的官员产生一直是实行科举制，有变化也是大同小异。现在要让山子去参加科举，就得给他详细说说，让他详细了解了解呢！"

山子爷爷忙不迭地说："那是，那是！您多费心，您多费心！"

世上之事，规律运行。天行有常，道法自然。到了一定时候，事情就会不谋而合，不请自来。

这不，没等先生和山子爷爷给山子说，山子就自己找上门来了。

山子自从写过《轿顶山记》后，心情就没有平静下来，心想：我文章写了，壮志也立了，说来说去，就是一个目的：人尽其用！山子知道，自己口气不小，但往后怎么办，道路怎么走，心中并不十分有数。

一天，山子走在街上，碰见了瞌睡爷。山子恭敬地向瞌睡爷问了好。瞌睡爷破例睁开了眼，看了一会儿，像是随口而言，又像是有意为之，说道："大比之年，上京赶考；乡试中举，中了就好；中与不中，各有各命哪！"

山子一时不知何意，怔了怔，想讨教讨教，问问清楚，但见瞌睡爷闭上了眼睛，一副不愿再说话的样子，便张了张嘴又闭上，看着瞌睡爷眯着眼睛走了。

自己想的，瞌睡爷说的，山子都思考不出个答案，就找先生去了。

先生一见山子来找，知道他在想什么，就说："山子，你来得正好，刚和你爷爷说起你呢！"

山子说："先生，那天瞌睡爷说'大比''赶考''乡试''中举'什么的，我不懂，闹不清楚是怎么回事，想听听先生的教诲。"

先生说："山子，我和你爷爷说的就是这个事。古人说：'天子重英豪，文章教尔曹。万般皆下品，唯有读书高。'（见宋汪洙《神童诗》）读书做官，是人人都要走的路，走好走不好，就看自己的本事了。"

山子说："那天您讲到了唐代的科举制，瞌睡爷说的'中举'，指的就是科举制吗？"

先生说："不是的。'中举'只是科举的一部分，指的是科举考试中的乡试。乡试考中了，就成为举人，所以叫'中举'。我也正想给你说说这个事。我见你的《轿顶山记》里说：'治世便国，死而后已。故为官一任，造福一方；崇高之位，忧重责深。'这是男子汉大丈夫应该做的事。而要做到这个地步，实现这个目的，就得走科举这条路啊！"

山子有点激动，说："还请先生您指教。"

先生说："我以前给你说到过科举，但没有细说。现在给你详细说说。"

山子十分兴奋，笔直站好，洗耳恭听。

先生说："科举制是隋唐以来，封建王朝采取的分科目考试、选拔文武官吏后备人员的制度。这种制度到明朝时逐步完备，共分四级：童子试、乡试、会试和殿试（实际上正式考试是后三种，童子试只是预考）。考试内容基本是儒家经义，以'四书'文句为题，规定文章格式为八股文，八股文的解释必须以朱熹的《四书集注》为准。"

童子试——童生考秀才

先生说："第一个是童子试。也称童生试，简称童试。童试是科举制度中的低级考试，也叫入学考试。童试有三场考试，分别是县试、府试和院试。县试在本县，由县令主考。府试在府城，由府官主持。最后由省学政主考，在省城举行，称院试。通过了这三场考试，就取得了秀才功名。

"入学考试前的读书人，不论年龄大小，统统叫作'童生'。

童生参加童试的三场考试，合格了，就成为生员，也叫'秀才'。秀才秀才，优秀人才，有了'秀才'这个资格，就能进入府、州、县学（学宫）读书了。秀才在学宫读书结束，就要准备参加乡试了。"

乡试——秀才考举人

先生说："第二个是乡试。乡试是秀才考举人，每三年举行一次。乡试亦称'大比'，咱们老百姓说的'大比之年去赶考'，指的就是乡试。乡试在省城举行，参加考试的都是秀才。主考官由皇帝委派。考后发布正、副榜，正榜录取的叫举人，第一名叫'解（jiè）元'（因为送秀才到省城去考试，都由地方解送。'解送'简称为'解'，'元'有第一、首位的意思，所以第一名称为'解元'），第二名至第十名叫'亚元'。副榜是除正榜外另取若干名落第者（也叫下第者），列为副榜，以给他们做官的机会。"

会试——举人考贡士

先生说："第三个是会试。会试也是每三年一次，在京城举行。考试由礼部主持。礼部是个官署名，学校、科举等事务属它管辖，但主持考试的正、副主考则由皇帝任命。参加会试的是各省的举人、国子监监生（国子监是国家最高学校，在国子监读书或者取得进国子监读书资格的人叫作国子监监生，国子监监生称号不一定凭成绩取得，也可以用捐纳钱物的办法取得）。会试录取名额为三百名，称为'贡士'，第一名叫'会元'。"

殿试——贡士考进士

先生说："第四个是殿试。还是每三年一次。殿试是皇帝亲自主持的考试，也叫廷试，是考取进士的最后一道坎儿。内容是考'策问'。啥叫'策问'？策是一种竹片，叫竹简，在竹简上写上经义或政事等内容，叫'政策'，将这种政策发给考生，向考生发问，要求解答，解答的内容叫'对策'，目的是测验考生的优劣。

"参加殿试的是贡士，贡士考中被录取的统称为进士。殿试分三甲录取。录取后，发布排列名次的布告，俗称'金榜题名'，第一甲赐'进士及第'，第二甲赐'进士出身'，第三甲赐'同进士出身'。第一甲录取三名，第一名俗称'状元'，第二名俗称'榜眼'，第三名俗称'探花'，合称为三鼎甲。"

金榜题名

山子插嘴道："那布告为啥叫'金榜'啊?"

先生说："布告是用黄纸书写，黄纸颜色和金子颜色一样，故称'金榜'。金榜上的名字是由皇帝点定，故又称'皇榜'。皇榜上有了谁的名，就称'金榜题名'。金榜题名了，可是人生中大喜中的大喜。人们常说，人生最大的四件喜事是：'久旱逢甘霖，他乡遇故知，洞房花烛夜，金榜题名时。'可见这'金榜题名'对于人的一生来说，就像是'大地上的一声春雷'，震动春雨发生，开始'滋润万物'，走向欣欣向荣了呢！"

山子凝神静思。

片刻，山子问："进士一、二、三名，就说一、二、三名不行吗？咋又叫个状元、榜眼、探花呀？"

先生笑了笑说："状元、榜眼、探花这些名称，只是社会上的习惯称呼。在正式发放的金榜之上，只会称'进士一甲第一名，一甲第二名，一甲第三名'。至于叫作状元、榜眼、探花，那是根据一些事物的迹象、现象约定俗成而来的。"

状元

先生说："'状元'之叫法起源于唐朝。唐朝科举制度规定，凡是举人赴京去应礼部考试的人，都需要向上司'投状'，即投送申报的文书，介绍自己的有关情况，也叫'文状'。考试之后，取得第一名的，他的文状就排在最前头，称为'状头'，亦称'状首'。'头'与'首'都有'元'之意，所以就叫作'状元'。"

榜眼

先生说："'榜眼'之名始于北宋时期。初时第一名称状元，第二、三名都称为'榜眼'。啥意思？金榜题名时，第二、三名的名字分别位于状元名字的左右，如同他的两只眼睛，所以叫'榜眼'。后来第三人被称为'探花'，就专以第二人为'榜眼'了。"

探花

先生说："'探花'的本意是看花或采花，名称最早出现在唐朝。唐朝进士及第后，会举行隆重的庆典，庆典的活动之一，便是在杏花园内举行宴会，叫作探花宴。探花宴为什么要在杏花园内举行呢？杏花园又是怎么回事？原来，杏花园内探花宴的起因来源于唐玄宗。唐玄宗精通音律，非常喜爱一种叫作'羯鼓'的打击乐器。有一年二月初的一个早晨，他梳洗完毕，看到窗外正是春雨初晴，景物明媚，内庭中柳芽、杏花含苞欲放，玄宗不禁感叹：'如此美景，何不前往欣赏一番？'侍候他的人一听，立即备酒摆宴，让玄宗好好地欣赏春景。但他们并不知道玄宗的真实意图，唯有高力士心知肚明，知道玄宗好击鼓，便悄悄派人取来羯鼓。玄宗一见羯鼓，兴致大发，抓起黄檀槌杖，靠着他的车辇就击鼓弄槌，并演奏自己所作的《春光好》一曲，神采飞扬，怡然自得。这时奇迹发生，杏花随着鼓声迅速开放，似有报恩之意。玄宗一见，手指杏花，对着身旁的嫔妃、宫女说：'就凭此奇事，不称我为天公能行吗？'众人皆道万福称是。从此，此处便命名为杏花园，在杏花园击鼓赏春便成了约定俗成之大事，每年到这个时节都要在杏花园摆宴。而这个时节也正是殿试放榜时节，皇帝都要在此宴请新科进士。宴会前，选择同榜进士中年轻且英俊的两人为探花使，就是采折名花的人，遍游名园，沿途采摘鲜花，用鲜花迎接状元。所以当时并不是指殿试进士的第三名，只是一种戏称，与登第名次无关。到了北宋宋太祖时期，正式建立殿试制度，礼部试之后，皇帝再次亲试进士，并确定名次。开宝年间，礼部试和殿试分别放榜，标志着三级考试制度正式确立。北宋徽宗宣和三年（1121 年）时，一个名叫黄彦正的人进为进士第三人，他的六个兄弟中有三个兄弟荣登同榜进士。

宋徽宗对他的家人大加赞赏，曾赐诗一首：'黄河曾见几番清，未见人间有此荣。千里朱旗迎五马，一门黄榜占三名。魁星昨夜朝金阙，皂盖今朝拥玉京。胜似状元和榜眼，探花皆是弟和兄。'至此，'探花'成为进士第三人的代称。

"以上是状元、榜眼、探花名称的由来。"

山子说："先生，你刚才说科举考试规定文章格式为八股文，八股文是怎么回事呀？"

先生说："八股文，是明朝科举实行的一种考试文体，通过这种考试文体来选拔官员。这种文体到现在还在使用，并且相对以前来说有过之无不及。之所以叫作八股文，是因为这种考试文章分为八个部分，八个部分中的后四个部分是主题，主题的四个部分每部分又分为两股，共为八股，所以叫作八股文（股，有对偶之意。股的本意是大腿，而大腿有二，故以'股'喻对偶或对仗）。不过，八股文流行期间股数不定，明朝初期严格规定为八股，而当朝却是六股占了最大比重，因为在内容的表现上，一般六股文字已经可以完成对题意的阐述，最后的'束比'（即'束股'）二小股就不需要了。

"八股文是一种俗称。正规的称呼叫作'制义'（或'制艺'）、'时文'（或'时艺'）、'四书文'等。这几个称呼的由来是这样的：'制义'，是因为考试是奉皇帝之命进行的，皇帝的命令称为'制'，考试的内容是讲经书中的某项'义理'，所以叫作'制义'。又因为是皇帝命作的文艺（古时'撰述'和'写作'方面的学问称文艺），所以又叫作'制艺'。'时文'，是因为这种考试的文章体式为读书人普遍地学习写作，成为当时流行文体，所以叫作'时文'或'时艺'。'四书文'，这种考试多数是专取'四书'命题，所以也叫作'四书文'。

"八股文是当朝科举考试中之关键，八股文写得好坏，直接关系到能不能考中。"

山子有点急性子："那八股文都是哪八个部分呀？"

先生说："八股文有着严格的格式，题目出来后，正文部分通常由破题、承题、起讲、入手、起股、中股、后股、束股八部分组成。"

山子急忙拿出本子，快速地记着，时不时地抬头看着先生，一副欲说还休的表情。先生知道他的急切，便微笑着说："山子，你先记下来，回头你再仔细体会，慢慢练习。

"先说这题目。八股文的题目，都是出自'四书'。这个规定是明朝太祖朱元璋和军师刘伯温所定的，谁也不敢违抗（乡试、会试中也有出自'五经'的，亦用八股式，但不是真正的八股文）。至于出题的方式，多种多样，有单句题（取'四书'或'五经'中的一句话为题）、数句题（取数句话为题）、一节题（以一个小节为题）、数节题（以数个小节为题）、连章题（以几个章节为题）等。

"接下来说说八股文的破题、承题、起讲、入手四个部分。

"破题。破者，解也。破题就是在文章的开头，用自己的话，简要而恰当地解释题目所示经文的意思。破题必须与朱熹《四书章句集注》中的注释相一致，不准随意解释，而且只限于两句话。

"承题。承者，接也。承题就是接着破题的意思加以补充和进一步说明题意，并根据所破题意指明这篇文章主旨。一般用三五句话。

"起讲。破题、承题既已揭示了文章的主要论点，起讲就是顺着论点开始议论和论证。明朝时起讲较短，常常三五句即可。当朝的起讲较为复杂，十句、二十句的也不在少数。起讲有一个原则，就是'入口气'，即进入'代圣人立言'的境界，必须用古人的口气讲，所以常用'若曰''意谓''尝思''从来''且夫''今夫'等双音词领起。但有时也不一定，用'且''而'单音词也可。

"以上破题、承题、起讲三部分，通常被称为'冒子'，只是为说明题意。也有人将'冒子'称为'题前部分'。

"入手。入手就是在起讲之后、起股之前的过渡性文字，通常用一两句话或一个小段。在文意上，它或与起讲有关，或与起股有关，所以具有过渡性。但入手的功能不仅仅是过渡，它还有领上、照下的作用。'领上''照下'是专门术语，即题目中的经文有上文或下文的，在入手中加以照应。也就是将题目所示经文的上下两部分用一个意思贯穿起来，或者在发挥承上启下结构的同时，又兼发议论。

"起股。起者，开始也。起股是八股文开始的两股，须有提纲挈领之势。和起讲一样，一般是从高处、大处着笔，有昂然而出的气势。一般情况下宜短不宜长。但实际写作时须由行文内容而定。

"中股。中股是阐发题旨最重要的部分，分析说理须联系典型事例；思路从反面到正面，沉着有力。前人曾说，做文章须有'凤头、猪肚、豹尾'的风味，从整篇文章说，八股文部分是猪肚，从八股文部分说，中股就是猪肚。中股一般比较长。

"后股。这是继续阐发题旨的主要部分。后股的内容和长短，视中股论述的情况而定，总之要表达完整中股未尽之意，举例说理，畅发议论。所以一般篇幅也比较长。

"束股。束者，结束也，与起股的'起'相对而言。束股是八股文的结束部分，也是整篇文章论题的总结所在。"

山子听到这里，见先生有停顿的意思，便顺口问道："这八股文一般都写些啥内容呀？"

先生说："前边说过，八股文也叫四书文，因为题目主要取自'四书'，内容在于诠释经书的义理。有时也取'五经'之意为题，但'五经'命题只在乡试、会试中用。从'四书'中出题，主要根据朱熹的《四书章句集注》等书而展开，要求据题立论，不能随意发挥，而且必须用古人的语气。句子的长短、字的繁简、声调高低等也都要相对成文，字数也有限制。

"山子，学写八股文需要慢慢来，一下子难以完全掌握。你可先熟悉格式，至于内容，鉴于你现在还没有完全熟读'四书'，也可以用你熟悉的事物去练笔。"

俗话说：吉人自有天相。

有人问：什么是"吉人"？猛然一听，人们可能会脱口而出："吉人"就是"好人"呗！那么什么是好人？答曰：好人就是心地善良的人，不做坏事的人！那么"天相"又是啥意思？又有人答曰：天相就是天的相貌呗！噢，是这样啊！那么"天"的相貌是个什么样子啊？是"天圆地方"吗？嗯？好像不是这样说的，这样说就成了"秀才识字念半边，望文便把义来生"了。仔细推究一番，原来，这个"天相"的"相"字，不是"相貌"，而是"相帮"的意思。"吉人自有天相"，是说善良的人自然会有老天前来帮助的。

可不是嘛！老子的《道德经》中就说："天道无亲，常与善人。"意思就是说，天道是公平的，不会厚此薄彼，只会帮助善良的人。

"持正而行"则"与天偕行"，即持守公正去做事，则会与天道并行。这样的话，对于持正之人，岂有不"相帮"之理？

你信吗？

信不信由你。但在山子身上却有了这么一点意思。

山子听了先生对八股文的一番讲解，回去后老牛反刍似的，将先生的话想了一遍又一遍。蓦地，神灵感应从天而降，脑子中冒出了一个主意：何不将"侯兆川""轿顶山"里隐含的官文化作为描写对象，来他个"八股议论"？

这么一想，说干就干。山子思如泉涌，犹如顺水推舟，将老百姓"盼官"的美好愿望套在了八股形式里边，一篇有模有样的八股文出世了。

欲为官者　先至贤正

官之起化于贤正，为官有先务也。（破题）

夫官有清昏，而贤正之理可与其融通，贤正则清，否之则昏。是故欲为官者先至贤正。古之人有明征耳。（承题）

尝考后人之言官，大抵详于显贵，略于贤正。非贤正之不如显贵也。官之向背，标者重，本者忽；得失易知，参差难测。伤于化理者，诚以重利之造端也。古人推显贵之化，不先贤正，盖于此有次第焉。（起讲）

岂非欲为官者必先至贤正哉？（入手）

夫欲为官，皆可以科举行之；而为之贤正，则难于言科举。故倡于贤正，以贤正束百姓之趋向者，良有以也。然虽悬诸国门，而不良之人罔闻知也。然不曰：贤正与官，有肃若同理者钦？（起股。第一股。12句，70字。）

欲为之官，亦皆可达贤通之；而达贤之交，则恒隔于心矣。故"侯兆""轿顶"，以凤愿笃百姓之宗盟者，民愿美矣！然虽理本大同，而心不正者固不明也。然不曰：畿甸之人，皆属目显贵者钦？（起股。第二股。12句，70字。）

然则为官之必先贤正也，盖道之不易者。（出题）

今夫扶非凡杰立之材，而不能于浊泾清渭之间，始终无憾，却倒利己之害民也。论者或缘其能，偶有大造，而予之以恕词，不知其有才无德，民物粗安不达，皆由于泾渭不分，无以相渐，而乘谬之余，有以相及耳。古之人欲为之官，而先至贤正也。（中股。第三股。15句，94字。）

且夫抱励精求治之愿，而难免受私心妄念之愚，始终异辙，甚且不良之扇处也。论者或缘其庸，琐尾流离，而委咎于左右，不知其疮痍渐平，蛊惑既去不复，仍无望于郅隆者，不足相统，而渎乱之气，不能骤涤耳。古之人欲兴于国，而先于正身矣。（中股。第四股。15句，94字。）

祖宗化道，大略成宪之可师。而人心向背之相感，则煌煌旧章，盖有不尽详其事者。故不贤不得乱朝政，不义不得搅民常，兴朝创制，先严小人之防，夫固合官政之缓急，为之等差矣。（后股。第五股。11句，70字。）

贤正辅国，大率巨细之无遗。而砺世磨钝之修为，则灌灌老臣，盖有无从为之助者。故修身隶于鸿鹄高翔，弟子统以良师，大臣当路，先谨修为之礼，夫亦合化道之初，终为之次序也。（后股。第六股。11句，70字。）

故曰：官之起化于贤正，为官有先务也。（收题）

第十四章

走山外学宫读书
遇李贽感悟圣谕

山子走出了大山，到县城去参加童子试。

山子是在先生的带领下，和二喜、三笨、四孬，还有另外一个塾徒五丁一起去的。

五丁读私塾比山子他们晚了一点。他家有点穷，他娘一连生了五个男娃，个个膀大腰圆，力气过人，干起活儿来不知道啥叫个累，吃起饭来三碗五碗地装，可就是不喜欢读书，一瞧着那书上的字，马上就感到头疼。他爹娘更没文化，懒得给他们起名，也不知道起个啥名好，就"老大、老二、老三……"地叫着。一次瞌睡爷说："家有五丁，命不该穷。"五丁他爹忙

177

问"丁"是啥意思，瞌睡爷说："丁，一指男孩儿，二指力气大。"他爹一听，觉得怪好，马上就想到了给娃起名，就说，叫个"丁"也怪好的。瞌睡爷说，是不错，别"老大、老二、老三……"地叫了，就按那天干地支中的十天干的顺序排着叫吧！于是五个男娃有了名，分别叫"甲丁""乙丁""丙丁""丁丁"和"戊丁"。他爹一听，高兴得不得了，立马觉得自家的人有了文化。只是觉得那个"戊丁"的"戊"字不好认，戊丁是老五，就叫"五丁"吧！又想起瞌睡爷说他"家有五丁，命不该穷"的话，就想着，咱没文化，咋不穷哩？想不穷，就得有点文化，该让他们读书认字了。可又一想，自家那五个大汉看着那字比天都大，不是读书的料啊！不过五丁和那四个有点不一样，脑子还有点灵活，干脆，叫五丁去读书吧！这样，五丁就进了私塾。

四孬做的孬事多了，谁都不喜欢他，谁也不愿意和他在一起。可这次到县城去考试，他也和大家一起去了。难道大家原谅他了？倒也不是。因为参加考试的事，有关人的前途，你能不让他去？况且，就像瞌睡爷说的那样："遭人咒骂，不必计较。疯狗咬你，你还要反咬不成？"因此大家都不和他计较。再者，看到先生也没有厌烦他，就不好再说什么。你想吧，先生是饱读诗书之人，哪会在乎这种顽皮？山子也是，虽然在这之前四孬曾诬陷他，但山子已熟读《道德经》，深知"挫其锐，解其纷，和其光，同其尘"的道理，因此，牢记"消磨它的锋锐，消除它的纷扰，调和它的光辉，混同于尘垢"这个大"道"的空虚开形，将自己当作一粒"尘土"，低调行事，时刻用在自己的人生成长过程中。至于二喜、三笨、五丁，则都是看着先生和山子的眼色行事。这样，四孬就和大家一道，参加科举时代生员的入学考试了。

到了县城，先生住到南关街的客栈，五个塾徒住到客栈旁的车马店里。车马店便宜，两文钱就能住一个晚上（一千文钱等于一两银子）。

童子试有三场考试，分别是县试、府试和院试。县试在本县，由知县主考。县试通过者接着考府试，府试在卫辉府，由知府主持。最后由省学政主考，称院试，在省城开封举行。

参加县试的童生，要有同考者五人互结，并且有本县廪生作保，才能参加考试。

山子他们正好是五个同考者，于是不费吹灰之力就写好了互结。

当然，这些规矩先生心中有数，来五个人就是先生的安排。至于四孬会不会出什么孬点子，先生也心中有数，时刻注意着他。

啥叫个互结？

互结也叫互结保单，就是互相作保的文书。意思是：要是五个人里有任何一个作弊了，其他四个要连坐。考试前先把这个保证一下。

然后各人填写自己的履历，包括你叫个啥，多大年龄，是哪里人，身形体格是个啥样，还有长相特征。这主要是防止顶冒代考。

还得写三代履历，就是你的祖上三代哪些死了，哪些还活着。如果你是过继给别人当儿子的，还得写上自己的亲生爹娘都叫个啥。

这些都写完了，还得有一名本县廪生自愿作担保，称为"甘结"。担保什么呢？担保你没有用别人的户籍参加考试、没有丧期还没结束而隐瞒不报、不是枪手、不是假名字等，并保证考生身家清白。当然，你本人也要没有案底，没有从事过下贱的行业，这样才可以参加考试。如果假冒籍贯、隐瞒贱民身份或居丧不报，本人及互结、甘结人都要受到处罚。四孬的爹娘名声不好，但那是暗的，明的身份还是个百姓。四孬孬种是孬种，但也不是职业。至于以后怎样，走着再说。所以先生就大量了一点，没有计较他这些。

廪生也不是白给你担保的，要收钱的，名曰"甘结费"。担保完以后，你的资料登记造册存在县署里。再经专人搜过身以后，你就可以进考场了！

什么是廪生？

原来，取得"秀才"资格的人，依照成绩分为三等：一等是成绩最好的，称为"廪膳生员"，简称"廪生"；其次称为"增广生员"，简称"增生"；第三等称为"附生生员"，简称"附生"。这三等秀才里，只有廪生可以每个月领取公家发放的粮食和银两，而其他两等则没有这个福气。

秀才，是通过院试考中的童生。如果你考中了秀才，那就可以回家燃放鞭炮庆祝了。因为从这一刻起，你就算是有功名在身的人了！一旦有了功名，就可以享受很多方面的荣耀和福利：家里可以有一个人免除徭役；看见知县大老爷可以不用下跪；如果犯了事，不管是公堂上还是祠堂里都不能对你用刑。

先生是有廪生资格的，所以就给五个塾徒做了担保。因他是五个塾徒的先生，所以就没有再收甘结费。

童生，童生，都是孩童吗？不是的。只要是参加过县试、府试而没有通过院试，没有取得秀才身份的人，不论年龄大小，一概称为童生。因此童生中有十几岁的少年，也有五六十岁的老者。有一则古话，说的就是这个事，说是一个人给他死后的表兄立碑，碑文写道："吾表兄，人也！三十而童子试，未授。遂弃文习武。演武场上中鼓吏，考官怒，逐之。晚年习医，偶感风寒，自择良方，服之，卒。"

县试考试内容，则有八股文、试帖诗、经论、律赋、策论等，考试合格后即可参加府试。

四孬在去车马店的时候，见街上有一招牌，上写着"相面、算卦、看风水"，觉得稀罕，就在办完杂事后拉着五丁去找那算卦先儿，想算算这次考试结果会咋样儿。

三笨看见了，不知道他们要去干什么，就跟着一起出去。

算卦先儿看见四孬和五丁来了，没等四孬开口，就说："我看见你们几个跟着先生去住店，参加科考的吧？"四孬想，这相面算卦的人就是不一样，见一面就知道是弄啥的，就说："是呀，你给看看考中考不中？"说着丢给算卦先儿一文小钱。

算卦先儿看了看四孬、五丁，后边还跟着个三笨，三个人，只给了一文钱，便向四孬伸出了个大拇指，说："好！好！好！"四孬不解，但见他伸出的是大拇指，又连说"好！好！好！"，很是高兴，想着肯定能考中。想再问问，但见他已经不想再说话，就和五丁回去了。

三笨走在后边，听见一个人问那个算卦先儿："你伸一个指头是啥意思？还说好、好、好的，是说他们三个都能考上吗？如果不是，你不怕人家说你算卦不灵？"

算卦先儿露出一脸坏笑，说："嘿嘿！没有不灵的。三个人拿了一文小钱！就是个'一'呗！"

那人说："那要是三人里边只考上一个呢？"

算卦先儿："那不是正好？说明我算得准，只能考上一个嘛！"

"要是考上两个呢？"

"那是一个没考上。"

"三个都考上呢？"

"那是一齐都考上。"

"三个都没考上呢？"

"那叫一个都考不上。"

"真神！你说这个'一'，能不灵吗？"

三笨听了，禁不住哈哈大笑，一路小跑，回来说给山子、二喜听。

山子、二喜也笑了，摇了摇头。

五丁惊讶："吔?! ……"没词了。

其实，算卦先儿的一根指头，还能说明好多意思。

多年以后，五个人的结局是：山子一人考中进士，金榜题名了；四孬连那次县试都没通过，一人落榜了；二喜、三笨和五丁，三个人一起，做了一辈子的秀才，平平淡淡结束了。

你说说，算卦先儿的"一根指头"，准呀不准？

山子通过了入学的三场考试，获得了秀才资格，被送到学宫去读书。

学宫是官府修建的庙堂与学馆合一的设施，功能是祭祀先圣孔子和培养人才，所以叫作学宫，也叫文庙，属于官办县学。

学宫的创建年代不详，大约唐代时就已经存在。

学宫规模很大，规格也高，配套完善，其壮丽之姿在中原地区是数一数二的。学宫里有照壁、棂星门、泮池、东西两庑、大成门及两角门、名宦祠、乡贤祠、忠义孝悌祠、文昌祠、奎光楼、崇圣祠、敬一亭、亚圣殿、至圣殿等建筑，鳞次栉比，目不暇接。

山子对泮池起了兴趣。

山子在临考童子试之前，曾和其他童生在学宫休息，当时对泮池也没有什么感觉。等到考中秀才之后，在当地官员的带领下，从棂星门进去，登泮桥跨泮池，进入大成殿礼拜先师孔子，然后到儒学署拜见教官，说这是入学仪式，称为"入泮"。而且说只有考中秀才，才有资格游泮池。山子就特别关注了。

本来嘛，山子从大山里的小山村，猛一下来到县城学宫这样的大环境，眼界大开，稀罕得不得了，抽空就在学宫里转来转去。瞅瞅这，看看那，什么都想刨根问底。在知道泮池的特殊"地位"后，就对泮池目不转睛了。

山子见泮池不是圆的，而是个半圆的，像半个月亮的样儿，就有点奇怪，想着要是个自然水池，半圆就半圆吧，可这是人修的呀，为啥修成个半圆的？

山子打破砂锅问到底，试图寻求答案。

当问到年纪大一点的秀才时，才知道这个水池的"半圆"可是有来由的。

啥来由？

泮池又叫"泮宫"，它是官学的标志。依照古礼的规定，天子一级的大学叫太学，称"辟雍"。咋叫个"辟雍"呢？原来，"辟"通"璧"，是一种玉器，圆形，中间有孔。"雍"是池沼，"辟雍"就是圆形的水池。因太学的校址为圆形，围以水池，前门外有便桥，所以叫"辟雍"。辟雍四周环水，寓意为可以掌控四面八方；而诸侯一级的学校，只能在学校的南面东西通水，北面是没有的，所以称为"泮池"，也称"泮宫"。"泮"者，半也，意思是"半天子之学"。那倒是的，诸侯大学的规模是不能超过天子啊！

还有一说，说是孔子当年讲学之地前面有一个水池，那个水池就是半圆的。因此，后世人们修建文庙时，就都在文庙的前边修一个半圆水池，作为纪念孔子讲学的象征。孔子后来被封为"文宣王"，便称孔庙为"文宣王庙"，元明以后简称"文庙"。孔子是儒学祖师，所以文庙就成为地方官学的标志。

往泮池里边蓄水，而且都是活水，又有一定的含义。孔子说过："知者乐水，仁者乐山。"为此，在泮池里蓄水，是以水比德，隐含着一种希望，希望学子们从孔圣人的"乐水"中得到启示，孜孜不倦，跳跃龙门。学子们又称泮池为"学海"，寓意学海无涯，苦读成才。另外，泮池的"泮"字，乃是"半"字的通假字，"半"者，不满也。孔子提倡"学无止境"，就像这半圆的水池，永远也不可能满圆。

泮池上边有一座南北走向的石桥，叫作"泮桥"。泮桥又名"青云桥"，说是取得功名之人，登桥过池，称为"青云得路"。山子听说学宫里的教官，每逢考试之前，都会给学子们说："去，都去那泮桥上给我走走。"意欲借此带来灵气与吉祥。

据说每每灵验。

知道了泮桥还有这个"好处"，瞅着无人时，山子悄悄地从桥上走了好几趟。

泮桥

山子对学宫的一切都感觉好奇。而最让他好奇的是，他遇到了一位神秘人物。

一天，山子在学宫的花园里看书，忽见一位老者悠然而至，站在他的面前。

山子见老者到来，急忙拱手致礼，然后叩头下拜。

老者仙风道骨，笑眯眯地问："读什么书啊？"

山子说："《道德经》。"

老者看了看山子手中的书，笑了笑，赞许似的点了点头，又不可捉摸地说："蹦蹦跳跳翻跟斗，琅声读书震天吼。"

山子困惑，瞪大了眼睛，不知如何作答，心想：这学宫是神圣的地方，人人都在学问思辨，四周静悄悄的，他咋说翻跟头、震天吼啊？

老者见状，不置可否地笑了笑说："你会猜谜语吗？我给你出个谜语，猜四种现象。你猜猜看？"

山子还没有反应过来，就听得老者说道：

三岁小儿去偷牛，
八十老翁做小偷；
公公拉着媳妇手，
孩子打破老子头。

山子的眼睛瞪得更大了，他除小时候听爷爷说过自己的老老爷因没有文化、没有钱输了官司的事外，还从来没有听到过这种违背常道的话和事，不知道老者想要表达什么，就怔在了那里。

老者笑着说："你猜不着的。你还停留在单纯里，不会理解这种反常现象。你记住，日后要干大事，就得瞻前顾后，啥事都得想到，有些旧规矩该破就得破，敢想敢说，还要敢干。这四句谜语说明啥呢？你听我给你道出谜底吧！"

第一句"三岁小儿去偷牛"是"真不真"；
第二句"八十老翁做小偷"是"善不善"；
第三句"公公拉着媳妇手"是"父不父"；
第四句"孩子打破老子头"是"子不子"。

山子说："哦！你是说，该真的却不真，该善的却不善，父不像父，子不像子，对吧？"

老者说："对呀！你看现在，这种现象不是很多吗？假如你遇到这种事，你会咋想呀？"

山子一时回答不出，心想这种现象确实违背人伦，离经叛道。但以前从没有想过这些事，要回答，可就有点为难了。

山子愣在那里。

但转念一想，他这样说，是想说啥哩？他是个啥人呀？想到此，就大着胆子试探着问："您是……"

老者哈哈大笑，说："我是这儿的教谕。"说完，用手指在地上写道："百泉居士。"

山子慌了，"扑通"跪地。因为"教谕"就是学宫里最大的官啊！教谕掌管着文庙祭祀、学宫生员教育的事！哎呀！我只是一个山里出来的小小学子，只有听训的道理，哪敢和教谕这样直面对话呢？这不也成了那种"子不子"了？于是跪在地上不敢抬头，等着挨教谕的训斥。

却没了声音。

山子听不到声响，便抬起头来，呀！眼前没了人影。

山子心中忐忑不安，疑窦丛生，不知咋回事不见了老者。

山子回去和学子们讲起此事，学子们笑道："你做梦的吧？"但山子说得有鼻子有眼，而且还有四句谜语，就也觉得奇怪，于是就和山子一起去请教教官。

教官一听，惊讶道："哎呀！你说的是百泉居士呀！那可不是一般人物，那是明代时咱这学宫的最高官员，又是国内的思想家、文学家，还是泰州学派的一代宗师。如果是，你咋会见到他啊？他都去世一百多年了！"

山子又蒙了：是呀，明代的大人物咋会和我相见？难道我碰见神仙了？神仙和我说那些谜语是啥意思？

只听教官说道："李贽又名载贽，号卓吾，又号宏甫，别号百泉居士。他是嘉靖三十一年（1552 年）举人，因家境困窘，难以筹措盘缠赴京参加会试，就放弃了会试机会，不再去拼进士及第，按照旧例，以举人的资格踏上仕途。他是福建泉州人，初次做官就在咱这儿做教谕，后来历任南京国子监博士、北京国子监博士、北京礼部司务、南京刑部员外郎和郎中等职。万历年间曾任云南姚安知府，但旋即弃官，寄寓湖北黄安、麻城芝佛院讲学。在麻城讲学时，从学者数千人。只要他一开坛讲学，不管是寺庙和尚、深山樵夫，还是田间老农，甚至连深闺女子也都大胆推开'羞答答'的闺门，几乎是满城空巷，都跑来听李贽讲课。晚年时往来于南、北两京等地，最后被诬陷下狱，自刎死于狱中。"

山子说："呀！他是自杀死的？"

教官说："是的。万历三十年（1602 年），李贽被冠以'敢倡乱道，惑世诬民'的罪名逮捕下狱，他的著作全部被焚毁。后来听说要押解他回福建原籍，李贽明白，这是他们不敢将他一棒打杀，如果一棒打杀，将使他成就万古之名；更不愿意宣告他无罪。于是就选择与他一生行径相反的形式，将他这个不愿回家乡的人送回原籍，想借此羞辱他。李贽感慨地说：'我年七十有六，做客平生，死即死耳，何以归为？'就是说，我已经七十六岁了，一辈子都寄居在异地，死就死吧，何必采取送我回归原籍之行为？意欲以死相抗。他要侍者为他剃头，趁着侍者转身取物之际，夺过剃刀割开了自己的咽喉。侍者见状，惊得不知所措，怔怔地束手无策。见他还没有咽气，蹲下去战战兢兢地问：疼不疼啊？李贽已不能说话，以手向侍者示意不疼。侍者悲哀，叹了口气说：你何必这样呢？恁大年纪去自杀！李贽拉过侍者的手，蘸着鲜血在侍者的手上写了唐朝诗人王维的一句诗："七十老翁何所求！"侍者更加悲哀，眼睁睁看他在那里绝气。

"据说李贽在自刎后，血流不止，喉咙里一直呼噜了两天，才气绝而逝。"

山子听了，心里"扑通"个不停，而且疑问不止：哎呀！这事可有点离奇了，我是做梦了，还是癔症了？竟然遇到了这样的旷世大家？

教官又说："李贽终生都在为争取个性解放和思想自由而斗

争。他认为一个人应该有自己的政治见解和思想，不能盲目地随人俯仰。所以说要想获得个性解放和思想自由，就必须打破孔孟之道，冲破封建经典所设置的各种思想禁区。他对封建社会的男尊女卑、重农抑商、假道学、社会腐败、贪官污吏，大加痛斥批判。这样一来，就对传统思想造成了强烈的冲击，被保守势力视为异端邪说，群起围攻，要把他驱逐出境。而李贽则旗帜鲜明地宣称：我的著作就是'离经叛道之作'，'我可杀不可去，头可断而身不可辱'。铁骨铮铮，毫不畏缩。"

山子听到这里，心里急速思维：我读《道德经》，教谕说有假道学；我探讨儒学，教谕却要打破孔孟之道。咋会是这样呢？再说了，他是一个一生都在对传统和历史重新思考的人，为啥要在这冥冥之中与我相遇，给我说那样的话语？难道就因为我也是李姓后人？

倏然，山子想到，教谕莫不是在暗示我：这世间万物复杂多变，要想对其适应，就得放开胸怀，开阔眼界，眼观六路，耳听八方，运用不同眼光，去审视、认识、面对这个纷纭万象、清浊混杂之尘世？

小时候听爷爷讲家事后的气愤，那只是童蒙未开的一时激愤，对人生并无半点认识。而现在和百泉居士"相遇"后，山子第一次从心底里有了"石破天惊"之感。

自从山子和李贽"冥中相会"之后，李贽就成了学子们的议论对象，李贽为啥成为一个叛逆者，是他们议论最多的话题。

山子的疑问最大，他之前一心都在学习上，对社会的事，没咋放在心上。"相会"事件一出，他就对啥都充满了好奇与疑问，啥都想知道个为什么。对于李贽，他知道得不多，也就格外地关注起来。

一天，山子又在学宫里转，见到一块石碑，是方形的，山子有点奇怪，因为他以前见到的石碑都是竖长的，而方形的石碑，他听瞌睡爷说过，那都是埋在墓里，记载墓主人的生平的，比如，墓主人叫个啥，是男是女，是哪里人，哪年生，哪年卒，一生中都做过什么样的事，人们对他（她）的评价如何，夫人（**如是女的要写德配何人**）是谁，几个子女，子女们都是干啥的，等等。那样的碑叫作"墓志"。山子想，墓志应该在墓里，咋就竖在这里啊？于是上前细看。

这一看，山子又吃惊不小，只见石碑上方刻着"圣谕"两个大字，圣谕的下方用大小两种楷书字体刻着几段文章。山子知道，"圣谕"是皇帝训诫臣下的诏令。是哪个皇帝？训诫谁呀？又一看，大字是皇帝的，小字是辅臣的。山子来了兴趣，就仔细阅读起来。

原来，碑上写的是明嘉靖六年（1527 年），明世宗朱厚熜听了讲官所讲的《心箴》和《四箴》后，感觉颇有收获，就频频向四大辅臣杨一清、张聪、谢迁和翟銮发出圣谕，就《心箴》和《四箴》的有关问题和他们切磋。四大辅臣立即诚惶诚恐奉上奏言，颂扬皇帝是如何如何地爱学习，对他们又是如何如何地有教诲，并小心谨慎地说出自己的见解，等等。如此，皇上有谕，臣下有奏，上谕下奏，构成了这块罕见的"圣谕"之碑。

读着读着，山子忽然想到，圣谕是嘉靖皇帝发出的，嘉靖皇

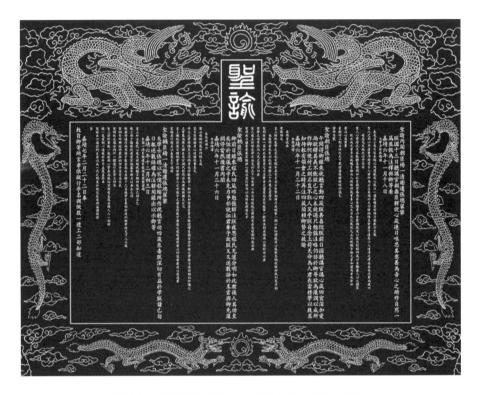

圣谕碑（碑藏辉县学宫，今辉县市第一初级中学）

帝不就是李贽那个时代的天子吗？天子的作为会影响士人的一生，难道李贽的作为和嘉靖皇帝的作为有关吗？嘉靖皇帝这样礼贤下士，勤奋好学，李贽咋就会叛逆呢？

山子又百思不得其解了，于是就又去找教官。

教官讲了几个嘉靖皇帝的故事。

信奉道教

嘉靖帝信奉道教、敬鬼神。他的个性很强，认定的事大多难以改变，因而他自己信奉道教不说，还要全体臣僚都要尊道。谁尊道，谁就能升官发财；而敢于进言劝谏者，轻则削职为民，枷禁狱中，重则当场杖死。

他做皇帝期间，有两个道士——邵元节、陶仲文，竟然做官做到礼部尚书，陶仲文还一身兼少师、少傅、少保数职。由此可见，他信道到了何种程度。

不仅如此，嘉靖帝迷信丹药方术，派人到处采集灵芝供自己服食，并经常吞服道士们炼制的丹药。为了满足自己延年不死，他还数次遴选民间少女入宫，每次数百名，命她们清晨采集"甘露"，让他兑服参汁以期延年。而采集期间不让宫女们进食，只能吃桑叶、饮露水充饥，致使上百名宫女病倒。宫女们忍无可忍，于一天夜里，在一个名叫杨金英的宫女的带领下，找到嘉靖帝的宿处，一拥而上，七手八脚按住他，用黄绫勒住他的脖子，想将他勒死。不料慌乱之中，把黄绫打成了死结，费了九牛二虎之力，也勒而不死。两个妃子见事不妙，就扔下其他宫女，急急去向皇后报告。皇后立即带人救下了气息奄奄的嘉靖帝，只可怜以杨金英为首的这些宫女，包括那两个向皇后打报告的妃子，都被凌迟处死了。

嘉靖皇帝试图和神通融，方法是任用道士，把自己的想法写在纸上，然后让道士烧掉，企图让神仙知道自己的想法。有一个叫蓝道行的道士，知道了嘉靖帝的这个"爱好"，就利用这个"爱好"去铲除恶人。他平生最恨奸臣严嵩，借助这个机会，向嘉靖帝传达了"奸臣如严嵩，忠臣如徐阶"的"神意"，说这是神说的。嘉靖帝为了使"神"满意，也就顾不得严嵩曾是他最喜欢的臣子，一举将严嵩拿下，使得一朝权臣严嵩落马。而蓝道行也借助这一事件得以登上《明史》，名扬千古。

海瑞骂皇帝

嘉靖四十五年（1566年），时任户部主事（正六品）的海瑞上奏《治安疏》，严厉批评嘉靖帝"妄想长生，无父子、君臣、夫妇之情"。嘉靖帝大怒，命令左右"快快将他处死，别让他跑了"。有一个叫黄锦的司礼监掌印太监见势不妙，就在一旁说："海瑞这个人一向疯疯癫癫的，听说他来上奏疏的时候，就知道得罪了您是要死的，就势买了一口棺材，告别了老婆，遣散了家里的童仆，一个也没有留下，等待您降罪于他。棺材就在门外，他是不会跑的。"嘉靖帝听了这话，反倒犹豫起来，半天不语，然后默默地将海瑞的奏章留置宫禁，最后这事不了了之了。

海瑞最后没有被杀。

海瑞骂皇帝那年是嘉靖四十五年（1566年）的春天，嘉靖帝是在这年冬天驾崩的。他已老了，本来要杀海瑞的，但当时的内阁首辅徐阶说了一句话，改变了他的主意。徐阶说："海瑞想当比干，难道皇帝您想成全他一个忠臣的名声吗？"嘉靖帝一听这话，立马醒悟：哼！那怎么行？想得美！就说："他想当比干，可我不是纣王。"于是打消了杀他的念头。

徐阶就坡下驴，正话反说，救了海瑞一命。

山子听了这些，心里矛盾了。

看圣谕碑上写的，嘉靖帝是勤奋好学、礼贤下士的。堂堂一国之君，与臣下彬彬有礼，切磋学问，实属难能可贵。但听的这几个故事，却让人大跌眼镜。皇帝是这样当的？这样的皇帝，怎么能当家四十五年呢？

教官说：嘉靖帝在位四十五年，除他的孙子神宗皇帝外，是明朝实际统治时间最长的皇帝。他在执政的前二十年中，不因循守旧，顺应历史潮流，颇有作为。虽然后期所作所为众说纷纭，争议不断，但还是要看到他另外一面。比如说，有人说他二十多年不上朝，宠信"青词宰相"严嵩，奸人当道，国事日非。但实际上不是这样，不上朝是真，但不上朝并非不理政。他在避居西苑修道的二十多年里，每日里坚持批阅奏疏，始终牢牢掌控着一切大权。严嵩虽然当权二十八年，但只要嘉靖帝出手，一道饬令（上级命令下级的公文）就让严嵩丢官回家，连亲生儿子都保不住，其他督抚、尚书人等，嘉靖帝更是将他们玩弄于股掌之中。

山子听到此，豁然明白：凡事要看实质，不能只看表面现象，格物才能致知。正像老子说的那样，高下，美丑，前后，祸福，都是相辅相成的，甚至在某种条件下是可以相互转化的。这世间，从大到小，从多到少，都不是一成不变的，而是随时随地都处在"变易"之中。"变易"之中有"不易"，李贽成为一个叛逆者，也是随着环境的变化而变化，无论是随着潮流走，还是逆着潮流行，都是事出有因的。这个"因"，就是"不易"，是李贽所认定的道理，透过现象看本质，因而不足为奇。大千世界，无奇不有啊！

这样，"三岁小儿去偷牛，八十老翁做小偷"也就不难理解了。

一阴一阳之为道呢！

第十五章

世事轮回因生果
进士及第中科举

四孬连县试都没有通过，灰溜溜地回去了。

山子、二喜、三笨和五丁，一起通过了童子试，进入学宫学习。三年后，准备参加乡试。

三年一次的乡试，被称为"大比之年"。这个"大比之年"，是整个科举考试中最难的考试。首先，并不是所有的秀才都有资格去考取举人，一个县的秀才，多则三四百人，少则百余人，而按照乡试例规，能够参加乡试的名额，多的也只有五六十人，少的则可能十余人，甚至只有几人。优胜劣汰，仅这一关就刷掉了很多人。清代前期大概是80：1，至清代后期，已经达到 100：1，其录取比例了不起也就百分之一二。因此难度可想而知。

这样一来，还没有参加考试，二喜、三笨和五丁就被一波儿一波儿的"流水淘沙不暂停，前波未灭后波生"，大浪淘沙，"过滤"掉了。

万般皆是命，半点不由人。

好在，虽乡试无望，二喜、三笨和五丁，还有个"秀才"身份，半喜半忧地，带着遗憾，也就回去了。

而"大浪淘沙"之后，还有个"沉者为金"呢！山子有幸成为"沉者"，就要迎着曙光，去实现那"是金子总会发光的"愿望了。

"朝为田舍郎，暮登天子堂。"山子雄心勃勃，为他那"晴朗的明天"，摩拳擦掌，蓄势待发，跃跃欲试。

而先生脸上不停歇的笑容，更是掩饰不住内心的喜悦。

一个山村私塾，能出一个秀才去考取举人，不管中与不中，对于私塾先生来说，都是值得庆幸、非常荣耀的事。先生高兴之余，带着山子，满怀信心地前往省城去参加乡试，准备"过关斩将"。

乡试，通常都在阴历八月初九、十二和十五三天举行，故又称"秋试""秋闱"。

八月的天气，已经渐渐变凉。

山子已在省城经过一次院试，知道考试过程的七七八八。而这次乡试，山子知道要比院试要求得更严，对人的身心都是一种

山子参加乡试

考验。

　　考试时间为三天。这三天，举子们一旦进入考棚的号舍，就不能再出来。"号舍"也叫"号子"，是举子答卷和食宿之所，每人一小间，每间有编号。号舍的面积，说足了也就五尺见方。举子们吃在此，睡在此，当然，考试作文更在此。

　　山子挎着个大考篮，篮内装着笔墨纸砚，还有衣食水米，进入号舍，放下考篮，然后自己动手，煮米煮菜。

　　山子这年已经十七岁，又是农家子弟出身，这些活儿见也比那些纨绔子弟见得多，不要说还得空亲自干了，因此做这些事倒并不是太难。

　　开考这天，考场门口上悬挂着皇上圣谕，两边兵勇列队，主考官、监视官各守巽位（巽位在考场东南向，是文昌位，代表运势进入），整个考场庄严肃穆。

待开考时间一到，监考官便高声喊道："举子入场！天地神灵护佑大德，冤魂怨鬼，有仇报仇，有冤报冤！"此声一出，考场上立刻变得阴森可怖，众举子个个毛骨悚然。

那个时候，社会上常常有科举考场的因果报应故事相传，说是前世种善因，今生得善果；前世如作恶，恶报在当下。

尽管只是传说，但应试举子谁都不清楚自己的前世或者家族的前人是否作恶。心里无底，无形中就会给人心里带来阴影，真真假假，唯恐恶报应在自己身上。所谓"窗下休言命，场中莫论文"，其中就有这个因素。窗下苦读时，不能把希望寄托在命运上，但应试考场中却不一定以文章的好坏取胜。不论文，论什么？论运，论阴骘！就是论那个乖舛无常的"一饮一啄，莫非前定"之命运，和那不知藏在何处的阴险凶狠！因为不定什么事，会出乎意料让你一败涂地，能否成功很难预知。而且如果发生不请自来的"祸从天降"，那么这场考试基本上就坏菜了。如此，能不使人心惊胆战？

黄昏时尤为煎熬。号舍的小门一关，门外那些号称"号军"的考场监视人员，便会在巷道间巡行。一边巡行，一边捏着嗓子反反复复地喊："……冤魂怨鬼……有仇的报仇……有冤的报冤……"喊声凄厉，令人瑟瑟发抖！而号舍内，一灯如豆，阴风凄凄，阴森森的怕人。举子们如果没有极强的心理素质，可就有点难以承受了。而往往也是在这个时候，才让人真正体会到"德行无亏"是多么的宝贵。

山子自幼跟着爷爷，稍长又跟着先生，满脑子装的都是读书学习，因而丝毫不受此影响。

山子遇到了奇事。

三天的乡试结束，但要到第二天才能出考棚。

大脑那根弦一直绷得紧紧的山子长出了一口气，浑身松弛下来。收拾了一下自己的东西，准备明天回去。

山子将两块分别用作桌子和凳子的木板并在一起，躺下来准备美美地睡上一觉。

山子伸伸胳膊蹬蹬腿，呵欠连连。

阵阵睡意袭来，山子脑子开始昏沉。

昏沉的同时，山子耳朵里，隐隐约约又响起监考官的喊声："天地神灵，护佑大德……有冤报冤……有仇报仇……"喊声反反复复，还带着回声，地地道道的"余音绕梁，三日不绝"。

山子很快进入了梦乡。

好舒服。

"……冤魂怨鬼……"

喊声越来越小，犹在极远处回响。

山子突然感觉身子变轻，像要飞起来。

"呼——"山子真的飞了起来，忽忽悠悠地出了考棚，飞向了远方。

"有冤报冤……有仇报仇……"

阴风嗖嗖，声响呼呼，山子越飞越远。

越飞越不知道是哪里！

忽见迎面矗立一座土台，高丈余，台上有一面大镜。镜大十

围，向东悬挂，镜上横着一块横匾，匾上时隐时现七个大字：孽
镜台前无好人。

孽镜台前无好人？山子好奇，就停下来观看，见大字下边有
小字：

> 恶多善少罪孽人，死后须到孽镜台。
> 照照你有多少罪，看看你有多少恶！
> 阳世作恶犯天条，阴间来看阳世过。
> 罪大罪小看仔细，再去二殿听发落。

> 凭你阳世咋能耐，万两黄金带不来。
> 船到江心补漏迟，此处难过孽镜台。
> 镜前还你真面目，叫你魂飞又散魄！
> 牛头马面带你走，五殿阎王有招待！

山子看了，越发好奇：我也去照上一照，看看我有没有作
恶。于是上前站好，向镜子里边看。可是看了又看，镜子里什么
都没有。还想再看，却听得耳边霹雳巨响："哪里来人，在此照
镜？不请自来，快快闪开！"

山子赶快站到一边去，朝声响的地方一看，只见两个鬼差站
在那里，一个身上写着"牛头"，一个身上写着"马面"，就大
胆问了一句："这是啥地方啊？"

牛头、马面向后面指了指。

山子顺着牛头、马面指的方向看去，面前陡然出现一座城

池，城门上悬挂着一块巨大匾额，匾上写着"幽门地府鬼门关"七个金字。

山子一激灵：呀！这里就是鬼门关哪！鬼门关不就是传说中阳世、阴间的交界处吗？那可是死亡边缘，城外是人，城内便是鬼哪！我怎么到这里来了？

山子又一激灵！

又一想：既然来了，不妨进去看看。

进得鬼门关，面前有一座大殿，殿门上也有木匾，匾上写着：阴曹地府阎王殿。

哦！阎王殿？不就是阎王审讯小鬼的地方吗？敢情我成小鬼了？山子打趣地想。

山子看了看门旁的榜文，知道阎王殿共有十座，分别是：一殿秦广王，二殿初江王，三殿宋帝王，四殿伍官王，五殿阎罗王，六殿变成王，七殿泰山王，八殿都市王，九殿平等王，十殿五道转轮王。每殿都有自己的阎王，分别审理不同的小鬼。

山子想起刚才在孽镜台上看到的"再去二殿听发落"和"五殿阎王有招待"的话，就想：嘿！去看看！看看"五殿"的阎王对恶人是怎么个"招待"法。

山子从阎王殿门进去，豁然望见一条一望无际的大街，十座阎王殿按序排列。街上阴风嗖嗖，身上刺骨寒凉。一街两行，大鬼卒，小鬼判，对着鬼魂，噼里啪啦抽皮鞭。那披头散发之鬼魂，项上戴锁脚戴链，哗哗啦啦好悲惨，刺耳的号叫声此起彼伏。山子想，这里没有狼，如果有狼，那才真叫鬼哭狼嚎呢！

山子身上阵阵发紧，朝着阎王五殿走去。

一进殿门，就见一个鬼魂跪在地上，捣蒜似的给鬼卒、鬼判们磕头。

"嚛——"鬼卒、鬼判们阴森森的吼声一齐响起，震得大地都在抖动。

"大板五十侍候！"一支写着"执法严明"的绿色令签掷在地上。

"趴——下——去！"一个鬼卒大声呵斥。

那鬼魂不待喊声结束，不由自主地，就像放了气的皮球，"扑哧"一声就趴在了刑架上。

两个鬼卒，扒掉他的衣服，一个按头，一个按脚。另外两个鬼卒举起大板，轮番照着鬼魂夯了下去，边打边数："一板——二板——三板……"

鬼魂"呀……呀……呀……"的惨叫声不绝于耳，身上皮开肉绽，猛一看，像披了一身破棉絮。

五十大板打过，鬼卒喝了一声："爬——将——起——来！"那鬼魂惨叫着急忙爬起。

也是奇怪了，那鬼魂身上一缕一缕带着黑血的絮肉瞬间复原，鬼魂便又捣蒜似的磕起了头。

紧接着，又一轮的板子击打开始，板子啪啪响起，鬼魂声声哀号。

山子看到鬼魂身旁有一个木牌，上面罗列着这个鬼魂的阳世罪恶。山子看过，知道这个鬼魂生前是一个县官，在阳世作恶多端，而且罪恶范围广泛：损人利己、欺凌弱小、残害善良、忘恩负义、大逆不道、生性好杀、谋财害命、挑拨是非、制造血案等，简直是无恶不作，而且是罪大恶极，丧心病狂，令人发指。死后被阎王二殿判决在阴间终身受刑，然后带到五殿，由阎王爷好生"招待"。

山子又看了看这个县官的家世、身世，在何处为官，"呀"的一声站在那里不动了，心里一阵寒战，不禁瞠目结舌，心想：这不就是当年打我老老爷板子、逼得我老老爷上吊自杀的那个县官吗？怎么他现在也挨起了板子？

山子算了算，从老老爷到现在，已经一百多年了。这么说，这个县官在这里受刑也已超过百年了？

风水轮流转哪！

山子瞬间产生了恨意，转身看了看那个县官，"啊——啐——"一口痰吐在鬼魂脸上，恨声地说："早知今日，何必当初啊？"说完扭身而去。

出得阎王五殿，山子带着惊悚在街上走，忽听半空一声问话："来者可是山子？"

山子吃了一惊，这里有谁知道我的名字？抬头相望，见一老者在半空向他招手微笑。

山子疑惑，问道："您是？"

老者笑了笑，说："我是你的老老爷啊！"

山子又一次吃惊，急忙下拜，口中忙说："哎呀！原来您是老祖宗啊！小辈这边有礼了。"说完，行了大礼。然后，迟迟疑疑地问："老老爷，您咋也在这里呀？"

老老爷说："当年，因猪吃麦苗的事，我一口气咽不下去，就悬梁自尽了。来到鬼门关后，由阴差带引，到主管人间生死的阎王一殿接受查询，查明我在阳世间没有恶事，本来能够投胎转世，重新为人的。但一殿阎王说，按照殿内规矩，自杀的人，除因为忠孝殉难死后为神之外，其他的，都得入地狱受罪。因为这些人不顾父母养育恩德，受到点愤恨和刺激，就随便轻生自杀，这是一种自私的行为。而且有的死后还阴魂不散，心有不甘，常常在半夜现出死时的样子，使世人看见惊吓至死。所以这类人应当押到五殿受刑，永世不得超生。这样，我就被留在这里了。"

山子遗憾地说："噢！自杀也是一种罪呀！"

老老爷说："可不是咋的。早知自杀也是罪，我就不会走这条路了。"

山子忽然想起了那个县官，就说："老老爷，当年屈打您板子的那个县官，这会儿在这里挨板子呢！"

老老爷说："我知道的。当年屈受官司的事也真相大白了。那时的我，生性耿直，虽然没有文化，但见不得那种高高在上的人。邻村那家人，骄横惯了，横行乡里，邻近的人都怕他们，就我不向他们点头哈腰，他们就看不惯了，想给我点颜色看看。先是放猪吃了自家的麦苗，然后等着咱家的猪出来时，就硬说是咱家的猪给吃了。把咱家的猪抢走杀吃了不算，还让赔他麦苗损失，不赔就去告咱。这本是没有影踪的事，却硬压在咱家头上。我当时那个脾气，哪儿会服软？你告，我也会告。只可惜，胳膊拗不过大腿，他们家大业大势力大，而且是早有预谋，到县衙里边上下打点，加上这个见利忘义的昏庸县官，结果可想而知，自然就输了官司。"

山子大为惊骇，没想到事情会这样复杂，可能爷爷都不知道这个底细，因为就没有听爷爷这样说过。

望着老老爷，想着自己的老祖宗竟然在这个地方待着不能超生，山子恻隐之心大动，悲切切地问："老老爷，您受苦了。您在这里干啥差事？受罪吗？"

老老爷说："还好。因为我除自杀这个罪外，没有其他恶行，还属良民之列，只是不能转世罢了。五殿阎王让我在这里照管一些杂事。还行的。"

山子忽然想起了什么，问道："那个邻村的人后来怎样了？"

老老爷说："善有善报，恶有恶报。邻村的那个当家人也在这里，他的家族集体作恶，阳世就受到了报应：男受官刑，妇生怪病。子被人嬲，女被人淫。业皆消散，房屋火焚。大小家事，倏忽倾尽。这才是，作恶相报，非独阴魂！那个当家人死后，鬼卒闻见，将其抓获，押入'叫唤大地狱'细查恶行，然后发配'诛心十六小地狱'受苦。那个小地狱里，遍埋木桩，铜蛇为链，铁犬作墩。那人被捆压手脚，鬼卒用一小刀，开膛破肚，剜出其心，细细割下，心使蛇食，肠给狗吞。受苦满日后，又另发配别殿，去受别的刑罚了。"

山子感慨："像这样，当初何必去作恶呢？"

老老爷说："世界之大，无奇不有啊！那家的后人也遭了报应，人人不成器，个个不成才，全成了蛤蟆、老鼠一类的人渣了。你的身边，不是就有一个吗？"

山子一惊："啊?! 我身边就有？"马上就想到了四孬，哦！他是那家的后人？这也是注定的吗？

老老爷看到山子一怔，就说："小人不成事，邪气不压正，不必担心。但要记住，凡事都要两头想：害人之心不可有，防人之心不可无。一个死老鼠，能坏一锅汤。险恶到处有，小心不得错啊！山子。"

山子说："好的老老爷，我会记住您的话的。"说罢，忽然想起老老爷喊他"山子"，就问："老老爷，您咋知道我的名字呢？"

老老爷说："注定的事，当然知道。你到这里一遭，也是注定的事。来到这里，阳间、阴间，什么都可以知道。天下的事，包罗万象，然而运行有序，都是注定的事。我早就知道，咱的家族从我算起，下传五代要出一个人物。这是注定的。不过以后就看你的造化如何了。"

山子愕然，正要详问，却见老老爷隐身而去。

"以后就看你的造化如何了"，这句话引起了山子的思索。

以前瞌睡爷说的"江湖路远，山高水长。人这一辈子，长着哪！难说"，山子也听说过，只是不知道是啥意思。

现在，老老爷这样说，好像和瞌睡爷说的意思差不多。

老老爷说，啥事都是注定的。那么看我的造化如何，是说我的福分如何吗？福分如何，是不是也是注定的呢？注定的福分，是个什么样子呢？

山子一下子理不出个头绪，满脑子都是困惑。

嗨！山子感慨：要是杏子在就好了。

一想起杏子，山子立马"周而复始，九九归一"，脑子中除了杏子还是杏子。

以往，凡是遇到不解之事，一和杏子交流，就会瞬间释然。进入学宫至今，已经三年有余。三年多时间没见，杏子现在怎样？

离开杏子的三年，杏子的影子时常在山子眼前晃动，一刻也不停。杏子的智慧和学识，杏子那带有鼓励性的微笑，杏子那无声无形的关注，即便是不在一起也感觉她就在自己身旁的温馨，都使山子产生了无穷的信心和力量。久而久之，这种信心和力量，又悄无声息地变成了山子的底气。有了这个底气，不管遇到什么样的难事，山子都会觉得任何阻力都不能阻挡自己。而且山子认为，杏子的一颦一笑，是"颦有为颦，笑有为笑"，皱眉有皱眉的道理，欢笑有欢笑的用处。一举一动，无不头头是道；微小之举，隐见凛凛正气。每想到此，山子都会产生阵阵欢悦，这种欢悦，常常激励他在人生道路上，每每迈出欢快的步伐。

俗话说："人无底气不壮，浑身少气无力；人有底气在身，纵是泰山能移！"少年山子底气十足，看天，阴天也是蓝的；瞧路，疙疙瘩瘩也是平的。前途，肯定会是光明的；生活，再苦也是美好的。似阳刚旭日，浑身铆足了劲；如初生牛犊，敢和老虎拼三拼。至于有人说："初生牛犊不怕虎，长出角来反怕狼。"山子认为那和自己无关，自身不会发生那样的事。别人有，那简直是不可思议，山子嗤之以鼻。

但现在，随着年龄的增长，山子思绪开始复杂。老老爷的话，触动了他。

带着这种思索，山子急于想要见到杏子。

有时候梦中的情景是可怕的，光怪陆离，荒诞不经。

阴沉沉乌云密布的天空，黑黝黝一望无际的大海，山子像一尾三寸长的小鱼儿，在汹涌澎湃的波涛里，没命地向前挣扎。

"呜——"山子又像一块巨石，从悬崖峭壁上一头栽了下来，身旁的红岩绝壁以流星般的速度向天空射去，耳旁的"呜呜"声一鸣到底，经久不息。

"哇——"山子又像一个娃娃，抓着一架绳梯，悬在茫茫太空，向上望不见顶，向下看不见底，上不去，下不来，晃晃悠悠，那种唯恐掉下来的恐惧，感觉瞬间就要肝破胆裂。

绝望、恐惧之感铺天盖地，使山子瑟瑟发抖。

然而，就在这千般无奈、万般绝望的时候，山子却突然兴奋起来，一切不适瞬间消失。因为，他看到了铁打寨村——这里是杏子的家。

山子看见了杏子。

只见杏子坐在茶桌前，端起茶杯喝了一口，放下，木木的，陷入深思。

山子一阵狂喜，情不自禁地喊了一声："杏子——"

杏子猛地抬起头来，似乎也望见了山子，急声道："呀！山子哥，你回来了？"

山子正要回答，却见黑白无常两个鬼卒不知从什么地方钻了出来，举着一面孽镜，在自己面前晃来晃去。

山子回了杏子一声，却明显见那声音被镜子反射回来。

又听见杏子问："山子哥，咋不见我爷爷回来呢？"

山子见自己说话杏子听不见，有点急，想喊，但又喊不出来，就拼着命地往前闯。

好在，闯到了杏子身边，又喊了一声"杏子"，但那声音却一嗡儿一嗡儿地旋了回来。

山子拱手行礼。

杏子急忙回礼。

山子奇怪了，咋回事呀？杏子就在我面前，我说话杏子咋就听不见呢？

杏子也是茫然，前后左右望了几望，像是嗫嚅，又像是颤抖着声音说："山子哥，你在哪里呀？咋一会儿看得见一会儿看不见呢？"

山子想回答，但这次却张不开嘴，上下嘴唇僵在那里。

再一看杏子，距离似乎很远，于是踮起脚，挣扎着想往杏子跟前去，却动弹不得。无奈，只好看着杏子，报以微笑，心想不知杏子看到看不到。

杏子像是看到了，朝这里望了又望，弄不懂山子是何意，便有点发怔。

她见山子像是思之深、念之切，踮脚而望，却是不由自主，举动有点失常，心绪便开始激动，"扑噜噜"，脸上流下两道泪水，举手抹了一抹，抬头对空，呜呜咽咽，传过来杳杳凄切之音：

"山子哥，你是不是有啥难言之隐？如是那样，我只说一句话，山子哥，你记住，不管你考上考不上，不管你做官不做官，

杏子思念山子

不管你做官大与小，不管你遇到啥难处，都请你记住，山子哥，轿顶山这里，有你的一个家……"

"呼——"一阵微风从杏子身边掠过，像是对杏子的回答。

微风过后，大地依旧万籁俱寂。

山野，是那样的空旷……

杏子的话，山子听到了。他心里阵阵温暖，却又莫名其妙地伤感，喉咙一紧一紧地蠕动，心里五味杂陈，不知如何是好。

黑白无常两个鬼卒，活像"泼猴上树羊下山"，仍在那里张牙舞爪。但也只是原地作乱，奈何山子不得。

"啊——"山子一口闷气喷出，惊叫一声，猛醒过来。

醒来的山子，坐在两块板上，低着头，两眼发怔。

这梦做得有点奇怪。

山子正处在"朝天衣袂翩翩举，当朝在向我招手"的憧憬之中，想象的未来是"朝霞满天，阳光一地"，自己的人生道路也是前途无量、充满光明。而老老爷却说"啥事都是注定的"，似乎努力不努力无关紧要。这与山子所想的有点不太合拍，无疑给山子"热火之中浇了一瓢凉水"。

而杏子说的"……山子哥，轿顶山这里，有你的一个家……"山子有点莫名其妙，杏子咋这样说呀？难道会有什么意外不成？但这个想法转瞬即逝，继而就热血沸腾起来，因为当下踏步在阳光之道上的山子，做梦都想不到会有什么"意外"，所以杏子的话无形中使他心里有了一座温暖的靠山，感觉今后无论遇上什么事，自己都会所向无敌，驰马运刀，所向披靡。

不过，一边是困惑，一边是振奋，是也？非也？不得而知。冷静下来的山子，喜忧参半。

山子很快就从梦中走出，进入不喜不忧之状态，全身心投入下一轮会试的准备之中。

山子已顺利通过乡试，得中举人。第二年的春天，到京城参加会试，去考贡士。

会试是每三年在京城举行一次的考试，应考者为各省的举人，因在阴历二月初九、十二、十五三天举行，故又称"春闱"。

会试场所的"号"和乡试差不多，单间，十分狭小，长五尺，宽四尺，高八尺。进去之前先搜身，每人发三根蜡烛。进去后房门马上锁住，考生就在里面答题，晚上也在里面休息。

所谓"会试"，意思是乡试得中的举人共会一处，比试科艺。比试的项目，有四书文、五言八韵诗、五经文及策问等，与乡试基本相同，只是程度深浅不同，优中选优而已。会试得中的，叫贡士。

二月会试结束，三月发榜，山子得中贡士。

四月份，山子参加殿试。

殿试是科举考试中最高也是最后一级考试，考试时间只有一天。

考前先复试，复试结束后，于第二天，即四月二十一日应殿试。

殿试只考"策问"。

"策问"是提出问题，其内容主要有治国安邦、国计民生的政治大事。一般是以"皇帝的口吻"发问，要求士子们针对"策问"的内容做出回答，献出自己的计谋、计策，也就是所谓的"对策"。"对策"，也就是针对时事的论述文章。

山子黎明进入考场，经过点名、散卷、赞拜、行礼等礼节，最后接受策题。

山子看过策题，禁不住有点窃喜。策问的内容是论述人生、为官与社会的关系。他对这些并不陌生，他以前听先生讲家乡轿顶山、侯兆川官文化的时候，对这些内容有过思考，加上以前写过《欲为官者　先至贤正》和《轿顶山记》，所以提起笔来一气呵成。

山子文章写得好，字也漂亮，方正、光圆、乌黑。他自小就注意书法的练习。因为他听说过，科举考试时，试卷上的书法是给人的第一印象，有时候比文章还重要。明代的董其昌，十七岁时参加松江府会考，写了一篇很是得意的八股文，自以为准可夺魁，谁知发榜时竟屈居堂侄董原正之下。原因是主考官嫌他试卷上的字写得差，文章虽好，但只能屈居第二。此事使董其昌深受刺激，从此他发奋学习书法，后来一举夺魁。

功夫不负有心人。四月初殿试，五月初一发榜。山子金榜题名，登了进士第，真正"进士及第"了。

这一年，山子十八岁。

第十六章
入仕途风风雨雨
风水转否极泰来

寒窗书剑十年苦，一朝蟾宫折桂枝。山子一路走来，在科举考试中"过五关，斩六将"，每每旗开得胜，场场凯歌高奏，终于得中进士头衔，被点了翰林，授翰林院庶吉士。

翰林院庶吉士是翰林院的短期职位，一般都是在进士中选择有潜质的人担任，为皇帝近臣，负责起草诏书，为皇帝讲解经籍等职责。翰林院庶吉士还号称"储相"，按照惯例，非进士不入翰林，非翰林不入内阁。因此，只要是能成为翰林院庶吉士的人，都有机会平步青云。

　　山子有幸成为翰林院庶吉士，并且在三年后翰林院举行的考试中，成绩优良，被授以翰林院编修，而后又派遣充当武英殿协修，校刻"十三经""二十四史"等。

　　旋即，山子又被吏部铨选，放任福建泉州晋江县知县，官级正七品。

　　这一年，山子二十一岁。

　　晋江县是明代李贽的家乡，山子在学宫读书时，曾在梦中与李贽奇遇，对李贽充满了崇敬之情，爱屋及乌，对晋江百姓关爱有加。加上山子庶民出身，与百姓情同手足，因此就一心为百姓着想。上任伊始，就从百姓的生存入手，改善交通条件，完善居住环境，修桥铺路，种植农桑，使百姓居有屋，行有路，丰衣足食，安居乐业。

　　针对百姓中的陋习流俗，如懒惰游闲、封建迷信、争讼赌博、奸商欺诈等，山子极力倡导移风易俗，先后写下许多劝诫文章，倡导去除不良习惯，广为传播，使当地民风民俗复归淳朴。

　　山子尤其注重教育，建社学，创书院，聘请当地知名人士主讲，他还经常光临书院巡视，与院生谈心交流，探讨学习方法。

　　山子还十分关注地方志书的纂修，将其作为重要政务来对待。他在当地书院设置纂修机构，请书院山长作为顾问，延请全县知名文人成立纂修小组，编纂志书，发挥"存史、资治、教化"之作用。

　　山子在从政之余，还致力于世道人心的转化，亲自编著一些通俗易懂、句子优美的诗词曲赋，教化民众移风易俗，倡导文明。

山子在治晋期间，实政良多，声名鹊起，被百姓称颂，感激涕零。后来在他卸任知县离晋之际，晋江乡民云集，扶车相送，高举万民伞，洒泪相别。以至多年以后，晋江百姓提起山子来仍是赞声不绝。

俗话说：有赞美的就有厌恶的。

世上的事，没有绝对独立，都是相对存在的。有说好的就有说坏的。

山子治晋有方，德政深入民心，庶民百姓交口称赞，被公认"治行福建第一"，说山子为政的成绩在福建名列前茅是无可否认的。

然而，美誉越是有加，就越能引起政敌的仇恨。所谓"人在家中坐，祸从天上来"，说的就是人心险恶，防不胜防！

山子遇到了麻烦。

问题出在官场礼仪上。

古代讲究官场礼仪，礼度、称谓、言谈都极有分寸，稍不注意就会"失仪"，轻者要罚俸，重者会降级、丢掉官职，甚至判刑。

山子到达晋江后，对官场各项礼仪极度重视，从到任时的接印礼、排衙礼，到随后的见官、祈祷、庆贺、诏赦、斋戒、护日月、忌辰记等礼仪，都谨慎小心，唯恐出错。

然而智者千虑，必有一失。山子不知，自己万分小心，还是在"见官"这一环节上得罪了小人，出了意外，惹了麻烦。

原来，知县见官礼节分为两种：一种是同级相见礼，另一种是拜见长官礼。两种礼节，山子都慎重对待。同级相见时，宾客来到官署，山子属下官吏入门通告，山子便立即吩咐开门，让宾客自中门入，以示尊重。宾客行至外堂檐下时下车或下马，山子在檐下作揖相迎。宾客入厅后，各再相拜，然后各就各位，进茶，有条不紊，从无差错。拜见上司长官时，特别是拜见多位官员时，山子均在辕门外下马，自左门入，以示谦虚，由自己的属下引领，自东阶东堂起（**古时东阶东堂为下，西阶西堂为上。山子自东阶东堂起，乃示谦虚**），将写有自己职衔、履历的名柬放在各位长官的坐案上。然后，山子按次序向长官三作揖，长官离座答揖后，山子退下。

按说，做到这个地步，常规上是没啥问题的。但潜规则，可就有说道了，有形式还得有"内容"啊！对方若是贤良方正之人，见面到此为止。而贪婪阴险之人，你要不给他"意思意思"，来点儿"内容"进点儿"贡"，是不好过关的。山子是个直性人，一向视那些个歪门邪道是鸡鸣狗盗之徒所为，打心眼儿里看不起，因此也就没在意。

没在意，可就有点麻烦了。

麻烦出在一次和知府相见。

知府叫作朱士酬，是个刁钻刻薄之人，在山子来之前也在晋江任过知县，不干好事，净想着捉弄人，人缘不好，名声很臭，当地人暗地里都喊他"猪屎臭"。

朱士酬见山子初次相见即两手空空，就有点不悦。不过转念一想，随后可能会暗地里奉上。可是"随后"之后又"随后"，明地暗地都不见动静。朱士酬就恼了，认为山子目中无人：你以为你是谁呀？你是翰林院出来的又咋哩？我现在可是你的上司！何况，我在这里任知县的时候，你还在翰林院编书哪！论资排辈，你还差得远哪！于是恨得牙痒，就注了山子的意，要在鸡蛋里边挑骨头——无中生有，故意找茬。

很快，一桩子虚乌有之事就给山子弄到了身上。

山子到达晋江后，见许多地方因洪水泛滥，流沙压田，土地均成不毛之地，颗粒无收，而百姓的税粮仍然很重。因无粮可交，农民大半外逃。山子深为同情，返回县衙后，连夜写出呈文，奏请免去税粮。不久，朝廷批准。民众大喜，奔走相告，外逃百姓纷纷返归。朱士酬得知仍有部分百姓没有回归后，就以此为由，指使一些也没有得到山子"意思"的人罗织罪名，上告都察院六科给事中，毁谤山子，说朝廷免除税粮后，山子仍然照征不误，中饱私囊，致使百姓仍然无家可归。

这还了得，照征税粮，不仅坑害百姓，还有"犯上"之嫌。很快，都察院派员稽查。一旦事实确凿，那可是要"吃不了兜着走"的。

真的假不了，假的真不了。真相很快大白：部分百姓没有回归，只是迟早问题，有的在路上，有的正准备动身。说山子照征税粮，是山子征收一些靠剥削起家富裕大户的余财，匀与贫民。而说山子中饱私囊，查无实据，因为那是捕风捉影，恶意猜测而已。

一场恶讼烟消云散。

一口恶气没出来，又给憋了回去，得不偿失，气得朱士酬喉咙里天天都像猪一样"呼噜噜""呼噜噜"。

山子面上不露声色，但心里有点震惊。

这是他走上社会、步入仕途后的第一次受挫。

开始有点想不通，自己不惹人，竟有人来惹他；自己阳光做事，竟有人阴谋陷害。以前只听说官场有风险，没想到这风险像是"不速之客"，不知不觉就来到了身边。

山子第一次心中有了疙瘩。

纵然事情真相很快查明，但心中的委屈、阴影一时半会儿去不掉，啥时候想起啥时候觉得不是滋味。

但是很快也就释然了。山子毕竟受过《道德经》的熏陶，马上想到老子说的"致虚极，守静笃"六个字。

"致虚极，守静笃"，就是说，让人的心灵空明虚寂到极点，使生活清静达到极致。为啥？心境原本是空明宁静的，因为有了思域活动和外界扰动，才使自己的心灵不安，所以要时时做到"致虚"和"守静"，就能恢复心灵原本的清净透明之境地。

老子还说："万物并作，……夫物芸芸，各复归其根。"万物生死循环，最终都要回到它们的本根，就是回到生命的本源。

回到生命的本源？那不就是说，本源以后的那些"问题"，如能随着规律运行，自然而然也就消失了？也就是说，跳过这些问题，不去管它，该做什么做什么，只当它是"蚍蜉撼树""螳螂当车"，小心防着，慢慢地，"问题"不就自生自灭了？

凡事顺着规律来，能以"虚"和"静"的态度去处置，啥事还能过不去？

山子心情恢复如初，轻松自如。

老子说："祸兮，福之所倚；福兮，祸之所伏。孰知其极？其无正也。"灾祸啊！幸福紧靠在它旁边。幸福啊！灾祸潜藏在它里面。谁知道祸福究竟是怎么回事？祸福是没有一定的。也就是说，世上的事是相互转化的，有时候好事变成了坏事，有时候坏事也能变成好事。

山子没把朱士酬的"作衅风波"放在心上，还是一如既往、不露声色地该做什么做什么。

这时候的山子，毕竟年轻，还有点"初生牛犊不怕虎"，心里坚信邪不压正。他认为，朱士酬的作为，不过是一股阴风，几排恶浪，见不得太阳。太阳一出，立马就会风平浪静，成不了啥气候。

凡事两面看。

朱士酬的陷害，反倒给山子带来了"好运"，让山子经历了一次砥砺，助他成熟了许多，坚强了不少。而山子的虚怀若谷，又带来了社会上的好评如潮，人称"君子有大量"，并说他好人自有好报！

几年后，山子被朝廷委任为福建巡抚。

第十七章

风波四起宦海深
重遭坎坷文字狱

一计不成，再生一计。

朱士酬见一纸诉状，不仅没达到目的，还让山子升了官，气得不得了。而且，山子的勤政爱民日益受到百姓的赞许，和朱士酬任知县时的小人形象形成鲜明的对比，使得他越来越没面子。朱士酬想，这山子对我来说是个"克星"，应及早下手除掉他。当断不断，反受其乱。于是，朱士酬下狠心要置山子于死地。

有人说：历史上忠臣始终斗不过奸臣。这话说得有点绝对，但也不无道理。因为忠臣每天都把精力用在为国尽忠、为民谋利上，而奸臣吃过饭就一门心思去琢磨人，今天鼓捣这个，明天日弄那个，整天想的都是如何和人相斗。这样一来，一心想着做事的忠臣，哪里有精力去和奸臣斗心眼儿？

朱士酬就是这样的奸臣。

朱士酬想：擒贼先擒王，打蛇揾七寸。山子这人好像不太好对付，不善于旁门左道，你有千条计，他有拙主意；你老到，他清高；你想拉他一路行，他就不和你走一道。嘿！朱士酬越想越气，仇恨越来越大，就绞尽脑汁儿琢磨如何去揾山子的"七寸"。

有了！

朱士酬想：山子是从翰林院来的，做过校书、刻书工作，文人出身，好咬个文嚼个字，作个诗填个词什么的，何不就在这文字上做做文章？立刻，"文字狱"三字就恶狠狠地从他的贼头恶脑中蹦了出来。

什么是文字狱？

文字狱是统治者从文人作品中断章取义地摘取字句、罗织罪名所造成的冤狱。大的像几十本的专著、诗文集，小的则一篇短文、一首诗、一封信，甚至一字半句的言语，不管是自己作的，还是抄别人的，甚至是从古人那里抄来的，只要是皇帝怀疑文字中有讥讪朝廷的内容，或是文人学士在文字中稍露不满，都可以作为文字狱的罪证，即兴大狱，捕风捉影，株连杀人。

文字自然是出自文人之手，所以说"文字狱"是专门对付文人的"特刑庭"。

文字狱自古就有，但是除清朝外，都未对社会构成严重威胁。唯独清朝对比前朝，文字狱有点"出类拔萃"，达到了文字狱顶峰。

清朝为什么会产生文字狱？

说来话长，要从清兵入关说起。

清兵入关后，灭了明朝，建立了清朝。

一些汉人从心底里不服，心存不满。特别是一些有血性的知识分子，明里暗里时不时地曝出自己心中的芥蒂。

为了笼络这些知识分子，消弭敌对情绪，清朝统治者采取了多种措施来各个击破。例如，组织不屑出仕但有影响的文人编纂图书，一方面可以羁縻那些不驯服的士人，另一方面又可向天下显示新朝政权稽古右文（稽古，考察古事。右文，崇尚文治。稽古右文，意谓考察总结古代经验，重视弘扬文化教育）、崇儒兴学的形象。

从表面看来，这确实是振兴文化的宏图大业，但实际上是对知识分子采取怀柔与镇压相结合的政策，一方面恢复科举、尊孔读经以笼络广大士人，另一方面又大兴文字狱，对知识分子进行迫害。

这种文字狱十分恐怖，常常让人谈文色变，毛骨悚然，汗毛倒竖，惊心动魄。文人学士，只要犯了文字方面的"过错"，立即就逮，就地戴枷，哪怕于数千里之外也要锒铛提锁。当事者被处死不说，家产还要籍没入官，即把罪犯的财产没收充公。与其有关联的人，也会被流放边疆去给非旗人官兵，即所谓的"披甲人"做奴婢。最终，犯事人家业化为灰尘，妻小流离。

阴险毒辣的朱士酬知道文字狱的厉害，于是就准备在文字上下下功夫，挑挑山子的"刺"。

常言说："欲加之罪，何患无辞?"这是历史上奸臣们所惯用的伎俩。朱士酬深谙此道，没费多大力气，就找到了山子的"罪证"。

这是山子所作的两首七律诗。

诗的内容，本是山子任职晋江后做的一个梦。梦中登轿顶山，情景像是以前，又像是现在。醒后，有感于梦境，山子作诗两首：

梦登轿顶山感怀

一

昔登轿顶逢三秋，

霜风搅树声嗖嗖；

黄童白叟攀缘行，

山川无色天为愁。

今客异乡迁升侯，

光仪遥遥桑梓留；

愿得重返金牛日，

西园杏花笑枝头。

二

金牛金豆金锋芒，

真经真意真辉煌；

彬彬庶民映雪时，

济济英才聚此邦。

吾欲轿顶窥天外，

明月清风乘飞黄；

少长咸集家乡地，

正中白日共明光。

诗的意思是说：

以前的我，有一次去登轿顶山。正值秋天，天气不好，刺骨的寒风吹过树梢，嗖嗖作响。登山的人很多，有孩童，有老翁。爬山很累，有时他们就扶住我的轿杆，借力上行。阴森森的天空笼罩着山川，灰蒙蒙的没有了颜色，像是老天在为爬山的人们而发愁。

今天的我，在他乡升迁做官，春风得意，聊发佯狂。虽身在外地，但那多彩荣耀却遥遥飘回我的家乡，停留在那里给我光宗耀祖。但愿，在我重返家乡的那一天，美如杏花绽放的杏子，满脸欢笑，迎接我的衣锦还乡。

当年的金牛洞，金牛磨出的金豆子发出金灿灿的光芒，老子的道德真经蕴藏着玄妙的真意，显示出真原的辉煌。当那万世不朽的道德精神浸润着这方大地，众多庶民都来发奋读书之时，那济济人才就会蜂拥而至，齐聚在这块山清水秀、人杰地灵的我的家乡。

今天的轿顶山，流光溢彩，我想到那轿顶去，窥探天外真谛，然后就与清风、明月为伴，乘着神马自由飞翔。等到见了父老乡亲，我就与年少年长们一起，共度那美好的时光。

这本是山子初出茅庐时的一种兴奋心情，迸发出年轻人的那种刚刚走上仕途的风发意气。但在朱士酬看来，这是恶意攻击当朝天子与大清国，用心何其险恶！你看，"山川无色天为愁"，这不是说大清国昏暗一片，人主天子都在发愁吗？还有，"吾欲轿顶窥天外"，"轿"，一般指的是官员，你要去官员顶上"窥天外"，这不是对当今大清统治不满吗？"窥天外"是什么意思？要去找寻比我大清国皇帝还要高明之人吗？而且，你是大清国擢升起来的官，你却要回到家乡去"正中白日共明光"，咋了，不愿与大清国为伍？

这还了得！

朱士酬像一个抓住救命稻草的野兽，发出狂叫，要让山子一败涂地了。

为了稳扎稳打，一举成功，这一次朱士酬慎重了。他要联络得力人物，加大力量，直刺山子的"心脏"。

他想到了福建原巡抚、现在的学政卜学浩。

卜学浩原是福建巡抚，此人不善正道，专擅邪径，对于歪门邪道那是无师自通。用老百姓的话说就是：正本事没有，邪本事一堆。属于那种政治流氓。人常说：流氓不可怕，就怕流氓有文化。卜学浩是进士出身，有文化，善耍流氓，但在邪道上却一路顺溜，犹如"狗进茅房，吃啥有啥"，拍马屁，图谋钻营，一路做得"风生水起"。不然的话，咋会任职二品官巡抚？当初他爹给他起名字的时候，可能是想让他长大后学问浩浩荡荡，但没想到他竟学得一身邪本事，因此，老百姓说：这可真是"不学好"啊！

朱士酬之所以想到卜学浩，原因有三：一是卜学浩和山子有过节。卜学浩也担任过福建巡抚，只因为不学好，被降级使用，做了学政。而接任者山子是以勤政爱民的形象上来的，走的是光明大道，所以一到任就有人拿卜学浩的"不学好"和山子的贤正相比，无形中抬高了山子，而对他有了贬损之意。卜学浩本来就因为降级使用一肚子气，这时山子又胜过了自己，就更加不满，认为是山子使自己更尴尬，因此嫉贤如仇，对山子恨入骨髓。二是学政身份能直接制造文字狱。学政最厉害的一点，就是掌管全国生员。生员就是读书人，读书人有问题不用地方官府来管，《大清律例》中规定：生员犯罪"其情节本轻罪止诫饬者（诫饬：训诫整肃；告诫），审明移会该学政查核（移会：官府文书的一种。这里指行文移交学政），地方长官不得私自拘押惩处生员"。名义上虽说学政只限于管生员，但都知道皇帝对利用文字制造"邪端"的人刻骨痛恨，知道了皇帝的心事，学政操作起来就不客气了，不管你是生员不是生员，只要在这方面犯事，不论什么人，一律格杀勿论。所以学政查巡抚也就名正言顺起来。本来学政是不参与司法案件的，但是有清一代，尤其是在乾隆年间，学政跟很多案件有扯不断的关系，当然，这种案件统统都是文字狱案。因此，巡抚要是得罪了学政，给你弄个文字狱，保准你吃不了兜着走。三是卜学浩除学政身份外还是言论检查官。清朝因兴起文字狱而诞生了一个独特的官职：言论检查官。所谓言论检查官，职责就是对言论、出版的审查。卜学浩是言论检查官之一，所以检查山子的诗文，理由是"堂堂正正"的。

老百姓在形容那些善于见风使舵的人时常说："那（当地人读 nuò）人，真知道事是咋办哩!"朱士酬就是这种人，他眼珠一转，就知道风往哪里刮，舵往哪里掌。乾隆刚继位时下令："今后凡告发旁人诗文书札等悖逆讥刺的，如审无实迹，一律照诬告反坐。"但朱士酬知道，有些事是说归说，做归做，不见得都像说的那样。要揣摩皇帝的用意何在，然后唯马首是瞻。他还知道由于文字狱的兴起，将文人作者以文字嫌疑捉拿杀掉，已成了官场升职邀功的捷径之一，起码也是政党之间互相攻击弹劾的方式。于是就抓住卜学浩对山子不满这个机遇，给卜学浩送个机会，弄个文字狱将山子杀掉，出出他的恶气，达到自己的目的，不是"一石三鸟"的好事吗？

你说朱士酬对歪门邪道精不精通？

朱士酬谋划完毕，便带着山子的《梦登轿顶山感怀》诗，另备了重重的"意思"，前去拜见卜学浩了。

卜学浩弄明白朱士酬的来意后，立即像屎壳郎遇见了驴粪蛋——抱成了一团，推蛋似的合谋如何除掉山子。

朱士酬和卜学浩本是一丘之貉，动起歪心眼儿来得心应手，没费吹灰之力，一篇荒诞不经的劾状便凭空臆造出来。

劾状写好，卜学浩迅速派人呈送都察院，以期"早定举措，覆奏刑部予以定罪"。"覆奏"一词，只限用于死刑犯，是对犯人执行死刑前，反复向上司报告的制度。可见朱士酬和卜学浩，是一心想要将山子往死里整。

当今朝廷对文字狱的仇恨态度，是"司马昭之心，路人皆知"的。于是都察院也好，刑部也好，见是文字狱劾状到来，立即行动，雷厉风行。

都察院迅速定决：对山子逮捕，再行抄家。鉴于山子的巡抚身份，不宜处死，拟定终身监禁，流放边远，充军为奴。目前暂投大牢，以待上奏朝廷定夺。

"人在家中坐，祸从天上来。"此话真是不假。晴天一个霹雳，山子被投入了大牢。

当他被几个歪瓜裂枣脸、牛头马面嘴、龇着大黄牙、满口喷着腐尸臭肉般口臭的狱卒"嘡"的一声推进牢房，跌在冰冷的地上时，山子还不知道自己犯了什么罪。

第十八章

粗缯大布裹生涯
腹有诗书气自华

　　先生带着山子他们参加科考走后，杏子一人默默在家。她不担心山子的考试是否成功，她知道山子的功底，不需要她担心。再一个，冥冥之中，她意识到：一切事情都是命运使然，都自有安排，担心是多余的。所以，她无声无息地做着一切，和往常并无二样。

　　山子临走之前，曾来向杏子道别。杏子泡了一壶蒲公英茶，和山子对坐在桌前，没有说那些鼓励的话，她知道山子不需要这些，只是频频让茶，时不时地相视一笑，然后还是喝茶。

　　山子走后，杏子心里空落落的。她不担心山子的考试，但脑海中却频频出现和山子喝茶的情景。

一日，杏子一人坐在桌前，拿起茶杯泡茶，却无意识地泡了两杯。茶泡好，马上醒悟只有自己一人，无声地苦笑。于是并不饮用，坐在那里发呆。

恍恍惚惚，杏子好像看见山子在对面坐着，"咻咻"对她傻笑。

杏子一惊，瞪大了眼睛，却不见人影。

杏子怔了一会儿，想爷爷。但爷爷带山子他们去考试还没回来。心中黯然凄凉，灰惨惨地，想起了自己的爹娘。

听爷爷说，自己出生后没有多久，爹上山采药，却一直没见回来。娘便失心疯了，去找他，也没有回来。

奶奶早已过世。

家中没了女人，便不像家了。

人常说：风水轮流转，苍天饶过谁？三起三落，才是人生。本来家道不错，随着奶奶、爹、娘一个个离去，就此一落千丈。

其他的都好将就，杏子没有奶吃，成了最大问题。

爷爷抱着个月娃儿，又当爷爷又当娘，挨门逐户，厚着脸皮，讨百家奶吃。村人少，奶孩子的女人更少，难免遭受人家的白眼儿，但他顾不上这个，就想着让孙女吃饱。

一个大老爷们儿，可以顶天立地，去乳养孩子，实在是强人所难。爷爷咬紧了牙关，牙碎了，咽肚子里；绷紧了眼帘，泪涌出，没让它流出眼外。山重水复疑无路，无路也得去登攀。经年累月的难呀苦的，硬是将杏子拉扯长大。

杏子记事起就记得爷爷那张慈祥的脸，常常是眯着眼睛，笑眯眯儿地看着自己，满脸的皱纹里，瑟瑟抖动着生动的喜悦。

而爹亲娘亲，杏子不知道是啥滋味。

但想爹想娘是人的本能，打记事起到现在没见过爹娘的杏子，此时却强烈地想念起爹娘来，鼻子酸酸地不能自已，不免有点伤心，埋下头去，无声抽泣。

昏昏沉沉，杏子睡在了茶桌上。

时间回到十四年前的那个夏天。

侯兆川突发暴雨，雷声轰鸣，狂风怒吼，天空被乌云笼罩，黑沉沉的，像要崩塌下来。风追着雨，雨赶着风，风雨裹在一起，形成道道水柱，乌龙绞柱般在天空旋风式扭动，挑衅着天上的乌云，使整个天地都处在雨水之中。四周的山峰，雨水顺着山坡，哗哗啦啦，狂叫着直向山沟冲去。瞬间，雨水变成了洪水，像千万头烈马怒奔，卷着山石，排山倒海般冲向淇河，整个河道瞬时变成了一条"巨龙"，翻腾跳跃，奋勇向前，奔腾不息。河道两旁的村庄呀，道路呀，树呀，呼啦啦一下子，全都没影了。

人说，发大水时，如果你正在河道里走，看见了上游汹涌的水头，那你就再也跑不脱了，河水会像流星般袭来，以饿虎扑食之势将你吞没卷走。

有夫妇二人，那天上山打柴，回来的路上经过河道，毫无征兆地，天地之间就轰鸣起来，顷刻暴雨大作。二人惊得抬起头来，远远看见那水头，像千万只猛虎张着大口，轰轰隆隆地滚了过来。男人大叫一声"不好"，知道已经跑不掉了，扔掉柴担，拉着妻子，顺势向着河边的绝壁上爬去。还好，绝壁不高处有一道山缝，二人拼命往山缝里钻，缝里竟然还能存身。

二人谢天谢地，庆幸有了藏身之处。

不过马上心里就凉了，因为二人除身上衣服外，就剩下腰间别着的一把斧头，别无他物。看着山下河水的"龙蛇狂舞"，不知道啥时候才能退走。而逃生是绝对不可能的，往上是悬崖峭壁，往下是死路一条，即便是有人来找，也绝对想不到他们会在这里，况且，就是知道了，也来不到跟前啊！

只好听天由命了。

一天过去了，洪水丝毫不见退去。

两天过去了，洪水依然如故。

第三天，洪水仍在吼鸣。

一直到了第七天，洪水还是"活蹦乱跳"的。

二人已经少气无力。

妻子哭了。男人想安慰她，但身体动弹不得，说话也很困难了。

男人用尽了力气，断断续续说道："孩儿……他娘，看来我们……活到头了。你我夫妻一场……不容易，咱们下一辈子……还做夫妻。让我留下几个字……咱就走吧！"

男人挣扎着起来，拿起斧头，费了九牛二虎之力，在缝壁上砸出了几个字："侯兆川人……"

"咣当"，字还没砸完，斧头从男人手中掉落下来。男人头一歪，栽倒在地，再也没了动静。

女人喉咙里想喊"孩儿他爹"，但最终也没有喊出声，眼睁睁地看着男人，身子慢慢冰凉僵硬。

"嗖——嗖——"从两具尸体中射出两道金光，分别向着金牛寺和铁打寨飞去。

这时，洪水无声无息地退了下去。

与此同时，东方飘来一团紫色的云，悠悠向着铁打寨村飘去。

"嗖——"一道金光从云中射出，"哧溜"进入村中一座房子的西屋。

"哗——"西屋后的杏花竟然绽放。本来二月已经开过的杏花，竟然在六月又露真容。满树的杏花又红又白，胭脂万点，花繁叶茂，艳丽动人。

"哇——"西屋忽然传来婴儿啼哭，一个女娃儿来到人间。

"哈——"爷爷高兴了。爷爷是个读书人，没有重男轻女之想法。孙女的到来，给他带来了合不拢嘴的喜悦。他想给娃儿起个名字，望望东方的紫气，看看西屋后的杏花，欣然说道："当年的老子，乘着祥云紫气东来；如今我家，西屋后的杏树绽蕊花开，古人曾说：'何物动人？二月杏花八月桂。有谁催我？三更灯火五更鸡。'二月的杏花六月开，这一定是紫气映照的结果。杏花吉祥，'紫''子'同音，傍着老子的瑞气，我的孙女，就叫个'杏子'吧。"

这世间的事，有时候说不清道不明的。

杏子诞生人间，其家境有点让人摇头。

打小没爹，接着没娘。奶奶又过早过世。

一个是爷爷，一个是孙女。一老一少，那日子会好到哪里去？村里人说起来，往往叹口气，说："那（当地人读 nèi）家人的时光，就不是人过的！"

然而，杏子挺过来了。

不仅挺过来了，而且挺过来的杏子令人刮目相看。

因为有个善心的爷爷护着，不仅养大了她的身子骨，而且引导了她心苗的成长。

三岁时，爷爷就开始教杏子读书。

俗话说："男孩儿穷养，女孩儿富养。""从来富贵多淑女，自古纨绔少伟男。"爷爷觉得自家物质不富，生活困窘，但精神上不能让杏子贫乏，得用书把杏子充实起来，算是精神上的"富养"吧。苏轼说过："粗缯大布裹生涯，腹有诗书气自华。"

人的知识积累有两条途径：一是亲身经历，二是去书中借鉴。人的一生经历有限，不可能事事都去亲历，但要想知识渊博，就得去书中借鉴别人的生活阅历以弥补自己的不足。因此，读书就显得尤其重要。

所以，爷爷及早就让杏子读书。

三岁顽童，读啥好呢？

这个倒难不住爷爷，爷爷是读书出身，熟知孩童的读书顺序。按照当时的习俗，就先读《蒙求》吧！

《蒙求》是一本启蒙读物，唐朝诗人李翰编的。"蒙求"是啥意思？蒙求是让蒙昧之人求得明白。明白啥呢？明白事理。明白了事理，就可以解决疑难问题。怎样才能明白？对于儿童来说，讲故事，是启发儿童对世间万象认识的最好途径。

《蒙求》里所讲的，大都是一些人物的故事，有真实的，有传说的。有的取其一言，让人借鉴；有的取其一事，劝人改恶从善；还有的是脍炙人口的轶闻趣事。一个故事，讲明一个道理。

儿童学习，一般喜欢大声朗读。根据这种习惯，《蒙求》采用对偶句式，天然押韵，读来顺口，听来悦耳，既易于记诵，又能提高儿童的兴趣，还能增强其作诗、对仗、押韵的语文能力，可谓一举多得。

全书都用四言韵文，每四个字是一个故事。

爷爷开始给杏子讲《蒙求》中的故事，也借此提高杏子的读书兴趣。

爷爷讲故事，正面讲，反面也讲。杏子是女孩儿家，爷爷虽视她为掌上明珠，却将她当男孩儿培养，让她从小就能全面识人看物。

爷爷选了几个和辉县有关的故事。

王戎简要，裴楷清通

这两个故事说的是，王戎处世简练精要，裴楷为人清明通达。

先说王戎。

王戎是西晋时期的著名人物，既是朝中大臣，又是"竹林七贤"之一，常在辉县西部山阳一带的竹林之下喝酒、纵歌，肆意酣畅。他长得清雅俊秀，神清气爽，名士裴楷第一次见他，惊讶地说："目光灿烂，炯炯有神。"他为人处世简明切要，不拘成法，在朝野都有一定影响。一次，吏部有职位空缺，晋文帝司马昭问心腹钟会："谁可胜任？"钟会说："王戎简要，裴楷清通，都是合适的人选。"后来，"王戎简要，裴楷清通"的故事就被编入《蒙求》一书。

王戎打小聪明，六神有定。六七岁时，在宣武场看马戏，突然有猛兽吼天震地，吓得众人起身逃奔，唯有王戎独立不动。事后有人问："你不怕猛兽吗？"他说："猛兽在笼中，再凶出不来。有啥可怕的？"

一次，王戎与小伙伴们在路旁玩耍，见一棵李树上有很多李子，伙伴们都去摘李子，王戎却不为所动。有人说："你咋不去摘李子呢？"王戎说："这树长在大路边，还有那么多李子，一定是苦李子。不苦的话，早被人摘光了。"结果一尝，果然苦涩难咽。

是呀！路边的李子如果好吃，还能留到现在？

王戎的父亲王浑死后，父亲的旧部赠钱百万，王戎推辞不肯接受，由此名声显扬。

王戎做的有些事也让人争议。他娘去世后，按照礼节，应当素食守孝，但他却饮酒吃肉，下棋娱乐。他的吝啬很有名，女婿借了他几万钱，他很不高兴，见了女儿，面色非常难看。女儿还了钱，他就立即喜笑颜开。他的堂侄过生日，他仅赠了一件单衣，生日过后，又要了回去。他家财万贯，却生性至俭，他家有上等李树，卖李子时，恐怕别人得到种子，总是在贩卖前将其核钻破。由此还引出一句歇后语，说一个女子不会生养，便是"王戎卖李——无子"。

当然，也有人说，他的这些行为是故意的，目的是反击封建礼教。要不，咋会成为"竹林七贤"之一而流芳百世呢？

再说裴楷。

裴楷，西晋重臣。他自幼聪明颖悟，见识渊博，二十岁就知名于世，尤其精通《老子》《易经》，深谙人情世故。年少时与王戎齐名。经钟会推荐，被任命为吏部郎。

晋武帝司马炎登基后，让人用蓍草占卜（蓍草是古代专门用以占卜算卦的工具），看看他的帝位能传多少代。以占卜数字为据，数字大，就传得多；数字小，就传得少。结果得到个"一"，武帝很不高兴，群臣也吓得脸色发白，张口结舌，没人敢说一句话。裴楷一看不对，随机应变，马上说："这个'一'就是'道'啊！老子《道德经》说：'天得一以清，地得一以宁，神得一以灵，谷得一以盈，万物得一以生，侯王得一，以为天下贞。'王弼《老子注》解释这几句话说：'天得到道就清明，地得到道就宁静，神（人）得到道就英灵，河谷得到道就充盈，万物得到道就生长，侯王得到道就成为天下的首领。'您现在得到了一个'一'，就说明圣上您已经得到了'道'。常言说得好：'一子悟道，九族生天。'圣上您不仅祖宗都能生天，而且您的帝位也会一代一代传下去。"武帝听后立即转怒为喜，群臣也都松了一口气，转而交口赞叹，佩服裴楷的机智应变。

裴楷风姿俊朗，仪表出众，即使脱下礼帽，露出蓬松头发，穿着粗陋的衣服，也显得气质不凡。时人称他是"玉人"，见了他都会说："看见裴楷，就像在玉山上行走，感到光彩照人。"

他仗义疏财，常将财物散发穷苦之人。行事率真，并不介意别人的诋毁或称赞。不与人争，安于淡退，能适时避开西晋王朝的政治斗争。

嵇吕命驾，程孔倾盖

"嵇吕命驾"的"嵇"是嵇康，"吕"是吕安，"命驾"是命人驾车马。"嵇吕命驾"，说的是嵇康和吕安的故事。

嵇康也是"竹林七贤"之一，常在辉县山阳一带活动，他有个好朋友叫吕安。吕安字仲悌，和嵇康一样，也是真性情之人，直爽，善良，待人真诚，有正义感。吕安仰慕嵇康的为人和才华，"每一相思，千里命驾"。就是说每次想念嵇康时，哪怕是千里迢迢，也要让人套车驾马，说走就走，去找嵇康互诉衷情。

有一次，吕安跑到嵇家，不巧嵇康不在。嵇康的哥哥嵇喜出门迎接。嵇喜世俗，不为清流所重，所以吕安就不进门，在门上写了一个"鳳"字，扭头就走。嵇喜十分高兴，觉得自家门上有名人题字，而且是个凤凰的"鳳"字，字义吉祥，名人写了吉祥字，实在是千载难逢，肯定会门庭升值，于是就洋洋得意。后来有好事者提醒他说，这个"鳳"字，拆开了就是"凡鸟"一个，是骂你呢！嵇喜这才醒悟，当下就像钢针扎在气球上——"扑哧"，瘪了。

"程孔倾盖"的"程"是程子，"孔"是孔子。程子原名程本，字子华，春秋时人，先秦诸子百家之一，著名哲学家。孔子到郯国去，在路上遇到了程子。程子是有名的贤人，两人便停车问候。虽是初次见面，但是一见如故，且是终日长谈，以至于两人车上的伞盖碰在一起而不分开，古语说他们："倾盖而语终日，甚相亲。"

二人新交,一见如故,可见其投契非常。

临别了,孔子对子路说:"你去取一束帛,送给先生吧。"(帛,是丝织物,五匹帛为一束,古代常用作馈赠的礼物)子路有点不愿意,说道:"我听说,士人要是不经过中间人的介绍就交往,就好像女子不经过媒人的介绍而出嫁。君子对于这样没有介绍的人,应该不相交才是,因为这不符合'礼'的规定啊!"子路的意思是,先生您和程子是第一次碰见,没有人从中介绍就交了朋友,这已是不合规矩了,居然还叫我送东西。孔子劝子路说:"你读过《诗经》吧?《诗经》中的民歌都是教化民众移风易俗的。'……有美一人,清扬婉兮。邂逅相遇,适我愿兮……有美一人,婉如清扬。邂逅相遇,与子偕臧。'(见《诗经·郑风·野有蔓草》,意思是:……有位美丽姑娘,眉目流盼传情。有缘今日相遇,令我一见倾心……有位漂亮姑娘,眉目婉美多情。今日有缘喜遇,与你携手同行。)这是说志同道合的人,可遇而不可求啊!如今我能和程子这样的贤士相遇,这是天赐良机!这时候不赠送,以后恐怕终生都不能见到了。你就照我的话去办吧。"

俗话说:"家穷人早熟,人苦快成长。"这话在杏子身上得到了体现。杏子从孩童开始就显得和别人不一样,从不多说话,别人说话她就注意听,别人说的话,她都要过过脑子,在心里细思细想。

爷爷教她读书,她就认真地读,没有一点孩子气,倒像个成熟的大人。有人说:女孩儿家,有时候天生就有一种"瞬间就能成熟起来"的本能。这话准确与不准确，没有验证，但杏子倒确实是这样。

有人看出了她和别人不一样，说："这小闺女儿，一句狂话不说，说一句是一句，句句在理，不是个凡人！"

不过大多数村人是老脑筋，认为女子读书没用处。听说杏子读书，就说："小闺女儿家，读啥书哩！难道还能去做官不成？"又有人说："女子无才便是德！小闺女儿家念书，那是瞎子点灯——白搭！没用！"

爷爷不管这些，让杏子照读不误。

杏子慢慢长大，有了自己的思想，听了这种说法，觉得奇怪，就问爷爷："女子无才咋就是德呢？"

爷爷说："嗨！别听他们乱说。他们那是望文生义，误解了这句话。说'女子无才便是德'，不是说没有才就是德，而是说有才但不炫耀才，那才叫德。女子要是有点才，就到处炫耀，那就有点'疯胀'了（当地土语，形容女子言语轻狂，行为不稳重。也说'疯胀气''疯不胀气'），就会让人说三道四，说这个人没德。而有才不露，让人感觉像'无才'似的，人们就会说你稳重、贤惠、品德好！所以说'女子无才便是德'。"

杏子说："那就是说，'无才'的'无'字，是'不乱说'的意思吧？"

爷爷说："是的。说得越多，就越让人看不起。"

杏子便牢记了这个"无才"，轻易不多说话。

爷爷又说："读书怕乱不怕多。书多似牛毛，一个人一辈子也读不完，所以读书得有目的，不能乱读。不知道读书为了啥，读的书越多人越傻，慢慢地就成书呆子了！再一个，读书不怕不懂，不懂的，你只管读，读得多了，到了一定时候自然就明白了。'书读百遍，其义自见'嘛！另外，读书要背诵，背下来了，装在肚子里，潜移默化，慢慢地就变成你自己的本事了。"

于是，杏子开始了苦读。

读过《蒙求》后，杏子已经五岁了，接着读"三""百""千""千"，就是《三字经》《百家姓》《千家诗》《千字文》。

十岁时，开始读《女儿经》《童蒙须知》《神童诗》《幼学琼林》。下一步，就准备读"四书五经"、《古文观止》了。

爷爷学过中医，做过官，尤爱诗文，家中也有不少藏书。这倒是给杏子带来了厚厚的精神财富，杏子读书，有了得天独厚的条件。

偶尔一次，杏子见爷爷打开一本油布包着的书，书皮上写着"五千言"。杏子一见，顷刻有了一种亲切感，捧起书，爱不释手，翻来覆去地看，长时间不愿放下。

爷爷知道杏子爱书，但这次似乎有点不一样，手捧着书，像是见了亲人一样，就觉得有点奇怪。但也没有多想，只是说："《五千言》也叫《道德经》，是老子写的。想看你就看吧！"

谁知，杏子琅琅有声，无师自通，读起来竟然十分顺畅。

爷爷更加惊奇，心想：这小闺女儿，还真有点天赋呢！

爷爷不知，《道德经》在此时出现，这是天意。

杏子蒙眬幻觉，自己和《道德经》有缘。

后来和山子见面，山子竟也对《道德经》喜爱有加，于是两人就越说越投机。

看官，看到这里，您是否隐约有知：杏子就是金妞儿转世？杏子和山子对《道德经》的喜爱，是不是金牛洞故事的延续？

是也好，否也罢，当年金妞儿和青牛在金牛洞里磨金豆，给轿顶山一带传经送宝，世代流传，经久不息，那是神灵现世。如今，日月轮回，世事变迁，竹林甘木经冬，春催芳草萋萋，《道德经》的传世之务，就需山子、杏子负荷重任了。

这真是：

冥冥之中，金妞金牛磨金豆，点凡成圣；
朗朗乾坤，山子杏子续传经，点铁成金！

忽一日，轿顶山之上，祥云四起，仙乐盈空，犹如群仙盛会，华彩四溢。

山腰金牛洞里，一位窈窕淑女如同乐伎飞天，飘然而出，向着轿顶山山顶飞去。

轿顶山南面，一个清纯少女貌若出水芙蓉，从铁打寨村悠然升起，到达山顶时，和那淑女合二为一，没入山峰之内。

这一幕，恰巧被人撞见，认出洞内出来的是金妞儿，没入山峰的是杏子。

杏子入得山峰，眼前豁然一亮，原来里边是一个宽阔无比的山洞，穹隆空旷，洞内石壁上满满刻着《道德经》，字字金光闪闪。

洞的尽头，赫然矗立神像一尊，神像四围，壁画迭出，人物故事的场景画面，时隐时现，飘曳着满满的教化氛围。

请看故事：

寿长？寿短！

老子骑青牛过函谷关，留下洋洋五千言，诠释天地万物之理。

一个善于招摇的老翁，听说后有点不服气，去见老子，想为难他。

见了老子，老翁略略施礼，口气轻狂，说："听说你博学多才？向你讨教个事。"

老子微微点头："请讲。"

老翁说："我已高寿一百零六岁，从小到现在，游手好闲，轻松度日，和我同龄的人都已作古。我看他们，一生垦田，却无一席之地；修了万里长城，却不能享受鳞鳞华盖；建造了无数房舍屋宇，最终却落了个荒郊孤坟。而我呢？不稼不穑，却不缺五谷食用；没置过片砖只瓦，却有房舍可居。你说，他们是不是活得不如我呀？"

老子没回答他的话，指着院子里的一块砖头和一块石头问老翁："如果这两者只能择其一，仙翁您是要砖呀还是要石？"

老翁得意地说："当然要砖。"

老子抚须而笑："为什么呢？"

老翁指指石头："这石头没棱没角的，要它何用？砖头嘛！还有点用场。"

老子转身问左右："你们要石还是要砖？"

众人都说，要砖不要石。

老子又问老翁："石头和砖头，哪个寿命长呢？"

老翁不屑："这还用说，当然是石头了。"

老子笑了，说："石头寿命长，人却不喜欢；砖头寿命短，人却都要它。为啥？寿虽短，但于人于天有益，天人皆择之，短而不短；寿虽长，但于人于天无用，天人皆摒弃，倏忽忘之。长亦是短啊！"

老翁顿然大惭，张口结舌，再不言语。

胜利？失落！

一个叫士成绮的人爱慕玄虚，四处参师访友，一心想有所收获。

有一次，他来拜见老子。

见了老子，前后左右看了看，轻蔑地说："先生，都说你是个圣人，我就立即来访。走了一百多天，风餐露宿，脚茧子磨了又磨，也不敢停歇片刻。但是见了你，我却大失所望，觉得你就不像个圣人。你看你的院子，像老鼠洞一样杂乱无章，可见你连生活都不懂得打理。枉费我千里迢迢来此，见了一个这么糟糕的人！"说完扭头就走。

老子听了，没有任何反应。

士成绮一副得意模样。

但回去后，心里却有点空空落落的不跌底儿，心想：老子是人人称圣人的人，我却对他破口大骂，把他比成老鼠，而他一句话也不答，我应该有胜利感才对，可咋一直有失落之感呢？

他一夜无眠。

隔天一早，又去见老子。

老子仍和昨天一样，并无愠怒之色，也无排斥他的表情。

士成绮问道："昨天我说了很多无礼的话，但也没见你生气，我自以为胜利了，心里却若有所失，这是怎么回事？"

老子慢慢地说："他们说我是圣人，那只是一种称呼。我的内心，和这些称呼没有任何关系。昨天，你说我是老鼠，也只是你口中称呼上的老鼠，并不说明我就是老鼠。我是顺应自然的，不排斥外来称呼，因为那只是一种称呼。这又怎么能影响我宁静的内心呢？如果这种外在的情形加到你身上，你却不能接受，抗拒它、怨恨它，那么你的内心就会纠结不安，从而受到伤害和影响。如果修持自身，顺应自然，迎接万物，内心保持恒久安宁，就一切都无所谓了。"

士成绮听完这段话，羞愧得不敢正视自己的影子，侧着身子挪动着走了。

蚂蚁搬家

娘："李耳，今天干啥去了？"

李耳："娘，孩儿今天去后山玩儿了。"

娘："玩儿啥了？"

李耳："看蚂蚁搬家。"

娘："哦！蚂蚁怎样搬家？"

李耳："刚开始是一只蚂蚁，后来看到了一群。我把它们的窝给挖开了，就看到更多的蚂蚁。它们在搬食物。"

娘："什么食物？"

李耳："腐烂的动物尸体。"

娘："看那有啥意思呢？"

李耳："我从中受到启发，也发现了问题。我想，蚂蚁虽小，可也有它的作用，和人一样，大人物、小人物各有各的优势。自然界万事万物，都有自己的用途，谁也不比谁高，谁也不比谁低。和蚂蚁相比，我是庞然大物，可以任意改变它们的命运，决定它们的生死。可是有没有一种更庞大的存在，可以轻易决定我的人生？如果是那样，会是什么样子的？会怎样控制我呢？"

娘："嗯，这个问题想得好，明天上课时你可以问问先生。"

李耳："唉！先生总说我问的问题，是'先贤未传，古籍未载，不敢妄言'，老是没有答案。我怕先生不高兴，已经不太敢问了。"

娘："先生在周朝时就非常有名望，精通殷商礼乐，没有答案是不可能的。兴许，不回答你，就是答案，'师傅领进门，修炼在个人'嘛！"

李耳："……噢，孩儿明白了。"

…………

悠悠地，杏子梦醒，从茶桌上抬起头来。

醒来的杏子，揉了揉眼睛，目光无所定位，脑子还停留在梦里。

回想刚才的梦境，十四年的经历，像一组环环相扣的连环画，在杏子脑子中一一翻过。

杏子好像变了个人，对事物的认识来了个飞跃，一下子想了很多很多。

人生一世，草生一秋。上自帝王显贵，下至黎民百姓，对于天地来说，都是匆匆过客。在苍茫的悲凉中，如何获得某种顿悟，参透一切苦厄，把身外之物看淡，豁达、潇洒，了无牵挂，从而达到无忧而喜，这一切，本不是杏子这个年龄段所要知道的东西，但她却好像要急于知道。

而且，杏子竟然知"道"了！

杏子所知道的"道"，就像是"顾恺之吃甘蔗——渐入佳境"（《晋书·文苑传·顾恺之》："恺之每食甘蔗，恒自尾至本。人或怪之。云：'渐入佳境。'"意思是甘蔗下端比上端甜，从上往下吃，便越吃越甜。比喻境况逐渐好转，或兴味逐渐浓厚）。宋代赵恒《劝学诗》中说："书中自有黄金屋，书中自有颜如玉；书中自有千钟粟，书中自有稻粱谋。"书中什么都有，只要好好读书，不被外物所扰，那荣华富贵的生活——黄金屋、漂亮的美人——颜如玉、粮食口粮——千钟粟和谋求衣食——稻粱谋，就会不请自来。杏子读书多了，获得这些自然不在话下。但杏子并没有就此止步，而是要像瞌睡爷说的那样："上得轿顶去，窥得天外天！"

故而，饱受"十年寒窗苦"的杏子，所读书中那"颜如玉"也好，"黄金屋"也好，"千钟粟""稻粱谋"也好，都像"十月怀胎，一朝分娩"，在她脑子中瞬间迸发，升华为"看破万丈红尘，淡泊爱恨情仇"之境界，"少年老成""春华秋实"了。

村人常说："山旮旯里头出俊鸟。"意思是，山沟沟里出美女。这个"俊"，村人理解为"好看"的意思，其实，可不是那么简单，单单只是好看，重磅所指的是——女子的横溢才华。《说文解字》说："俊，材千人也。"意思是，才智超过千人，叫作"俊"。《春秋繁露·爵国》说：（才智超）十人者曰"豪"，百人者曰"杰"，千人者曰"俊"，万人者曰"英"。《鹖冠子·能天》说：德万人者谓之"俊"。德操高尚超越万人的人，就叫作"俊"哩！

村人眼里，杏子就是一只"俊鸟"。

杏子不仅外表"俊"，而且从里到外都是名副其实的"俊"。

大千世界，无奇不有。山旮旯里，竟然出了个少女杏子，像一只飞翔在天的俊鸟，翩翩起舞于轿顶山上。

杏子想喝水，却又泡了两杯蒲公英茶。

杏子又一次苦笑：一个人咋又泡了两杯？

杏子端起茶杯，喝了一口，木木的，又陷入了深思。

蓦然，耳边响起一声："杏子！"

好像是山子。

杏子吃惊，抬头一看，真的是山子！

杏子心里立即"扑通"起来："山子哥！你回来了？"

山子却没有言语，只是微笑。

立刻，杏子觉得不对，就问："山子哥，咋不见我爷爷回来呢？"

问过了，却发现山子不见了。

杏子更加觉得不对，就出门去看个究竟。

门外却什么也没有。

杏子想，这是怎么了？是我的幻觉吗？

然而，山子又突然出现在她身边。

山子还是微笑，两手相抱，行拱手礼。

杏子还礼。

抬起头来，山子却又不见了。

杏子伤感了，心想：山子哥，你在哪里呀？为啥一会儿看得见一会儿看不见呢？

还是看不见任何迹象。

杏子认定情况不对，一定是山子哥出了意外。一时心潮涌动，喉咙发紧，禁不住有点哽咽，抬头对空说道："山子哥，你是不是有啥难言之隐？如是那样，我只说一句话。山子哥，你记住，不管你考上考不上，不管你做官不做官，不管你做官大与小，不管你遇到啥难处，都请你记住，山子哥，轿顶山这里，有你的一个家……"

"呼——"一阵微风掠过，像是对杏子的回答。

微风过后，大地又恢复万籁俱寂。

山野，是那样的空旷……

第十九章

双双对对杯犹在

孤孤单单不见君

"呼——呼——"

山子在天上飞。

飞着，飞着，山子低头一看，竟然飞到了轿顶山上空。

轿顶山下，是金牛寺村。

夏天，村中。

曲里拐弯，狭窄局促，算是叫作"街"的石板路上，三个一堆五个一群的娘儿们，叽叽喳喳在说着什么。说啥哩？仔细一听，是在夸一个小孩儿，说是长得俊呀什么的。谁呀？是刚出生的山子。

252

转眼，娘儿们又坐在街道旁边的石头"凳"上纳起了鞋底儿。十来个娘儿们，齐齐一排，左手拿鞋底，右手拿针锥和针线，先用右手的针锥往鞋底上一攮，扎出个针眼儿，再用右手把针线穿过去，然后左手拿鞋底向左，右手捏针线向右，两手往两边一抻，二抻，再抻，抻紧。第一轮结束。然后重复。十来个娘儿们，动作一致，齐齐刷刷，手舞足不蹈，像是坐着的飞天乐舞，又如花间飞舞的蝴蝶；那抻线时发出的"唰唰"声，如同潺潺的溪流，一路奔流一路歌，真真的一幅《山村妇女纳鞋图》，看得人眼花缭乱，醉得人无法自已。一边纳着，一边叽喳，仔细一听，还是在夸人哩！说是学习好呀什么的。谁呀？又是山子，不过是在私塾读书的山子。

琅琅读书声从私塾里传出。

只见先生站在讲台上，手里拿着一篇小文，在向塾徒们讲着什么。又一细听，在夸山子呢！

想起了爷爷，爷爷的声音在耳边响起："山儿，《汤头歌诀》今天背到哪儿了？"

先生捧着，爷爷宠着，嘿！山子的鼻子有点发酸。

山间小道上。

只见四孬正有气无力地走着。他的童子试没过关，灰头土脸地回家了。那个尿样儿，好像是"恒口财主罗堂吉（落汤鸡）"，又像是从臭水池里爬出来的巴巴儿狗，左趔趔右趄趄，好像随时都有死在那里的可能。山子飞到他的面前想和他打招呼，却吃惊地看到，四孬脸上竟没有五官，白板一张。

没脸的人，好恐怖哟！

忽然，又见二喜、三笨和五丁在他面前站着，目不转睛地看着他，满眼都是迷茫不解的玄幻。

山子流下了眼泪，和他们相对而视，彼此却无言可对。问候？叹息？什么都不对，什么都不是！

山子痛苦地闭上了眼睛。

睁开时，眼前的一切都消失不见。

四周茫然无际，像是四海翻腾，又像是云水发怒。

山子停在半空，耳朵里"呜呜"作响，脑海里迭次映现一幅又一幅画面：

"学宫，自己走在泮水桥上……

"乡试，考棚的号舍里，一张一张的面孔朝向他，恍惚的眼神……

"晋江，老百姓围着他，眼里噙着难舍难分的泪水；万民伞上满满的红色布条，哗哗啦啦地飘动，像是对他招手致意……

"巡抚任上，下官仆从前呼后拥，簇拥着他，走过一地又一地……"

忽然，晴空的老阳儿一下子暗了下去，天地变成了一片黑暗。自己像是掉进了万丈深渊，倏而又被几个人抓着，推推搡搡，不知要往哪里去。

山子有点惊悚。

却见瞌睡爷不知啥时站在了他的面前，似睡非睡地说："山子哪！人生道路本是疙疙瘩瘩的，你前半生的路，走得太顺了！"

山子又一惊：顺了？顺了不好吗？

噢！是不好。山子突然想起，老子《道德经》中不是说过

"福祸相依"嘛！顺，是福；太顺了，祸就跟着来了！祸来了，就该不顺了！不顺了，还能说好吗？

我这是"不顺"来到了吗？

山子不知所措，脑子里一片空白。

"呼——呼——"

山子又在漫无目的地飞，却发现还是没有离开轿顶山，绕着轿顶山飞来飞去，看到了悬崖峭壁上的《轿顶山记》。

《轿顶山记》中的励志词句历历在目，联想到现在的处境，一连串的疑问汩汩而出：自己小时候就立下的人生大志，现在要结束了？实现自己的人生大志，刚刚开了个头，难道就要走向孔子所说的"言之无文，行而不远"，折翼坠地，半途而废的地步了？

山子懊恼。

突然金光一闪，天空瞬间亮了起来。

噢！倒不是老阳儿出来了，而是山子看见杏子了。

杏子从轿顶山中走了出来，袅袅婷婷，却一脸的沉重，冲着山子直招手。

山子一阵兴奋，急忙迎了过去，却到不了她的跟前。

两人隔空对话。

杏子："山子哥，十多年了，你没回来过，见你只能在梦中。"

山子："杏子……"喉头有点哽咽。

杏子："今儿个俺知道你要来，可惜！还是在梦中。"

山子一言难尽："我……"

杏子："别说了。我啥都知道。"

山子："我做错什么了吗?"

杏子："没做错啥。世上的事就是这样,'木秀于林,风必摧之;堆出于岸,流必湍之;行高于人,众必非之'。"

山子："我以前没有想过这个,只想着咋能把事做好。没想着背后还有人使坏!落到了这个地步,后悔也来不及了。现在再说这些,恐怕已经迟了。"

杏子："不迟的。世上没人能够一直从胜利走向胜利,今后的路还很长。你得掩藏锋芒,以退为进,以一时之小'忍',换取有朝一日之大'谋'。"

山子："现在说这个,还有用吗?"

杏子："咋没用啊?人生就是过关的,人生道路不是平坦的。万事万物,都是有高就有低,有好就有坏的。要不,人咋说'三十年河东三十年河西'哩?掉井里不可怕,怕的是没有勇气往上爬,从井底爬出就是平地,爬上来就好了。"

山子静默,眼里露出满满的钦佩与感激。

杏子又说:"以后,你记住:凡事不予臧否,不露锋芒,沉默笑对,冷静审度。唯守着一方心灵净土,于喧嚣浮躁之中,滋养自我的坚持。"

山子："唉!我咋就把这个给忘了呢?只想着'治国平天下',就没想起还需'独善其身'以稳固根基!看来我的心还是浮躁,心底还是不静啊!"

256

杏子："忘了不要紧,吃一堑长一智!成就一番事业,容易吗？想要取得成功，就得知己知彼，内用道家，外示儒术。一方面，'天行健，君子以自强不息'；一方面，'知其白，守其黑'，知雄强，守雌柔，以弱而胜强。事事留有余地，就处处可以周旋，不行再来。以前的路，既然走了，就不后悔。好男儿志在四方，处处都有太平康衢呢！"

说完，杏子不见了。

山子有点急，咋老是关键时刻就不见人了呢？

不过，杏子的话，让他释怀不少，心情好了许多。

突然，看见一团乌云，朝着金牛寺飘去，遮天蔽日，将老阳儿挡在了乌云上边。

轿顶山之南的铁打寨村，同样也出现一团乌云。

山子感到意外：什么征兆？

不好！我得回去看看。

但山子像是被绳捆索绑，浑身动弹不得。越动不得就越使劲，越使劲就越喘不过气来。无奈之际，只听得"啪啪啪啪"一阵山响，一激灵，像被人劈头浇了一瓢凉水，山子醒了过来。

好一场昏睡！

牢房外，一个狱卒瞪着牛眼，狠劲儿敲着牢门。那是看看你是不是没气了，无声无息地死在了那里！

山子伸了伸胳膊，蹬了蹬腿，心里爆了一句粗话：×他娘，死不了就睡！

山子躺在地上发呆，回想着梦境，琢磨着杏子说的话，觉得很奇怪：杏子说的，自己也不是不知道，道理都懂，可咋就没想着去用呢?

男子汉大丈夫，站在那里八尺高，竟不如一个小女子，这让山子有点羞愧。

这一羞愧，竟使山子增加了自信与坚强，"腾"地一下坐了起来：挺住！错了也不可怕！因为我不是故意去做错。况且我也没做错事！我得往长远看。

想到此，山子又一阵轻松。往前后左右一看，牢房的地上，连根草毛都没有，别说是铺的盖的了。再往上看，三面墙壁，一面木栅栏，算是房门，可就不像个房子，倒像个圈牛羊的牲口圈。不用说，这里是一个热天更热、冷天更冷的"好地方"。

栅栏外，连串的牢舍里鬼哭狼嚎，凄惨而瘆人的喊叫声使人毛骨悚然。

山子心里一阵阵发凉。

凉到了极点，又转念一想：嗨！事已至此，还能如何？既然无可奈何，那就安于现状吧！老百姓不是常说：走到哪儿哪是边儿嘛！况且，人们不是还说：遇到不适应的处境，就要想法去适应它；适应不了，就想法去改变它；改变不了，那么，你就认了吧！

山子苦笑。

"山子蹲了监狱了！"

这消息像是漫野地里卷旋风，"嗖嗖嗖嗖"，瞬间就传遍了山子老家，直至十里八村，山里山外。所有人听了那消息，不啻晴天霹雳，石破天惊。

山子家里乱套了。

山子爷爷听了，像一皮鞭猛抽在心尖上，一阵战栗，半天说不出话来。

山子爹慌成了一堆，急急忙忙去找山子爷，却慌不择路，不知该往哪儿走，走过去，又走回来，傻了似的在原地打转。嘴唇哆嗦着"我我我……"地不知想说点啥，像是疯了一样。

山子娘当下就"娘啊"一声，跌在地上不省人事。邻居见状，急忙掐人中。半天，山子娘喘过一口气来，"孩儿呀"一声，又昏了过去。

先生来见山子爷爷。

未等山子爷爷开口，先生就直接说："兄弟，咱没事不找事，有事不怕事。山子既然走了官场这条路，从一开始就该想到风险这一头。官场风险，是人人都知道的，不足为怪，不用急。咱说道说道，看看咋办为好。"

山子爷爷颤抖着说："先生啊！也不知道山子是犯了啥事，我觉得他不会胡乱作为呀！咋就出了这样的大事?"

先生说："上山砍柴，过河脱鞋，遇着啥事说啥事。先别慌，现在还不知道是真是假，说不定是咋回事呢！但不管真假，没事要当有事防。有这个风声，咱就得预先防着。没事更好，有事了，不小心就不对了。事出都有因，好坏咱都得先防着。"

山子爷爷伤感起来，说："你懂得官场的道道儿，你就给出出主意吧！"

先生说："山子的官位不低，出这样大的事，说明对方来头不小，估计是蓄谋已久，冲着置山子于死地而来的。我觉着，按照最坏的打算，恐怕咱们都得先躲起来，不然的话，一旦来个株连九族，可就后悔都来不及了。咱得先躲过眼前灾难再说。"

一家出事，两家躲起来？为啥？众所不知，先生这样说，是事出有因的。因为还在山子求学期间，山子爷爷就和先生求过亲，想让山子和杏子珠联璧合，先生也认为杏子和山子是佳偶天成，于是两家一拍即合，约定待山子官位稳定后，就择其吉日，让两人结为百年之好。谁知官场上的事杂七杂八的，不是这儿不趁事，就是那儿不如意，一来二去，就耽搁到了今天。现在有事了，先生是从官场过来的人，知道犯事的厉害，不出事啥都好说，一出事说不定就会亲戚老少一锅端，连累多少人受害。虽然杏子和山子还没成亲，但两家"就是一家人"的关系，是方部临近的人都心知肚明的，只要有事，恐怕两家谁都跑不了。因此好汉不吃眼前亏，不如未雨绸缪，积谷防饥，"三十六计走为上"为好。

爷爷认为先生说得在理，正要回话，却见杏子走了过来。杏子步履匆匆，脸上却是神态自若。见两位爷爷都在，就先给山子爷爷问了好，然后对先生说："爷爷，我去私塾找你，你没在，想着你是来了这里。"

先生说："杏子，你去准备准备，咱们先躲一躲。"

杏子已知道事情始末，接口就说："中！这就去。"

说完，扭身面对急火攻心的山子爷爷，顿了顿，像金碗里掉进一颗铜豌豆——"当当"作响地说："爷爷，您可别急！先把眼前的事安排妥当。山子的事，天高皇帝远，当下够不着，咱随后再说。边走边瞧，就事论事，不慌的。事由天定，您老请安心。"

山子爷爷看着杏子那"一家人不说两家话"的神情，心里顿生感动。心想难为这小妞儿了，还没过门就得操这么大的心。这小妞儿，也真是长大了，遇事不慌，波澜不惊，比大人还大人气。危难时刻见人心，难得如此贤惠啊！俺山儿遇见杏儿，算是有福了。但愿俺山儿能避凶趋吉，渡过这一难关，和杏儿早日完配天作之美吧！

先生不愧是从官场过来的人，料事十分准确。

在他和山子家确定躲避的当天夜里，两家人分别带着家什和细软，趁着夜深人静神不知鬼不觉地逃往了深山，躲在了采药时发现的山洞后，一场灾难就接着来了。

第二天前晌，一群吆五喝六的衙役冲进了金牛寺村，直奔山子家去抓人。谁知一阵翻箱倒柜，却是"初一夜里等月亮——一场空"。那个领头的衙官没有想到山子家竟然无人，气急败坏，指使衙役逮着村人逐个查问，结果问谁谁都说不知道。衙官恶气晦气加丧气，一肚子气没地方发泄。就在这节骨眼儿上，院子里来了一个人，谁呀？鳖种四孬前来报信了。

看官，山子出事的消息就是四孬散发的。他是从他那个远房亲戚那里得知的，他那个远房亲戚是个读书人，和衙门有交集，从衙门里听说山子蹲了大狱。恰好四孬那天去了那个亲戚家，一听说有这样的事，立马像饿狗瞧见了一堆屎，欢喜得不得了。他那时还在为自己没有考过童子试、山子却出人头地而嫉恨，一听说山子蹲了大狱，极度兴奋，连喊了几个"老天有眼"！回去后就逢人便说。开始人们不信，但他说得有鼻子有眼的，而且这种事不是啥好事，一旦传开来，有也是有，没有也是有。况且有些人宁信其有不信其无，于是，就"好事不出门，恶事传千里"了。

四孬不知道山子家人会躲起来，一听说山子家没人，就"狗撵兔"一样一溜小跑前来"告密立功"。他想着山子和杏子两家关系不一般，山子家没人，肯定是去了杏子家。于是自告奋勇，愿带众衙役前去铁打寨村抓人。

没承想，到了杏子家，比山子家还要空，连个箱呀柜呀的都没见着，只有地上摆着的一张茶桌，上边有一个茶壶和两只土制茶杯。一个衙役朝着桌子蹬了一脚，桌子晃了一晃，茶壶和茶杯摇了几摇，示威似的"昂首挺胸"稳在原地。四孬见没找着人，知道这又是迟了一步，就自言自语地说："狗撵兔，隔一步啊！"衙官正没有好气，就问他："啥意思？"四孬没眼色，还振振有词地解释：兔在前面跑，狗在后面追。狗的步子大，一跳就是"一丈"，而兔子在前面迈着八尺的小碎步。八尺八尺一丈六，你说这不是"隔一步"吗？那个衙官一听，气得照着他的小肚就是一脚："去你娘了个×日哩羔吧！还想着跟你来这儿能抓住人呢！谁知是屎壳郎碰着个放屁的——让老子空喜欢一场。"说完，悻悻地带着衙役们回去了。

衙官的这一脚不要紧，却将四孬直接"送"下了悬崖。四孬的身后就是悬崖，衙官正在气头上，管他什么崖不崖的，"他大舅他二舅都是他舅"，就给他一脚。而此时的四孬，正在琢磨衙官的话：吧！这人也不知道个啥，说自己是屎壳郎呢！还没想

四孬被衙官端下悬崖

完，就"呼哧"往后一栽，"'鸦'击长空"了。还好，崖壁有一棵树，绊了他一下，没有直接下崖底。命是保住了，但两腿却齐刷刷地断了。

不仅两腿断了，他的命根子也断了。衙官是照他的小肚上踹的，谁知他的准头不行，脚抬得低了一点，踹在了四孬的命根子上。

后来听瞇睡爷说，四孬从山崖跌下没跌死，也是一种报应哩！问他啥报应，瞇睡爷说，四孬知道山子出了事，幸灾乐祸，急不可耐地去四处传播，想着去败败山子的兴，不承想却救了山子、杏子两家人的性命，使他们两家得知消息提前躲了。做坏事却意外帮了别人的忙，也算是一种"功德"吧，所以"老天爷"

就给了他一点"额外照顾",免了他的"死刑"。要不是这,再有两个四孬也不漏他（当地方言,意思为不愁）摔成个"稀烘柿"。

至于他的命根子被踹断,瞎睡爷说,那是他那个好在花门柳户行走的鳖爹作的孽,结果却报应在他的鳖儿身上。

种善因得善果,种恶因得恶果!孬种了小半辈子的四孬,从此再也站不起来。

而且,从此之后,四孬也就无可奈何地断子绝孙了。

山子"回来"了。

山子受尽了牢狱之苦,经受了生死磨难,守得云开见月明,总算是昭雪了冤枉陷害,带着一颗伤痕累累的心,回到故乡来了。

西楚霸王项羽说过:"富贵不还乡,如衣锦夜行。"意思是你在外边发财了,升官了,就要回到家乡炫耀炫耀,风光风光。不然的话,就像穿着华丽的衣服,却在夜里行走,谁看得见?

但山子这次回来,与"荣归故里,衣锦还乡"沾不上边,更说不上是"光宗耀祖,风流偶傥"了。山子想着回去之后,免不了会遭受人们的白眼儿,听不尽的冷嘲热讽,就像看那"沐猴而冠"差不多。

但山里人本性质朴,没顾忌山子是犯事了,走投无路,不得已回归这回事,而是一如既往,热情有加,轮番前来见山子,嘘寒问暖,言语暖心,那场面,俨如一品大员省亲探家。

山子大为感动。

但山子感动的同时有点心不在焉,心里一直忐忑:咋没见杏子出现？杏子在哪儿？

这是他急于想知道的。

人们似乎知道他的心事，可就是不提这回事。

山子憋不住，就问杏子的情况。

问了，但人们躲躲闪闪，不愿意正面回答。

还是二喜和他有过私塾同窗之谊，看着山子的神情，有点看不过去，将山子拉向一边，悄悄地说："你出事之前，先生先是显得心神不定，随后便不再说话。没有几天，杏子一家就没了人影儿，都不知道去了哪里。紧接着来了一拨官府人马，到杏子家乱叫乱嚷，见没有人影，便吵闹着走了。"

山子心里一沉，一时说不出话来。

山子想着自己出事的前后，无限伤感，不能自已。

待人们逐渐离去，山子迫不及待，出门前往杏子家去了。

山间的羊肠小道，还是那么弯弯曲曲。秋季的景象，显得一片凄凄凉凉。路旁的小草，在秋风中艰难摇动，那青黄混杂的草丛，萎缩得少气无力。

山子走在这山路上，没有了小时候前往杏子家的那种"脚打屁股蛋儿，一溜冒白烟儿"的兴奋劲头，而是"脚步踉跄，蹒蹒跚跚"未老先衰的沉重。耳边的嗖嗖风声，让山子的喉咙一阵一阵发紧，鼻子一阵一阵发酸，禁不住眼角儿滴下了硕大的泪珠儿。

到了。山子远远看见了杏子家的大门，一扇掩着，一扇开着，一眼望去，可见院子里杂草丛生，那棵核桃树孤苦伶仃地挺在那里，已是叶落枝枯。

山子进到院子里，急不可耐地喊了声："杏子——"

没听到任何回声。

山子推了推屋门，竟然推开了。

山子进屋，一看屋里的摆设，一下子惊呆了。

当间放着一张小桌，桌上放着两只茶杯，一个水壶。水壶里仍然存着蒲公英茶，只是已经干涸。

山子看了，眼睛发直，呆呆地愣在了那里。

这是山子和杏子此前最后一次见面时喝茶的摆设。

山子纳闷：屋里杂乱无章，为啥唯有这套摆设原封不动地保持着原样？

山子一下子回到了以前喝茶的情境之中。

当时，山子来到杏子家，杏子言语不多，却掩饰不住内心的兴奋，急忙摆桌倒水，手灵脚快，双手举起一杯蒲公英茶，递给山子，说："山子哥，你喝茶！"

山子接住茶杯，说："咱也学学大人的样子，以茶代酒！来，你也倒上，干杯！"

杏子笑了，又倒一杯，说："行呀！不过你我也都长大了，不是小孩儿了。"说着举起茶杯和山子一碰，小口抿了一下，神秘地微笑着看山子喝茶。

山子感觉杏子微笑里边有故事，就问："笑啥呀？"

杏子说："你一说干杯，我倒想起一个字来。"

山子说："啥字呀？"

杏子说："古人不说'干杯'，'干杯'有个专称，叫作'醮'（jiào）。"

山子说："哦，我还不知道这个字呢！'醮'是啥意思呀？"

杏子抿嘴一笑，说："'醮'就是干杯呀！就是把杯中酒喝干的意思。古人饮酒，长幼有序，要等到长者举杯，一饮而尽，少者才可以沾杯。这是《礼记·曲礼上》中'长者举未醮，少者不敢饮'的老规矩。"说着，又神秘一笑，狡黠地看了山子一眼说："刚才你让干杯，我可没'醮'啊！嘿嘿……"

山子也笑了，说道："我又不是长者。"

杏子笑道："可你是哥哥呀！哥哥是长兄，长兄如父嘛！你不就成了长辈了？你说是也不是？"

山子没有想到杏子往这里绕，心想，就算是长兄如父，可我已经"醮"了，你咋不"醮"呢？"嘿嘿"了两声，不知杏子葫芦里卖的是啥药。

杏子见状，说："这不过是喝茶，要是喝酒，我可就沾光了呢！"

山子"噢"了一声，佯装嗔责："是这样啊！小不妮儿（小闺女儿）！不过男女有别，我是男子汉，得让着你点儿。"

杏子微笑，满面的"桃花盛开"。

山子端起杯子，喝了一口茶。杏子看着他端杯的样子，欲言又止。

山子觉得奇怪，问道："咋了？"

杏子说："山子哥，你将来是要做官的呢！"

山子愣了，不知道杏子是什么意思，想了半天，不知杏子这话从何说起，就问："我还没有参加科举考试，你怎么就知道我要做官呢？"

杏子"哧哧"一笑，说道："我见你端杯子时，大拇指和食指扶着杯缘，中指托住杯底，无名指和小指并拢，喝茶时虎口向下，我听爷爷说过，男子喝茶，这样的拿杯方式比较霸气，寓意'大权在握'。手握大权，那不就是要做官了吗？"

山子"哈哈"一笑："哦！还有这种说法啊！那女子是怎样端的呢？"

杏子说："女子讲究美丽好看，喝茶时是这样端的：用食指和拇指轻握杯缘，中指轻托杯底，无名指和小指自然跷起，这叫作'兰花指'，而且饮茶时虎口要朝向自己。"

山子说："哎呀！事事里边有学问呀！"

杏子说："是呀，爷爷说，大事小事都有规矩呢！"

两人说不尽的千言万语，脑海中，你中只有我，我中只有你。其他的，就全抛在了脑后，似乎是另外一个世界的无关之物，而这个世界上，就只有"你和我"了。

杏子面带羞涩，只是微笑，大部分时间听山子说话，频频给山子加水。偶尔来上一句，语若流莺声似燕；身坐在那里，似那清风皓月，爽人心脾。

人都说，女子的美，是魅力。而杏子，除魅力之外，还有着那神奇而诱人的魔力。魅力加魔力，就足以让人魂颠梦倒，找不着北了。

山子喝着茶，看着杏子的满面春风，听着那燕语莺声，心里一涌一涌地阵阵发热，暖意荡漾，一腔的难舍难分。此时的他，只觉得这辈子一时一刻都不想离开她。

而如今，面前的场景一如既往，却不见了当年的喝茶人。山子触景生情，泪痕满面，倏然想起唐朝诗人崔护"人面桃花"的故事：

崔护有才，年纪轻轻就考中了进士。有一年的清明节，他一个人出去游玩，走到都城南门外时，感到口渴难耐，正好看见一处庄园，便上前敲门，想寻水解渴。过了一会儿，院门开了个门缝，一个姑娘探头问道："谁呀？"崔护报出了自己的姓名，并说明了来意。姑娘开门，让他进去，给他端了一碗水来，然后靠着院内桃树，静静地站在那里。崔护看到，在桃花的映衬下，姑娘风姿绰约，艳丽至极。崔护和她说话，她默默不语，只是注视着他。过了许久，崔护喝完了水，起身告辞。女子送他到门口，似乎有些依依不舍，最后默默地回到屋里。崔护不住地回头，怅然而归。

第二年清明节时，崔护忽然思念起那个姑娘来，并且无法控制。于是直奔城南而去。到了那里，见庄园和去年一模一样，只是大门已锁，内已无人。崔护惆怅了很久，在门上写了一首诗：

去年今日此门中，

人面桃花相映红。

人面不知何处去，

桃花依旧笑春风。

过了几天，思念之情更重了，他便又到城南去寻找那位女子。却听见门里有哭声，便敲门，有位老人走出来，看了看他，说："你是不是崔护？"他答道："正是。"老人哭了起来，说："你可把我害苦了。"崔护又惊又怕，忙问怎么回事，老人说："我的女儿从小就知书达理，已经成年了还没有嫁人。不知咋回事，从去年开始，她经常神情恍惚，若有所思。清明节那天陪她出去散心，回家时，看见了门上的题字，她说这一定是崔护写的，进门便病倒了，好几天没吃没喝就死了。我老了，只有这么个女儿，迟迟不嫁，就是想找个可靠的君子，如今她竟不幸去世，我还有啥指望呢？这不是你害死她的吗？"说完拉着崔护大哭。崔护一听，十分悲痛，进屋去看，见姑娘仍安然躺在床上，崔护泪眼婆娑，捧起她的头，边哭边祷告："姑娘，我来了，我是崔护啊……"不一会儿，女孩儿竟睁开了眼睛，过了半天，竟复活了。老父大为惊喜，便将女儿许配给崔护。

山子想到此，越发悲痛。想到现在的自己竟然和崔护有点相似。但崔护最后结局圆满，自己呢？自己以后会怎样？杏子去了哪里？家里人呢？先生呢？

山子怔怔地看着桌上的茶杯、茶壶，两只杯子仍旧摆放在那里，成双成对。恍恍惚惚，好像茶壶里冒出了热气，还飘出了茶香。而自己，却是孤苦伶仃，形单影只。

双双对对杯犹在，

孤孤单单不见君。

一口香茗下肚去，

肚去倍思量。

年奥茗人

山子哽咽，伤心不已。看着满桌的灰尘，用手指在桌上写道：

　　双双对对杯犹在，

　　孤孤单单不见君。

　　一口香茗下肚去，

倍思当年吃茶人。

"嗖——"门外吹进了一股冷风。

山子一惊，向门外看去，只见里里外外一片灰色，没了一点生气。所有的树都没了叶子，干枯的树枝，经风一吹，呼呼作响。

山子感到阵阵冰凉，心里有点绝望。

少顷，山子出得门外，看天，灰蒙蒙一片。院内，枯草像刺猬身上的刺，刺刺啦啦，一根根直向山子的心脏扎去。

山子阵阵心痛，无力地坐在门墩上。泪眼已看不清眼前的一切，好像换了一个世界，神思恍惚，来到了冷冷的冥冥之中。

山子颓然栽倒在地上，两腿发软，无力站起。

"啪啪啪啪……"狱卒又敲门了。

敲了半天，见山子还是躺着没动。"死了？"狱卒开门进来，伸手试了试鼻子，见出气均匀，就有点恼怒，照着山子的头上拍了两下："起来吧，起来吧！没看这是啥地方，还做好梦哩！"嘟嘟囔囔地走了。

"人生如梦……"山子喉咙里有点发紧，还在想着梦里的事。

第二十章

轿顶山上喜事闹
坐收天下梅花春

看官，你听说过"仙人杏"吗？

《太平广记·仙人杏》载："南海中多杏。海上人云：'仙人种杏处。'汉时，尝有人舟行遇风，泊此洲五六日，日食杏，故免死。"

仙人种的杏树称"仙人杏"，"仙人杏"又有救生之美，后来，"仙人杏"就成为杏的美称。

杏既然有如此美称，为图吉祥，当年先生就在西屋后面种满了杏树。后来孙女诞生，"杏"又成为给她起名的依据。

成长起来的杏子，倒真是如同"二月杏花八月桂"，人所公认的从里到外的美人。

殊不知，杏子不仅是美人，而且还真的是一个仙人，叫她"仙人杏"，名副其实哩！

杏子并没有意识到自己是一个"仙人"，尽管有时会隐隐约约觉得自己与他人有异。直到遇见一位老者，杏子才迷津大开，知道了自己的身份。

杏子因山子出事离家避难，和爷爷、山子一家躲进一个山洞。

这个山洞，一般不易被人发现，洞口长满了灌木草丛，草丛的上面又有杈丫交错的树枝遮盖。生人到了这里。根本不知道这树木草丛后面会有一个山洞。

这个山洞是山子爷爷采药时发现的，山子的事情一发，先生提议躲一躲，山子爷爷便立即想到了这里，于是，两家人一起躲进了这个山洞。山洞隐蔽，倒也暂时风平浪静。

杏子躲在洞里，表面上看似安静，但心里却一刻都无法安宁，昼夜揣摩山子的事，一颗心总是在提着。

"天高皇帝远，当下够不着"，是她劝慰山子爷爷权且安心的话，可轮到自己身上，还是隐约有点不安。尽管她知道世上的事有时候有几分命运使然，万事皆有数，不须枉操心，但她也知道，有时候，"人为"也是不可或缺的。而且眼下，"皇帝"真的是远？真的是"够不着"！自己插不上手，无能为力，只能在那里干急不掉泪。人常说：事情不在谁身上，谁人不知啥滋味。可不是嘛，到现在还不知山子的所以然，你说，杏子能安心吗？

一日，杏子恍恍惚惚，身不由己地出洞去采药。隐隐约约，她有点异乎寻常的感觉，说不清为什么就出去了。

高山深处，似乎有人影晃动。杏子细看，见是一位老者，背着药篓，拿着药铲，也在采药。

杏子攀了过去。

老者一派仙风道骨，一副山泽清癯之容，双目朗日月，两眉聚风云。看见杏子过来，捋捋长须，微露笑容，声如洪钟："是杏子吧？"

杏子吃了一惊，急忙回答："老爷爷，您也采药呢？您咋知道我的名字啊？"

老者微笑："我不仅知道你的名字，还知道你的身世哪！你是仙女下凡哩！所以我知道。"

杏子不好意思起来："老爷爷，您取笑了。"

老者："不是取笑。当年金牛洞的金妞儿，就是你的前身。"

杏子吃惊，因为以前确实有村人这样说过，但杏子认为那不过是随口戏说而已，而从眼前这位从未谋面的老者口里说出来，就让人不淡定了。

老者接着说："当年老子挚爱太行轿顶山，遣使金妞儿在金牛洞里磨金豆传经送宝，从此，金妞儿的影子就没有离开过这个地方，《道德经》的精神始终在这里流传。但那是神明的作用，神明作用，还需要世间人用生命去承继其事，续其精神，才能永存。所以，到了今朝，天道安排，定在了你的身上，传经送宝，由你来继任呢！"

杏子睁大眼睛直盯着老者，惊奇得说不出话来。

老者又说："生命是短暂的，但精神是永恒的。生命只是某种东西刹那之间的表现，是永恒的精神在刹那之间存在躯壳之中的形式，这种'刹那'，只要连续不断，那么，永恒的精神就会在下一辈子，下下辈子，持续不断地延续下去，永远地滋润营养、维持众生万物。杏子，今天的你，需要负重而致远呢！"

杏子凝重起来。

老者见杏子深思，就说："世事自有天定，一切均有安排。二十多年前，一对夫妇被洪水困在淇河边的一个山缝里不幸去世，阎罗十殿五道轮转王安排金妞儿和山娃借尸还魂，山缝中飞出的那两道金光，一个是你，去了铁打寨；一个是山子，去了金牛寺。于是你和山子就同天出世了！"

这话像是晴天响了个闷忽雷，杏子急问："呀！那我的爹娘呢？"

老者说："你的爹娘，在你出世后就已完成了他们的使命，回到他们应去的地方了。这个你不用担心，老天自有安排。之所以让你孤身在世，目的是要像孟子说的那样：'天将降大任于是人也，必先苦其心志，劳其筋骨，饿其体肤，空乏其身，行拂乱其所为。'让你好好受受苦中苦，然后去承继'传经'之大任哩！"

听老者弦外之音，好像是见不到爹娘了。一语触动心事，杏子伤感起来。不过一想到自己还有"大任"在身，就强忍住眼泪没有流出，倔强地昂起头来，心想，既然爹娘不能见，那么我就做好眼前的事吧。想到此，就问老者道："那么，目前我该怎么办？人荒马乱的……"

没等杏子说完，老者说道："没事的。一切都有安排。你就暂且住在这里，这个山洞是有灵气的，当年的竹林七贤也来过这里，他们会给你带来护佑的。"

杏子疑惑，问："竹林七贤？"

老者说："是呀！你别看这是个十分隐蔽而又极为普通的山洞，它可是有点'真人不露相'的名堂呢！魏晋时期的竹林七贤，曾在这里留下过足迹。

"史载，三国曹魏正始年间（240—249 年），有嵇康、阮籍、山涛、向秀、刘伶、王戎及阮咸七位名士，为反抗封建礼教，和当时的统治者反其道而行之，常在竹林之下，喝酒、纵歌、吟诗、诵词，肆意酣畅，不拘礼节，世称'竹林七贤'。竹林七贤中的阮籍和嵇康，曾先后到百泉苏门山上去拜访隐居在那里的孙登，试图从孙登那里知道点什么。然而孙登是何等人物？'二十四史'中的《晋书》专门为他立传，称他是'非常人'，后世称他为'隐士''高士'，这样的高人哪会轻易与人交流？因此阮籍和嵇康的拜访先后失败，孙登并没有与他们言谈什么，只是用'啸'声回应了阮籍，用只言片语提醒嵇康明哲保身。然而阮籍领悟了'啸'声，回去后写了《大人先生传》，对孙登大加赞颂，而嵇康却不以为然地打道回府，后来果然被杀。孙登在二人走后，感到情况不妙，便即刻遁身隐迹，不知所终。这之后，竹林七贤中的阮籍、向秀、刘伶等人，四处打听孙登的下落，但每每是杳无音信。后来听一个烧炭的人说，在洛阳宜阳山的一个山洞中见过孙登，'知非常人，与语，登亦不应'（《晋书·孙登传》），便浪迹南太行，循着山崖缝洞而找，找到了这个山洞。

然而，洞中哪有人影？不过，倒是发现了人住的痕迹，还有旧书纸片遗留。几位贤人不甘，便在此候着，每日里引吭高歌，却始终没有见孙登到来。只可惜，等来等去，等到的结果还是一个'不知所终'。

"没有等到孙登，但这个山洞却沾了七贤的灵光，从此留下了'七贤洞'之名，悄没声地在天地之间'冷眼观世'，自然而然地'护佑'着大山之间的万物生灵。"

杏子惊奇了："哦！有这样的事啊！"

老者话中有话地说："是呀！因为这里是灵地，灵地自有灵地福，福人自有天来相。你安心便是。"然后话锋一转，说道："十几年前，淇河山缝那对夫妻去世前曾约定，下辈子还做夫妻呢！"

万事皆有缘。此话一出，好像针刺心脏，杏子浑身一紧，一下子就想到了山子，急口问道："老爷爷，您老世事洞明，您知道我山子哥的事吗？我山子哥的事会怎么样啊？"

老者说："飘风不终朝，骤雨不终日。"（《道德经》第二十三章。意谓：狂风刮不了一个早晨，暴雨下不了一整天）

老者说完，面带微笑，回手从药篓里拿出一味中药，向杏子挥了挥，像是和杏子挥手告别，答非所问地又说了一句："轿顶山，就是你的家啊！"

说完，悄然不见。

杏子看清了，老者手中拿的那味中药是——当归。

"当归？"

杏子一愣。

倏然，杏子明白：这是仙人在点我哪！于是急忙朝老者的方向拜了几拜。等到抬起头来时，只见老者离开的地方，大白天的，竟隐隐约约升起了一轮明月，月下安然坐着一位慈祥老人。

"月老?"

杏子瞬间明白：山子哥当归，我俩终身大事将了。

猛地，杏子觉得眼前的一切都是"清风朗月花正开"，浑身轻松愉快，转过身去，像一只万里晴空飞翔的小鸟，迎风翩跹，回洞而去。

朱士酬和卜学浩上疏弹劾山子文字狱的劾状，经都察院上奏，到了乾隆手里。

乾隆御览劾状，见劾状说的是福建巡抚的《梦登轿顶山感怀》诗案。

"山子?"乾隆龙目一睁，嗯? 这名字有点眼熟，细一回想，哦! 是了，十多年前，自己在辉县梦游太行轿顶山看到的那个在悬崖峭壁上书写《轿顶山记》的孩童，不是就叫山子吗? 怎么? 这孩童如今长大了，却犯糊涂了? 那时的山子，不是一腔热血，立有鸿鹄大志的吗? 怎么又反对大清了?

"人生世间，务求其用。心勉之，物待之；顺乎天，从之意。治世便国，死而后已。故为官一任，造福一方；崇高之位，忧重责深。此乃官之自任，民之所盼也。"乾隆隐约还记得这些句子，并且由于这些句子，让乾隆对轿顶山一带另眼相看，并因此留下了深刻的印象。

乾隆细看诗句，见诗意不过是描写一次登山经历，通过经历，感慨昔日筚路蓝缕和今朝事业有成的不同情感。这样的文人所为，司空见惯，何足为怪？

乾隆知道山子的家乡轿顶山一带，倒确实是山清水秀、人杰地灵的好地方，到这样的地方去和父老共同欢乐，也是人之常情。至于劾状所说的罪状，那只能说是"欲加之罪，何患无辞"罢了。

乾隆之所以会这么想，一是因为他已经察觉到，整个大清文字狱案件之多，已经到了有史以来的巅峰地步。而且有些案情并不符合实情，反而给人以可乘之机，利用文字狱去达到自己不可告人的目的。二是出于对轿顶山和山子的好感，大有网开一面，显示自己宽大为怀之意。

乾隆看完劾状，觉得这劾状有点夸大其词、生造事端之嫌，山子的诗句本身说明不了什么，倒是上疏的人是否出于公心，是否另有目的，就值得斟酌了。

乾隆御笔一挥，下旨："不予准奏，俟查实情，再行定决。"

这下好了，关于山子的一切罪状可以说要化为乌有。

山子解脱了，朱士酬和卜学浩却脱不了干系了。

都察院的人一看这"俟查实情"，就知道皇上对这件事并不认可，而且还有了怀疑，于是立马行动，去"查实情"了。

这一查不要紧，山子的勤政形象像山峰耸立，跃然纸上；而朱士酬和卜学浩却是"网包抬猪娃——露出蹄爪"。

卜学浩一贯欺上瞒下，挑拨是非，以歪门邪道为正务，唯恐天下不乱。判处：削职为民，流放边远，终身给"披甲人"做奴隶。

披甲人，就是一群投降清王朝后，又披甲上阵到边疆去为清王朝征战讨伐的人。因是投降者，所以地位低于一般军人。这些投降者到达边疆后，必须世代居住在那里，不得返回原地。他们的驻地常年冰封，生存环境极其恶劣，内地人在那里很难生存。因此，为了杀一儆百，以儆效尤，清王朝多有朝廷大员犯重罪，发配边疆，与披甲人为奴。卜学浩被流放到这样的地方，可想而知，基本上是死路一条。

朱士酬长期以来专横跋扈，欺男霸女，恶行累累，罪恶滔天。不杀不足以平民愤。判处死刑，秋后问斩。

古人认为，春夏是万物滋育生长的季节，秋冬是肃杀蛰藏的季节，刑杀、赦免不能与天意相违背，要与天意相谐调。这是宇宙的秩序和法则，人间的司法也应当如此，适应天意，顺乎四时。所以死囚犯不能在春夏处死，都得在秋后问斩。朱士酬被判死刑，那就大局已定了，就等着秋后刽子手举起鬼头刀，喷上一口酒，给自己和那刀壮一壮胆，然后将刀一挥，"咔嚓"，那"的脑"和"身谷装"就永远"拜拜"了（的脑：当地土语，指脑袋。身谷装：当地土语，指身躯）。

老天有眼，事物翻转，好人自有好报。

这就应了那句古话："祸福无门，惟人自召。"

天狂必有雨，人狂必有灾。

山子无罪释放，另择重用。

这回山子要急急回老家省亲了。

消息早已传到家乡，却迟迟没有见到山子露面。

忽一日，早晨起来，淅淅沥沥一阵小雨。片刻，雨过天晴，惠风和畅。轿顶山上，千花百卉争明媚；山腰四围，袅袅薄云轻如纱。那云，悠悠飘动，如撩如拨；那山，如梦如幻，如海市蜃楼。

一顶四人小轿，行走在轿顶山的山道上。悄无声息，没有人声鼎沸，更没有鸣锣开道。

薄云缭绕，轿子在云中时隐时现。

坐轿子上山，只听说过，没有见过。这会儿当真看见一顶轿子上山，村人好奇得不得了：谁呀？大人物？不像！坐了顶小轿。一般人？不对！一般人还能坐轿？

见村人叽叽喳喳，议论纷纷，瞌睡爷又是似睡非睡，眼睛似睁非睁，不紧不慢地说："山子回来了。"

村人大吃一惊：是山子上山了？

但马上就认为不是。

因为听说山子这次回来，是衣锦还乡。既然是衣锦还乡，应该是官员作陪，前呼后拥，"耀武扬威胆气壮，勒马横枪豪气冲"的，咋就一顶小轿，不显山不露水地悄悄上山？

村人不信瞌睡爷的话，就问："你咋知道是山子回来了？"

瞌睡爷睁了睁眼，说："山子在轿子里坐着呢！"

人们更是惊奇，说："呲！你又没去轿子里瞧，你咋知道山子在里边？"

瞌睡爷这回笑了，说："我心里瞧着哪！杏子他们在山上等呢！"

村人就都往山上看，看了一会儿，哪儿有杏子的影子？村人忽然觉得：这瞄睡爷，不会是捉弄咱哩吧？就说："哪儿有啊？瞄睡爷，你净在这儿迷惑人哩！"

瞄睡爷站在那里稳如磐石，一副"你们知道个啥"的表情，光笑不语。

村人继续自己的判断："不该的！不该的！山子回来，是个高兴事，咋会一声不吭地上山哩？"

瞄睡爷说话了："悟——了——"

村人不明白："悟了？谁悟了？悟了啥了？"

瞄睡爷说："'悟了长生理，秋莲处处开。'道教仙人吕洞宾说的。"

村人摇头："哟！哟！瞄睡爷，越说越没边儿了，这与山子有啥关系？"

瞄睡爷眯缝着眼："要是与山子没关系，山子可就不是现在的山子了！"

村人说："那，山子悟了啥了？"

瞄睡爷闭上了眼睛，又念经似的说：

　　人生疙瘩路，

　　条条都不平；

　　才过一坑洼，

　　又见一山峰。

　　跳出三界外，

　　不在五行中；

放眼看天下，

倏忽一身轻。

村人听不懂瞌睡爷说的都是啥，就不再发问。怔了一会儿，转身接着"是谁上山了"的话题，七嘴八舌地"抬杠"去了。

瞌睡爷说得没错，杏子是在轿顶山上等着他们。

杏子听采药老者说"轿顶山就是你的家"，又见他拿着中药"当归"摇晃示意，心里就明白了：山子哥应当归来了，以后我们将在轿顶山生活了，我们将要一起担当传经送宝之大任。

杏子给爷爷说了和采药老者的奇遇，先生兴奋，心想：应该是这样，人在做，天在看，吉人自有天相，这是预料中的事。

先生找到山子爷爷，喜传吉祥。

山子爷爷合不拢嘴了，说："仙人指点，那就有仙家神意。既然仙人说，当年金牛洞的金妞儿就是杏儿的前身，山娃又是山子的前身，那当年的山娃不是上山去找金妞儿了吗？这事一脉相承，现在山子来了肯定上山，那是找咱家杏儿哩！许是就此了结山娃的心事，应该也是天意呢！谢天谢地呀！咱轿顶山上等着就是。"

两家人的愁山闷海一下子烟消云散，即刻像卸下了千斤重担似的轻松，又像是三伏天剃了头似的轻快。正是：

拍拍满怀都是春，可心的欢天喜地；

看看四周皆风光，满满的阳光普照！

山子真的回来了。

山子官复原职，以巡抚身份巡视河南，并兼职河南学政，为期三年，巡行视察河南所属各府、道、州、县的师儒优劣，生员勤惰。

乾隆皇帝还特意允准山子回乡，与父老"正中白日共明光"，欢乐欢乐，风光风光，以示当朝人主的爱才若渴。

但山子经过这次"文字狱"事件，大有死而后生之感。看天下，好像换了人间；想事情，悟出不少真谛。看透了人情世故，认清了人生道路，牢记老子的"圣人自知不自见；自爱不自贵"（《道德经》第七十二章。原意为：圣人了解自己而不显扬自己，爱惜自己而不抬高自己）之古训，轻车简从，离京而归。

在得知先生、爷爷、爹娘和杏子都在轿顶山上后，山子就直接上山去了。

山子和杏子相见了。

十多年来，这是他们第一次真人相见，不再是梦中的幻象。

山子看见了杏子，霎时胸中似汹涌波涛，双手握住杏子的手，颤抖不已，竟然说不出一句话来。以前在梦中，说不尽那千言万语；此时见了面，却"此时无声胜有声"，嘴唇嚅动了几次，却不知从何说起。

这些年，山子无论是寒窗读书还是官场公务，无论是白天还是黑夜，都始终在心中和杏子不停地说话。顺当时说，不顺当时也说；人多的时候，应酬他人的同时，心房里留了一块地方，和杏子悄悄地说；孤独的时候，周围的一切全都忘记，心房里全是杏子的影子，就和杏子海阔天空地说。说完，还想着杏子会怎么说；杏子说了，就揣摩着杏子的话意，想想往下该咋说。多年过去，这种"持之以恒"和杏子天南海北的精神交流，竟然成了山子的精神支柱，无论遇到什么样的"坎儿"，脑海中立刻就会出现杏子，和杏子一念叨，就会瞬间翻篇儿，冬去春来，一切释然。尽管是天各一方，却好像是耳鬓厮磨。

杏子自山子科考走后，这些年，表面上不显山不露水，心中却是"轿顶山上的峰，山下沟里的川，起伏不平，风急浪湍"，没有一刻平静，脑海里时时刻刻都是"山子哥"。自从认识山子起，从小到大，山子的形象在她的脑海里，就像他的身躯，慢慢地长成，渐渐地高大，对山子的思念也就越来越浓，无人时，就越发地"妹妹找哥泪花流"了。一旦有动静惊了她的遐思，就真想"打杀长鸣鸡，弹去乌臼鸟，愿得连暝不复曙，一年都一晓"。实际上，杏子的内心深处，"只要不惊我的梦"，那个"一年都一晓"，也都不想要了。

然而，饱读诗书、昼夜思念山子的杏子，忽然见到山子来到眼前，思维一下子停止，却是只言片语都没有了。继而，脑子里瞬间沸腾，忽而是"山"，忽而是"水"，忽而是"风"，忽而是"雨"，"山水风雨搅四海，四海翻腾云水怒"，整个属于山子的那颗心，"扑通扑通"，像要钻进山子的胸腔。杏子盯着山子，眸子停止了转动，久久，眼皮眨了一下，"扑噜噜……"，泪水喷涌而出，顺着腮颊直流而下，"滴滴答答"地落在地上，像是凝聚在杏子心里的文字，颗颗有情，字字珠玑，如泣如诉地倾诉这些年来心中的思念之苦。然而，杏子毕竟是非常之人，悲切的同时，泪眼之中又射出那刚毅而美丽的韶光，看着山子那青春却又沧桑的面庞，心中翻滚着阵阵"苦辣酸甜"，许久，哽咽着挤出了一句话：

"回来了，就好……"

轿顶山迎来了大喜的日子。

一大早，金牛寺村都是喜鹊的叫声，而且奇怪的是，叫着叫着，就"扑扑棱棱"直向着轿顶山上飞去，而且越飞越多，叫声也越来越响，轿顶山上空，霎时成了音乐的殿堂，像是天籁齐鸣，满天空洋溢着温馨欢快；整个轿顶山上，似那"门前人闹马嘶急，一家喜气如春酿"之闹猛，连空气都是一抖一抖的。

同样的是，铁打寨村也出现了同样的情景。

瞅着这奇特的情景，看着那喜鹊的飞向，这回没等瞌睡爷说话，两个村的人同时得到一个穿越时空的喜讯：

"山子、杏子要在轿顶山上成亲了！"

迅即，两个村的人沸腾起来，同时向着轿顶山出发，给山子、杏子祝贺良缘去了。

本来，山子一出事，村里人就唏嘘起来，觉得这事似乎不可思议。山子一家是好人，山子爷爷平时行医，哪一家没有得过好处？现在遇到难了，能不同情？而山子自幼在村里的名声，村人的心里都时刻不忘。现在知道山子回来了，能不激动吗？

飞来的喜鹊，沿山道列成两行，"喳喳喳"，鸣声洪亮。头时而低下，间隙上扬，像是喜搭鹊桥，喻示喜事降临，让幸福、美

轿顶山上喜事闹

满顺桥而过；山子、杏子喜结连理，永生吉祥。

二喜、三笨来了，沿着山道写着"囍"字，忙活得像在私塾里边背诗词，写文章，手不停，脚匆忙，唯恐先生的戒尺打在手心上。

五丁来了，带着他的四个哥哥。因是秀才，他的身份翻了个个儿，小弟弟变成了"老大哥"，四个哥哥反成了"小弟弟"，听着他的指挥，忙前忙后地干这干那。五个男丁，虎背熊腰，走起路来虎虎生风，那气场就是不一样。

先生和爷爷，笑眯眯地看着人们忙这忙那，合不拢的嘴，就没有个机会闭上。

山子的爹和娘，忙前忙后地招呼村人，听着那声声"这俩孩儿，真是天生一对，地配一双"的欢声笑语，一脸的灿烂，像那山花刚刚开放。

山子和杏子，趁着人们忙活，双双走上轿顶山山巅，放眼四望，只见：侯兆川上空，云蒸霞蔚，万千气象；轿顶山上，人声鼎沸，沸沸扬扬。整个山川大地，似松花酿酒，春水煎茶，凝聚着千古繁华；日月山河，雾里乾坤，凝固着轿顶山魂。

山子有感而发，朗声吟道：

> 轿顶山客，遨游八极之表，
> 侯兆川人，坐收天下之春。
> 山风鼓吹，传诵宗文祖武，
> 川光摇日，笑迎四方灵神。

杏子微启朱唇，燕语莺声：

> 侯兆川内，淇河水清鱼读月，
> 轿顶山上，夜深山静鸟谈天。
> 道德真经，千古经传存天地，
> 儒心禅意，辉映宇宙人世间。

山子和杏子吟诵已毕，忽听"喳喳喳"的鹊叫之声由远至近。回身一看，只见山上的喜鹊齐齐飞来，俯伏在山子和杏子的脚下，交相穿插飞舞，排成一座鹊桥。

山子和杏子踏上鹊桥，凌空飞起，站在轿顶山的上空，四下瞻望。

只见先生、爷爷、爹娘和众乡亲齐聚轿顶山，相互作贺；不时爆发的欢声笑语，响彻云霄；弥漫的喜庆之气，扑面而来。本来沉静的大山，霎时变作了"生龙活虎"。

　　山子、杏子踏着鹊桥，围着轿顶山峰，慢慢转了一圈，向着自家亲人和乡亲靠近，融入那欢腾的人群。

尾
声

　　山子和杏子后来怎么样了？

　　山子任河南巡抚、学政三年后，遵循老子"功遂身退，天之道也"（《道德经》第九章）之告诫，急流勇退，辞官回乡，和杏子一起，在轿顶山上继续传经送宝，研讨道家文化。晚年时畅游南太行，和百姓一起，美教化，移风俗，使轿顶山一带更加文明昌盛。

　　二人畅游南太行，留下迷幻足迹。

　　有人说，在侯兆川东山上的一个山坳里，有一处郁郁葱葱的密林，密林深处有三间茅庐，屋前房后被林木花草所掩映。每到收获季节，果树上累累硕果。

291

山子和杏子就隐居在这里。每年的夏天，山子坐在院子里的一张石桌前喝茶，杏子陪着他说话，时不时地给他提壶续水。两人谈笑风生，虽然两鬓斑白，但那欢声笑语传送给人的却是满满的青春气息。待人们走进院子想去见他们时，却瞬间不见了人影……

又有人说，在苏门山上的一个山洞里，有一老者银发白须，手捧线装古书，倚在山洞口的石头上默默读书。偶见一女子上前递水，老者则颔首致谢，两人四目相对，相视一笑。每每如此，却每每倏忽不见人影。有人悄悄观看，说那就是山子和杏子。后来去看的人多了，那山洞竟然不见了……

而说得最多的，是山子和杏子并没有离开轿顶山，就住在轿顶山南侧悬崖峭壁上的一个山洞里，就是那个传说中的七贤洞。七贤洞附近，人们常见山子和杏子露面，山子一派仙风道骨，杏子像似娘娘下凡。两人生男育女，子女成群。有人悄悄到洞口附近窥探，逐一数数，竟有七个女儿和八个儿子。回来给村人一说，有娘儿们立刻啧啧有声：我哩娘嘞！七闺女八儿，三十人喊爹哩！那腔调儿，明显可以听出是：眼气死人了。

然而，传说归传说，谁也没见过。时至今日，一拨儿一拨儿的人，络绎不绝地上到轿顶山去，想见见山子和杏子，沾沾他们的灵气。但机遇似乎遥遥无期，却又好像近在咫尺，因为世间之事，奇诡难料，说不定哪一天，你在"修齐治平"的同时，上到轿顶山去，冷不丁会见到山子和杏子，携手来到你的面前，和你一起拍手打掌，笑谈人生真谛。如不信，你可在闲暇之余，静下心来，冥想轿顶山的玄幻传奇，再去练练心学大师王阳明说的

"常快活是真功夫"，看看会不会，那轿顶山的美轮美奂，风流倜傥的山子与秀外慧中的杏子，悄无声息地走进你的心里？

尾声

附录一

《轿顶山记》注解与译文

　　记，文体名。以叙事为主，兼及议论抒情和山川景观的描写。晋代陶渊明的《桃花源记》，即属此类。《轿顶山记》，是山子记叙轿顶山的四时风景，对轿顶山文化现象的思考，以及由轿顶山文化现象引发的议论和抒情等。

盖闻轿顶山者①，太行之阳诸峰中之秀者也②！南眺九曲黄河③，西邻王莽之岭④，北踞太行龙身⑤，东瞰战国长城⑥。其峰也，遥相望之⑦，俨似官轿一顶⑧，凌驾群峰之上⑨，巍巍然独竖长空⑩。

山何以"轿"名哉⑪？究之⑫，因官也⑬。夫官者，贵人也；贵人者，贤才也；贤才者，人上人也！民所仰之⑭，天下之望也⑮。古之官

听说那轿顶山，是南太行众多山峰中一座秀美的山峰。山峰的南面，可远望九曲黄河；西面，毗邻山西王莽岭；北面，是宛如蛟龙的太行山脉；东面，可俯视修筑于战国时期的赵国长城。这座山峰，远远望去，形状十分像一顶古代官员乘坐的轿子，凌驾于群峰之上，高大巍峨，独竖长空。

山，为什么用"轿"来命名呢？究其原因，是因官员而起的。官员，是贵人；贵人，是才智出众的人；而才智出众的人，是人上之人，为老百姓所敬仰，也是国人所希望（出现的人）。古代官员外出巡行，

① 盖，语气词。多用于句首。无义。闻，闻听，知道。山子是从先生那里知道了轿顶山的文化含义，故说"闻"。

② 太行之阳，太行山南端，俗称南太行。诸峰，所有山峰。秀者，秀美的山峰。

③ 眺，远望。九曲，迂回曲折。这里专指黄河。因其河道曲折，故称。

④ 邻，靠近，连接。王莽岭位于山西陵川，因西汉王莽抓捕刘秀到此地安营扎寨而得名，紧临轿顶山。

⑤ 踞，盘踞。龙身，本指龙的身躯，这里形容蜿蜒曲折的太行山。

⑥ 瞰，远望，俯视。战国长城，指侯兆川东山上的赵国长城，修筑于公元前333年的战国时期。

⑦ 遥，指距离远。

⑧ 俨似，宛如，十分像。官轿，即轿子。用竹或木制成，前后两边有杆，由人抬着或由骡马驮着走。旧时官员出行大多乘轿，故称官轿。

⑨ 凌驾，超越高出。

⑩ 巍巍然，崇高、高大之貌。

⑪ 何以，为什么。名，命名。

⑫ 究，考索探究。

⑬ 官，即官员。

⑭ 民，平民。仰，敬仰。

⑮ 天下，全国。这里指全国的人，即国人。之，的。望，希望。

常常坐轿，以轿代步，时间长了，老百姓则将"轿"当作官员的代称。之所以称"轿顶"，是希望官上加官，做高官的意思。因而，以"轿"名山，看来好像是以山峰的形状来称呼，实际上，则是老百姓盼官的缘由啊！

轿顶山下边，是平原大地。极目远望，天和地好像连接交会在一起，极其辽阔。田间小路，纵横交错，淇河流水，奔腾湍急。山谷空旷，辽阔深邃。可纵马疾驰，一望无边。大地的四周，为连绵的高山。岗岭险峻陡峭，山崖重叠幽深。春天，成团的鲜花色彩艳丽；深秋，层层树林红叶一片；寒冬，满山的积雪，银光耀眼；盛夏，

者出巡①，常乘轿以行②，久之，民则以轿为官③。"轿顶"者，官上加官，高官之意也！故以"轿"名山，似因形而称④，实则民之盼官所由也⑤。

轿顶山下，接地际天⑥，阡陌纵横⑦，淇流急湍⑧。谽谺豁閜⑨，一马平川⑩。川之四周，崇阿连绵⑪。岗岭陡立，嶙峋巉岩⑫。春则花团锦簇⑬，秋则层林尽染⑭；冬则积雪皑皑⑮，夏则三伏凛寒⑯。四季景异，令人心醉。民爱

① 出巡，外出巡行。

② 乘轿以行，以轿代步。

③ 以轿为官，以轿作为官员的代称。

④ 似，好像。形，山峰形状。

⑤ 盼官，盼望出贤才，出好官。

⑥ 接，连接；际，交会。地和天连接交会处，表示极远辽阔。

⑦ 阡陌，田间小路。

⑧ 淇流，指侯兆川北部的香木河。源出山西陵川壶关县，经河南辉县侯兆川入淇河，成为淇河支流。又向南入卫河，成为卫河支流。急湍，水势湍急貌。

⑨ 谽谺（hān xiā），山谷空旷貌。豁閜（huò xiā），空阔深邃的样子。

⑩ 一马平川，可以纵马疾驰的平原。这里指侯兆川大地。

⑪ 崇阿，高山。

⑫ 嶙峋，山崖重叠幽深。巉岩，险峻陡峭的山峰。

⑬ 花团，聚集成团的鲜花。锦簇，锦绣成团。形容色彩艳丽。

⑭ 层林尽染，层层树林经霜打变红，像染过一样。

⑮ 皑皑，雪白的样子。

⑯ 凛寒，令人打战的寒冷。山高气温低，三伏天时仍然寒冷，便成为避暑的好去处。

之，美其名曰：侯兆川。侯兆川内，悠悠历史遗迹①，簇簇人文景观②。物换星移③，因循相传④。民有谚曰：南有华石岭⑤，北有紫荆山⑥，东有莲花不生藕⑦，西有三湖不行船⑧。

"侯"者，官也；"兆"者，多也；"侯兆川"者，民盼兹地达官夥夥是也⑨。治国治家，得贤者为先，贤者天下之望也。然天下事物，相对而立，长短相形而显⑩，高

高山深处，清凉凛寒。四季景色不同，令人喜爱。人们美其名曰：侯兆川。侯兆川内，悠悠历史遗迹，簇簇人文景观。随着时间的推移，一代一代承袭相传。民间有谚语说：南有华石岭，北有紫荆山，东有莲花不生藕，西有三湖不行船。

侯，是官的意思；兆，是多的意思。侯兆川，表示老百姓盼望此地多多产生官员，多多催生人才。因为不管是治国还是治家，重要的是得到贤才，贤才是天下人所盼望的啊！然而，天下的事物，相对而立。长和短相互比较而显现，高和下倾斜依附而存在。仅有平川大地（没有高山），怎么能与

---

① 悠悠，久远，众多。

② 簇簇，一丛丛，一堆堆。比喻众多。

③ 物换，景物变幻；星移，星辰移位。景物改变了，星辰的位置也移动了。比喻时间推移。

④ 因循，沿袭，承袭。

⑤ 石岭位于侯兆川东南方向，在易经八卦中是巽的方位，巽代表风，可呼唤阳气，接通天地元气，能够"降临吉报"，起着"消息运"的作用，暗示着各种各样的好运，可以通过这个方位而带来。华的本义是"文才、兴盛、显达"，所以，人们期望通过这个"消息运"的大门，去迎接这个"华"的好运，使这里人才辈出。故称"华石岭"。

⑥ 紫荆山，位于侯兆川北部南寨境内，属道教名山。

⑦ 莲花，村名。

⑧ 三湖，指胡人修建于魏晋时期的南胡寺、中胡寺和北胡寺。后来"胡"被人误认为是"湖"，以讹传讹，称为"三湖寺"。

⑨ 达官，职位贵显而又受到皇帝顾命之重的大臣，泛指高官、贤才。夥夥（huǒ huǒ），众多，盛多。

⑩ 相形而显，相互比较而显现。

下相倾而存①。仅平川大地②，胡与"高官"为匹③？于是乎，天造地设，轿顶山呼应而出④。山高地阔，阴阳相衡，一方宝地，人杰地灵。民之夙愿⑤，就此而成矣⑥！

官者何为⑦？引庶民盼也⑧？或曰：千里去做官，为的吃和穿。或曰：人不为己，天诛地灭⑨。可乎⑩？吾以否哉⑪！非若是也⑫！人生一世⑬，安能如此寸心⑭，妄为一己之名利乎⑮？然非者若之

"高官"相匹配呢？于是，天造地设，轿顶山呼应而出。这样，山高地阔，阴阳相衡，一方宝地，人杰地灵。老百姓平素的愿望，就此得以实现。

官员的什么作为，引起老百姓盼望啊？有人说：千里去做官，为的吃和穿。还有人说：人不为自己谋利，就会为天地所不容。是这样吗？我认为不是的，不是这样的。人生一辈子，怎么能以如此狭隘胸怀，胡乱去求取个人的名利呢？然而不是这样，又该怎么样呢？应该像老子说的那样：修之于自身，德就会纯真；修之于自家，德就会多；修之于乡，德就会受到尊重。修之于国，德

---

① 倾，倾斜，依附。高向下是倾斜，下向上是依附。没有倾斜、依附就显不出高与下。

② 平川大地，表示水，水灵动，代表阳。

③ 胡，怎么，用以加强反诘。高官，以高山沉稳隐喻高官。匹，匹配。

④ 轿顶山表示高，沉稳，代表阴。呼应，本意谓有叫有答，泛指一呼一应，互相联系。

⑤ 夙愿，一向怀着的愿望。

⑥ 成，实现。

⑦ 何为，什么样的作为。

⑧ 引，吸引，引起。庶民，平民。盼，重视，盼望。

⑨ "人不为己，天诛地灭"历来被人解释为：人如果不为自己谋利，就会为天地所不容。实际上，"人不为己"中的"为"字，是修炼的意思；天诛地灭，即天地诛灭，天地所不容的意思。此句本意是：人不修炼自己的德行，就会天地难容！

⑩ 可乎，是这样吗？

⑪ 吾，我。否，不是的。

⑫ 非若是也，不是这样的。

⑬ 一世，一辈子。

⑭ 安能，怎么能。寸心，微小的心意，引申为狭隘的胸怀。

⑮ 妄为，胡乱求取。一己，自己一人。

何①？老子曰：修之于身，其德乃真；修之于家，其德乃余；修之于乡，其德乃长；修之于邦，其德乃丰；修之于天下，其德乃普②。儒家曰③：修齐治平是也④！范公仲淹曰⑤：居庙堂之高则忧其民，处江湖之远则忧其君⑥。又曰：先天下之忧而忧，后天下之乐而乐⑦。予拙言之⑧：人不为己，定天诛地灭。故人生世间，务求其用⑨。心勉

就会丰盛硕大；修之于天下人，德就会无限普及。就像儒家所说：要修身、齐家、治国、平天下。具体讲，就是要提高自身修为，管理好家庭，治理好国家，实现安抚天下百姓苍生的抱负。北宋的范仲淹先生说：在朝廷里做官就应当心系百姓，处在僻远江湖也不忘关注国家安危。又说：忧虑在天下人之前，享受在天下人之后。用我自己笨拙的话说：人如果不修炼自己，那么肯定会为天地所不容！所以人来到世界上，务必求其有用，做一个有用的人，应当主观努力，客观等待；顺乎天意，遵从安排。治理国家，

---

① 若之何，怎么办？

② 乡，春秋时两千户为一个乡。邦，泛指国家。老子说：修之于自身，德就会纯真；修之于自家，德就会多；修之于乡，德就会受到尊重；修之于国，德就会丰盛硕大；修之于天下人，德就会无限普及。

③ 儒家，崇奉孔子学说的重要学派。崇尚"礼乐"和"仁义"，提倡"忠恕"和"中庸"之道。主张"德治""仁政"，重视伦常关系。西汉以后，逐渐成为我国封建社会占统治地位的学派。

④ 修齐治平，即修身、齐家、治国、平天下。具体讲，就是要提高自身修为，管理好家庭，治理好国家，实现安抚天下百姓苍生的抱负。（语出《礼记·大学》）

⑤ 范公仲淹，即范仲淹，北宋著名的政治家、思想家、军事家和文学家。

⑥ 两句意谓：在朝廷里做官就应当心系百姓，处在僻远江湖也不忘关注国家安危。（语出《岳阳楼记》）

⑦ 两句意谓：忧虑在天下人之前，享受在天下人之后。比喻吃苦在前，享受在后。（同上注）。

⑧ 予，我。拙言，自谦之词，笨拙的话。

⑨ 务求，务必求取。用，作用。

之①，物待之②；顺乎天③，从之意④。治世便国⑤，死而后已⑥。故为官一任⑦，造福一方⑧；崇高之位⑨，忧重责深⑩。此乃官之自任⑪，民之所盼也⑫。侯兆川，轿顶山，名隐之意⑬，岂非深藏民之夙愿耶⑭？

《道德经》云：道大，天大，地大，人亦大⑮。予生于兹⑯，长于兹，山川灵气养于

使国家获得利益，为国家奋斗终生！因此，为官一任，就应该造福一方。越是处在高官之位，就越应该忧虑多，责任大。这是官员自身职责，应当自我担当，也是百姓所盼望的啊！侯兆川，轿顶山，其名称含义里边，不是深藏着老百姓一向的愿望吗？

《道德经》里说：道是大的，天是大的，地是大的，人也是大的。宇宙中有四大，而人是其中之一。人不可因为生命短暂脆弱而失去信心，应该由"人—地—天"一步步提升，达成与道冥合的至高境界。我

---

① 心，主观。我国古代哲学名词，指人的主观意识。与"物"相对。勉，尽力，努力。

② 物，与"我"相对的他物，喻指客观。待，等待。即学会看淡，顺其自然。

③ 顺乎天，这个天，不是宗教的天，而是天地自然的法则。句意：顺从天地自然的法则去做事。

④ 从，遵从。意，意图，指前句中"待"的结果。遵从这个结果，听从这个安排。

⑤ 治世，治理天下。便国，使国家获利。

⑥ 死而后已：到死才罢休。形容奋斗终生。

⑦ 一任，担任官职期满。

⑧ 造福，指给人带来幸福。一方，一带地方。

⑨ 此句意思：越是处在高官之位。

⑩ 此句意思：越应该做到官尊者忧深，禄重者责大。指官高禄重的人忧虑多、责任大。

⑪ 自任，自觉承担，当作自身的职责。

⑫ 此句意思：百姓所盼望的啊！

⑬ 此句意思：名称里边所隐藏的含义。

⑭ 此句意思：岂不是深藏着百姓一向的愿望吗？

⑮ 《道德经》说：道是大的，天是大的，地是大的，人也是大的。宇宙中有四大，而人是其中之一。人不可因为生命短暂脆弱而失去信心，应该由"人—地—天"一步步提升，达成与道冥合的至高境界。（见《道德经》第二十五章）

⑯ 予，我。兹，此，此地。

兹，形存天地之间①，既成三才之一②，焉能负民之愿哉③？当人法地④，地法天⑤，天法道⑥，道法自然⑦。顺时应天⑧，鸿鹄高翔⑨，励志发声⑩，无愧天地⑪。

奈予本庶人⑫，秉性不敏⑬，才疏学浅⑭，涉世未深⑮，议世论事⑯，乏资可陈⑰。然天地无私⑱，民愿粹

生于此，长于此，山川灵气养于此，已经成为"天地人"三才之一，岂能辜负百姓"盼官、出人才"的愿望？因此，应当遵循"人取法于地，地取法于天，天取法于道，道取法于自然"的规律，顺应时宜，顺应天命，树立远大志向，致力于终生事业，就此发出自己的心声，从而无愧于天地社会。

怎奈我本是平民一个，天生不聪明，很少智慧，才识不广，学问浅薄，经历世事不深，议论世上的事，没有多少才质可陈述。然而天地的无私，民

---

① 形，身体，指作者自己。意思是我已经来到了世上。

② 既成，已经成为。三才，天、地、人。

③ 负，辜负。愿，指百姓盼官的愿望。官也指人才。此句意思：岂能辜负百姓盼官、出人才的愿望？

④ 地，自然环境。

⑤ 天，宇宙中的规律。

⑥ 道，向上追溯到天的依归，即不争、无为等。

⑦ 自然，自然发展规律。此四句意思：应当遵循"人取法于地，地取法于天，天取法于道，道取法于自然"的规律。（见《道德经》第二十五章）

⑧ 顺时，顺应时宜。应天，顺应天命。

⑨ 鸿鹄，即天鹅。因鸿鹄善高飞，故常以鸿鹄比喻志向远大的人。高翔，高飞。

⑩ 励志，奋志，集中心思致力于某种事业。发声，发出心声，阐发见解。

⑪ 无愧，没有什么惭愧之处。天地，天和地，指自然界或社会，这里指社会。

⑫ 庶人，平民。

⑬ 秉性，天性，本性。不敏，谦辞，不聪明也少智慧。敏，聪明而有智慧。

⑭ 此句意思：才识不广，学问浅薄。多用作自谦词。

⑮ 涉世，经历世事。未深，不深。

⑯ 议世论事，议，评论。论，分析和说明事理。事，世事，世上的事。句意：议论世上的事。

⑰ 乏，缺少。资，才质。句意：缺少才质可用来陈述。

⑱ 此句意思：天地是长久存在的。之所以能够长久存在，是因为它们的运行、存在不是为了自己，所以能够长久。所以说天地无私。

美①，"轿顶"之意②，助人之志③，实乃高尚其事④，激人奋进⑤，无故不发由衷之言⑥。故以辞明志⑦。

铭曰⑧：

天地混沌未开兮，无状无名⑨；

万物含混其中兮，孕育而成⑩。

一画既开阴阳兮，天地乃生⑪；

天神降世乾坤兮，人种

愿的美好，"轿顶"之美意，都在助长人的志气，那愿望实在是极有意义的事，激励人们振奋向前，使我没有理由不发出自己的心声。因而我以言辞来表明心志。

铭曰：

天地没有开辟之前，混沌一片，没有形状，没有名称；

万物包含杂糅其中，滋润养育，形成其有，万物始生。

伏羲老祖始画八卦，由乾开始，一画开天，阴阳分别；

天神降世下凡人间，伏羲女娲，传宗接代，人种初成。

---

① 粹美，纯正美好。

② 轿顶，喻大官、重任。轿顶之意，做大官、担重任的美意。

③ 此句意思：可以助长人的志气。

④ 其事，指百姓的愿望，那愿望实在是有意义的事。

⑤ 此句意思：激励人们振奋向前。

⑥ 没有理由不发出自己的心声。言，表达。

⑦ 辞，言辞。明志，表明心志。

⑧ 铭，文体的一种。古代常刻于碑版或器物，或以称功德，或用以自警。这里指后者。

⑨ 两句意思：天地未开之前，世界处于蒙昧状态，模糊一团，混沌未分。老子说：有一个浑然一体的东西，出生在天地之前，无声，无形，也无名。不依靠外力而存在。不停地循环运行，它可以算作天下万物的根本。我不知道它的名字，把它叫作"道"。（见《道德经》第二十五章）又说：无，名天地之始。（见《道德经》第一章）

⑩ 万物，统指宇宙间的一切事物。含混，包含、杂糅。孕育，滋养。这个时期的万物，已被滋养而成。老子称其为"有"，有，名万物之母。（见《道德经》第一章）这句由上句的"无"到此句的"有"，是为无中生有。

⑪ 一画既开，即一画开天。相传伏羲画八卦，始于乾卦"☰"之第一画，乾为天，故名"一画开天"。一画开天后，上清为天，下浊为地，自此天地分开。"阴阳"，指天地。

初成①。

天地人焉一体兮，宇宙运行②；

人尽潜能于世兮，人杰地灵③。

予将矢志雄才兮，为民请命④；

参赞天地化有兮，不悔此生⑤。

　　——轿顶山小生山子记⑥

天地人啊三位一体，一阴一阳，人在其中，宇宙运行；

人的一生竭尽全力，挖潜掘能，贡献于世，人杰地灵。

我将发誓立志成才，修身养性，替天行道，为民请命；

协助谋划辅佐天地，教化民风，化无为有，不悔此生。

　　——轿顶山小生山子记

---

① 天神，指天上诸神，泛指神仙。这里指伏羲和女娲。唐人《独异志》中记载：说宇宙初开之时，只有伏羲和女娲兄妹两人，为了繁衍人类，两人欲结为夫妻，但鉴于害羞，二人就上昆仑山问天，每人点燃一堆草，说如果上天同意他们在一起，就让烟合为一处。结果烟合在了一处，两人就开始繁衍人类。降世，犹下凡。乾坤，天地，指人间。人种，传宗接代的人。道教认为人类是由天神降世而成的。

② 宇宙，犹言天下，国家。天地开辟，人类诞生，于是国家开始运行。

③ 尽，竭尽。潜能，潜在的能力或能量。于，用于。世，世间。人杰地灵，谓杰出人物出生或所到之处，其地亦会因而著名。此两句意思：人的一生如果能够竭尽全力将潜在的能量用于这个世间，就会使人成为豪杰，土地山川成为灵地。

④ 矢志，矢，发誓。立下誓愿，以示决心。雄才，才能出众的人。为民请命，为老百姓请求保全生命或解除困苦，泛指替百姓说话与谋利。

⑤ 参赞，参与辅佐，协助谋划。化有，化，改变人心风俗；教化；教育。有，让化育的成果变为存在。

⑥ 小生，不知名的读书人。

附录二

八股文《欲为官者　先至贤正》

注释与译文

官之起化①于贤正②，为③官有先务④也。（破题）

【注释】①起化：原意是改变社会风尚。这里指起始教化，培养教育。②贤正：贤良方正的人。贤，有德行、有才能；良，善良；方，人品端方正直；正，真诚，走正道。③为：做。④先务：首要的事务，即前提。

【译文】官员的培养教育以贤良方正为基础，做官的前提在于贤良方正。

夫官有清昏^①，而贤正之理可与其融通^②，贤正则清，否之则昏。是故欲为官者先至^③贤正。古之人有明征^④耳。（承题）

【注释】①清昏：清廉与昏庸。②融通：融会贯通。③至：达到。④征：证明；验证。

【译文】官员中有清廉、昏庸之分。而贤良方正之理可以与其融会贯通。贤良方正则清廉，否则昏庸。所以想要做一个清廉官员，就必须先做到贤良方正。这是自古以来被无数事实所证明了的。

尝考^①后人之言^②官，大抵^③详于显贵，略于贤正。非贤正之不如显贵也。官之向背^④，标^⑤者重，本^⑥者忽；得失^⑦易知，参差^⑧难测。伤于化理^⑨者，诚以重利之造端^⑩也。古人推显贵之化，不先贤正，盖于此有次第^⑪焉。（起讲）

【注释】①尝考：八股文起讲引起议论的词语。有查考之意。②后人之言：后人，后世的人。言，议论。③大抵：大都，表示总括一般的情况。④向背：谓拥护与反对。⑤标：表面。⑥本：实质。⑦得失：得与失。指名利的得到与失去。⑧参差：纷纭繁杂，引申为辛苦修身。与易知相反。⑨化理：教化治理。⑩造端：开始；开端。⑪次第：次序；顺序。

【译文】查考后世的人历来议论官员的，大抵议论其荣耀的多，贤良方正的少。这并不是官员的贤良方正不如其荣耀，而是对官员的拥护与反对，后世的人只在其外表上做文章，而忽视其本质形成的。高官厚禄的得到与失去，容易引起注意，而贤良方正的辛苦修身，则难于测知。这种有伤于教化的行为，实在是从重利轻义的角度开始的。因此古人推崇显贵高官的教化，没有放在贤良方正之先，而首先倡导贤良方正，在此是有其道理和次序的。

岂非欲为官者必先至贤正哉？（入手）

【译文】难道不是说想要做官就必须先达到贤良方正吗？

夫欲为官，皆可以科举行之；而为之贤正，则难于言科举。故倡于贤正，以贤正束①百姓之趋向者，良有以也②。然虽悬诸国门③，而不良④之人罔⑤闻知⑥也。然不曰：贤正与官，有肃⑦若⑧同理⑨者欤？（起股。第一股）

【注释】①束：约束。引申为引导。②良有以也：良，的确。以，道理。指这种事情的发生是确有道理的。③国门：国都、京城的城门，喻指最高指令。④不良：不善的人。⑤罔：不。⑥闻知：知道。⑦有肃：很严峻。⑧若：如此，这样的。⑨同理：同一理念。

【译文】想要做官，全可以凭借科举进行。然而要做到贤良方正的官，却不是凭借几场考试就可以实现的。所以，倡导人们达到贤良方正，以贤良方正作为规范来引导人们的行为趋向，的确是有道理的。然而，纵然将这些规范作为最高指令高悬于城门之上，也仍然有不善的人置若罔闻。难道不是说：贤良方正与做官，是应该同样引起重视的吗？

　　欲为之官，亦皆可达贤①通②之；而达贤之交，则恒③隔④于心⑤矣。故"侯兆"⑥"轿顶"⑦，以凤愿⑧笃⑨百姓之宗盟⑩者，民愿美矣！然虽理本大同⑪，而心不正者固⑫不明⑬也。然不曰：畿甸⑭之人，皆属目⑮显贵者欤？（起股。第二股）

【注释】①达贤：显达高官与贤良方正。②通：同步并进。③恒：常常。④隔：不相合。⑤心：主观认识。⑥"侯兆"：本指侯兆川，这里借喻期盼贤良方正官员多多益善。⑦"轿顶"，本指轿顶山，这里借指显达高官。⑧凤愿：指百姓一直以来多出官、出高官的愿望。⑨笃：加深。⑩宗盟：本指天子与诸侯的盟会，这里指共同的愿望。⑪大同：大体相同。⑫固：顽固。⑬不明：不理解，不贤明。⑭畿甸：本指京城郊外的地方，这里喻指不贤明的人。⑮属目：注视。

【译文】想要做官，也全可以显达与贤正同步并进。然而显达与贤正同步并进，却常常因为主观认识的不同而产生不相合的差别。所以，盼望多多出官的"侯兆"和做显达高官的"轿顶"，以这种含义去强化人们的祝愿，是百姓一种美好的愿望。然而，虽然这种道理大体相同，而心术不正的人却顽固地不予理解。所以不是说那些不贤明的人全都盯着显贵而不管贤正不贤正吗？

然则为官之必先贤正也，盖道①之不易②者。（出题）

【注释】①道：道理。②不易：不变。

【译文】那么做官一定要贤良方正，即是永恒不变的道理。

今夫①扶②非凡③杰立④之材，而不能于浊泾清渭⑤之间，始终无憾，却倒利己之害民也。论者⑥或缘⑦其能⑧，偶有大造⑨，而予之以恕词⑩，不知其有才无德，民物⑪粗安⑫不达，皆由于泾渭⑬不分，无以相渐⑭，而乘谬⑮之余，有以相及⑯耳。古之人欲为之官，而先至贤正也。（中股。第三股）

【注释】①今夫：语助词，用于句首，表示议论开始。②扶：秉持，具有。③非凡：不平凡，不寻常。④杰立：杰出。⑤浊泾清渭：《诗·邶风·谷风》："泾以渭浊，湜湜其沚。"孔颖达疏："言泾水以有渭水清，故见泾水浊。"古人以为泾水浊，渭水清，比喻是非善恶分明。⑥论者：评论者。⑦缘：因为。⑧能：才能。⑨大造：大功劳；大成就。⑩恕词：宽恕的语言。⑪民物：泛指人民、万物。⑫粗安：大致安定；大致安好。⑬泾渭：比喻是非善恶。⑭渐：浸，浸染。⑮谬：谬误；差错。⑯相及：相关联，相牵涉。

【译文】（有一种官员）具有不平凡、不寻常的才能，却不能在分清是非善恶之间做到始终没有遗憾，反倒利己害民。评论者或因其才能过人，偶有成就，而对其利己害民之行为予以宽恕。岂不知这种人有才无德，使得民心不服，导致民生连大致的安定也做不到。这都是由于是非善恶不分，不能使之进步，反而秉承错误的东西而形成的。这是与修养好坏有关联啊！因此古人想要做官，就首先强调要达到贤良方正！

　　且夫抱励精求治①之愿，而难免受私心妄念之愚，始终异辙②，甚且不良之扇③处也。论者或缘其庸④，琐尾流离⑤，而委咎⑥于左右⑦，不知其疮痍渐平⑧，蛊惑⑨既去不复，仍无望于郅隆⑩者，不足相统，而渎乱⑪之气，不能骤涤⑫耳。古之人欲兴于国，而先于正身矣。（中股。第四股）

　　【注释】①励精求治：振奋精神，尽力设法治好国家。②始终异辙：开始和末尾不一样。异辙，变换道路。③扇：扉通煽。煽风点火，挑拨是非。④庸：平庸。⑤琐尾流离：比喻情况本来很好，后来却变得很坏。即末路凄惶。《诗·邶风·旄丘》："琐兮尾兮，流离之子。"毛传："琐尾，少好之貌；流离，鸟也，少好长丑。始而愉乐，终以微弱。"流离，鸟名，即枭。陕西关中一带称枭为流离。⑥委咎：归罪。⑦左右：指身边的不良小人。⑧疮痍渐平：疮痍，本指疮疡，这里指自身弊病。渐平：渐渐消失。⑨蛊惑：迷惑；诱惑。指不良小人。⑩郅隆：昌盛，兴隆。⑪渎乱：混杂；使混杂。⑫骤涤：快速洗去，这里指果断处理。

　　【译文】（还有一种官员）抱着励精图治的愿望，却难免受到自身私心杂念的愚弄，没有始终如一的修为，随遇而变，甚至和挑拨是非的不良小人相处。评论者或因其平庸，原本要有所作为却弄得末路凄惶，就将过错推给他身边的不良之人。不知道这样的官员即使是自身弊病渐渐平息，迷惑他的人一去而不复返了，也仍然不能达到昌盛的希望。总括而言，是由于自身修养不过硬，不足以与抱负相统一，不能果断消除这种混杂风气所致。因此古人想要做官有为，就必须先修炼自身，做到贤良方正啊！

祖宗化道①，大略成宪②之可师。而人心向背③之相感④，则煌煌⑤旧章⑥，盖有不尽详其事者。故不贤⑦不得乱朝政⑧，不义⑨不得搅民常⑩，兴朝创制⑪，先严小人之防⑫，夫固合官政⑬之缓急，为之等差⑭矣。（后股。第五股）

【注释】①化道：教化之道，这里指教化官员之道。②成宪：原有的法律、规章制度。③人心向背：指老百姓的拥护或反对。④相感：相互感应。⑤煌煌：明亮辉耀貌；光彩夺目貌。⑥旧章：昔日的典章。⑦不贤：不贤明；无才能。⑧朝政：朝廷政事。⑨不义：指行不义之事的人。⑩民常：人们所遵循的伦理道德。⑪兴朝创制：新兴的朝代建立制度。⑫防：防范。⑬官政：国家的政事，这里指为官之道。⑭等差：等级次序；等级差别。

【译文】祖宗建立的教化官员之道，留下的成法大体可供学习和继承。但人与人之间关系的相互感应，处理好坏，即使祖宗的法律章程光彩鲜明，也有许多事情是现在无法详知的。所以不贤之人不得扰乱朝廷的政事，不义小人不得搅乱人们所遵循的伦理道德。新兴的朝代创立优良的制度，应该严格防范小人乱政，所以这是符合为官之道轻重缓急的次序的。

贤正辅国，大率巨细①之无遗。而砺世磨钝②之修为，则灌灌③老臣，盖有无从为之助者。故修身隶于鸿鹄高翔④，弟子统以良师，大臣当路⑤，先谨⑥修为之礼，夫亦合化道之初，终为之次序也。（后股。第六股）

【注释】①巨细：大和小。②砺世磨钝：激励世俗，磨炼愚钝。③灌灌：犹款款，情意恳切貌。④鸿鹄高翔：鸿鹄，即鹄，俗称天鹅。因鸿鹄善高飞，故常比喻志向远大的人，即鸿鹄之志。⑤当路：执政；掌权。⑥谨：谨严；严格。

【译文】贤良方正之臣辅助帝王治国，大事小事大致无所遗漏。而激励世俗、磨炼愚钝的修炼行为，即使是忠诚恳切的老臣，也是无法帮助你自觉做到的。故而修身之事附属于鸿鹄大志，少年弟子统属于良师，良师居修身的冲要之地，有责任严格执行修炼的礼制。这样做是合乎修身之道的基本原则和想要为官必先至贤良方正的次序的。

故曰：官之起化于贤正，为官有先务也。（收题）

【译文】所以说，官员的培养教育以贤良方正为基础，做官的前提在于贤良方正。

附录三

山子《轿顶山客》注译

轿顶山客，遨游八极之表^①；

侯兆川人，坐收天下之春^②。

山风鼓吹，传诵宗文祖武^③；

川光摇日，笑迎四方灵神^④。

【注释】

①"轿顶山客"句：山客，本指隐士、住在山里的人，这里指来轿顶山遨游的人。遨游，漫游，随意游玩。八极，东、西、南、北、东南、西南、西北、东北八个方向。泛指八方极远之地。表，外围，指山

河优美的景色。

②"侯兆川人"句：人，指成人，即德才兼备的人，犹完人。这里指因侯兆川地灵而出现的杰出人才。坐收，谓轻易而获。天下之春，指梅花，喻指吉祥之喜。梅花以它的高洁、坚强、谦虚的品格，给人以立志奋发的激励。在严寒之中，梅开百花之先，独天下而春，因此常被民间作为传春报喜的象征。天下之春，是八方游客带来的吉祥，沾他们的灵光，致使当地渐趋繁荣昌盛。

③"山风鼓吹"句：山风，本意是山里的风。这里借指《周易》六十四卦中的"山风蛊"卦之卦意。蛊卦上卦为艮为山，下卦为巽为风，寓意贤人如山居于上，宣布德教施于下，山下有风，吹拂万物，施行德教，从而赈救万民。鼓吹，宣扬；宣传。宗文祖武，即祖武宗文。原意谓祖袭周武王，尊崇周文王。这里意谓尊崇祖先，传诵祖宗经典。

④"川光摇日"句：川光，指日头照在淇河和侯兆川大地上发出的水光和氤氲之光。氤氲，指湿热飘荡的云气，烟云弥漫的样子。氤氲之光，形容烟或云气浓郁经过日照而发出来的光。水光是动的，氤氲之光也是动的，日头照在上面，频频波动，似在摇动天日。摇日，寓意每天都在迎接四方的灵神前来赏光。灵神，即神灵，这里借指游客。

【译文】

轿顶山遨游之客，酷爱天地山河慕名前来游赏；

侯兆川杰出之才，坐收游客所带高洁梅花吉祥。

大山里山风吹拂，因袭传诵祖宗经典施行德教；

川之光频摇天日，随时敬候欢迎四方神灵赏光。

附录四

杏子《侯兆川内》注译

侯兆川内，淇河水清鱼读月^①；

轿顶山上，夜深山静鸟谈天^②。

道德真经，千古经传存天地^③；

儒心禅意，辉映宇宙人世间^④。

【注释】

①"侯兆川内"句：天下万物皆分阴阳，侯兆川大地、淇河之水、鱼和月，均属"阴"之范畴。万物负阴而抱阳，阳到极处就成为阴，阴到极处就成为阳。杏子用"阴"来表示侯兆川在"阴阳"中的不可或

缺，因为"阴"是能够"慈柔胜刚强""阴克阳"的。

②"轿顶山上"句：山属"阳"，"夜深山静鸟谈天"是阴中有阳。此句与上句的内容表达，均属写意手法。写意，有时候是不讲常理的，鱼不具备"读"的能力，怎么去"读月"？夜深了，山静了，鸟们叫了一天，已经都去休息了，又怎么能去谈天？然而，想象中不可能出现的事，现实中都有可能出现。结合上句，杏子这样说的意思是：侯兆川、轿顶山的天地之内，阴阳之中，风风雨雨，纷纷扬扬，充满了矛盾和多变，这种矛盾和多变，不仅以前有，现在有，将来还会有，不可思议的事情，随时都有可能再发生。

③"道德真经"句：道德真经，即《道德经》；千古，久远的年代。经传，指有权威性的著作，这里还有"传经"的意思。此句意思：《道德经》中的真髓，经过了千古传诵，其中的真知灼见，已浸入天地之间。

④"儒心禅意"句：儒心，指儒家；禅意，指佛家。此句接上句"道德真经"的"道家"而来，意思是：道家——盈虚相济，善建不拔；儒家——立身以品，智圆行方；佛家——秉持一心，固守热土。道、儒、佛三教合一，其真谛已在宇宙人世间交相辉映，流传千古，生生不灭，暗示杏子的传经送宝之大任已功成业遂，无负天地之望。

【译文】

侯兆川内，鱼儿在清清淇河水中游来游去，似在吟哦那诗意家园的月亮；

轿顶山上，鸟儿在静静深夜之中叽叽喳喳，像是谈论这意犹未尽的白天。

道德真经，蕴藏着千古岁月中的真知灼见，浸入在人杰地灵的风水宝地；

儒心禅意，暗含那入世出世之真髓和真谛，辉映在苍茫宇宙的天地之间。

附录五 《圣谕碑》碑文

圣谕内阁朝臣杨一清、谢迁、张璁、翟銮：

朕因十三日听讲官顾鼎臣解说《心箴》，连日味思，其意甚为吾心之助。昨自写一篇（遍），并假为注释，与卿等看。

嘉靖六年十一月十八日

大学士臣张璁谨奏：

是月小至日，伏承赐以内阁范浚《心箴注》一通，臣稽首对扬，乃窃叹曰："至哉，圣人之用心乎？"汉董仲舒有言："人君所为，必求其端于天。"今阴极阳生，实君子道长，小人道清之时也。在

《易》之卦为"复"，曰：复其见天地之心乎？自非圣人心学得之天。其能体悉发明如此。臣窃有感焉。臣昔读书山舍，尝揭范浚《心箴》及程颐"四箴"以自励。盖人心之微，众欲求攻之者，多自《视听言动》而入程颐"四箴"，实养心之大目也。况万化之主，而视听言动，尤当加谨焉者也。臣于《御注心箴》警摹宸翰，付工刻石，供之天下，万世谨复。录程颐"四箴"，乞留神省览。

圣谕朝臣张璁：

午间得卿录来《视听言动》四箴，朕甚喜悦。朕前日因听讲官讲《心箴》回宫，深加爱尚，欲释其义，不能，欲已之，心未放过，只勉强注略，仍咨于卿等，欲为藻润，以成所作。卿何便付工刻石？岂不取人笑乎？朕自念上荷天命，为人君长，当务学以致其知。待粗有领会之时，再注"四箴"，须赖卿替之。故谕。

嘉靖六年十一月二十二日

臣张璁谨奏：

昨者伏承圣谕，仰见皇上，缉熙圣学之至也。宋儒朱熹有言："自古圣贤相传，只是理会一个心。"臣切谓范浚《心箴》举其纲，程颐"四箴"列其目，相为发明者也。臣以此用功，余三十年，莫之有得。今圣明启发，一至于此，真盲者之日月，聋者之雷霆也。臣何能赞一辞？第当刻石颁布，以觉斯世，以广圣学之传耳。然而人见之莫不曰："真圣人复生。"非特尧舜之治见于天下，而尧舜心法之秘道统之传因有在矣。程颐"四箴"，尚愿圣明启示，谨当再摹宸翰与《心箴注》，并行刻布，以为斯民，斯道之幸。

圣谕辅臣张璁：

卿前日录来程氏四箴，昨勉强解注。朕复思：程氏见道分明，如此教后人其功至矣。但于濮议之中，未免力争邪说，诬君夺子。故朕又述数语于末，云与卿先藻润停当，然后书内阁。

嘉靖六年十一月二十六日

臣张璁谨奏：

伏承颁示御注程颐"四箴"。臣仰惟大哉皇言，皆根诸身心，达诸政事，真见帝王之学，与儒生大不同者也。何能复赞一辞？但未如奖，愚臣实不胜惶惧。臣窃自念所务之学，虽不违程颐，而所遇之主，实万为周之愿。在英宗朝代，彰思永为濮议，论犹求定。况皇上继统与英宗继嗣实不同，使愿居人之世议。今之礼岂得复守濮议之说哉！谨将《御注四箴》与范浚《心箴》通摹宸翰，并行刻石，以嘉惠天下后世。

圣谕辅臣杨一清、谢迁、张璁、翟銮：

大学士张璁以宋儒程颐所作《视听言动》四箴来告，朕深切有益于学。朕读已旬日，辄述数语，权为注解用录出，以示卿等。

嘉靖六年十二月初三日

臣杨一清、臣谢迁、臣张璁、臣翟銮谨题：

皇上所注范氏《心箴》及程颐《视听言动》四箴，俱已刻石。乞敕工部于翰林院后堂空地，盖亭树立，以垂永久。仍敕礼部，通行两京国子监并南北直隶十三省提学官摹刻于府、州、县学，使天下人士服圣训，有所兴起。荷蒙采纳，但亭宜有名，伏承圣明敕定，颁示内外，一体运行。臣等又仰思，皇上前所著《敬一箴》，发明心学，甚为亲切，宜与前五箴并传，人人一部。将《敬一箴》重刻一通，设于亭中。五箴并节奉圣谕，共六通，分列左右，以成一代之制。其于风化，良有裨益。谨提请旨。

嘉靖七年二月二十二日，奉敕旨：卿等所言，都依拟行。亭名与做，敬一，礼、工二部知道。

后记

　　《南太行古话》纯属虚构，文中的部分地名、村名属实，部分虚构。属实部分是因为这些地方的历史文化旅游资源着实丰富，实有宣传推广之必要，如金牛寺、金牛洞、轿顶山、华盖石、铁打寨、侯兆川、华石岭、莲花、紫荆山、南湖寺、中湖寺、北湖寺、淇河、学宫等，虚构部分则是为故事情节需要所拟构。如有不妥，敬请谅解。